HORST BOSETZKY

Witwenverbrennung

HORST BOSETZKY

Witwen-verbrennung

Kriminalroman

GMEINER SPANNUNG

Bisherige Veröffentlichungen im Gmeiner-Verlag:
Fahnenflucht (2013), Der Fall des Dichters (2012),
Nichts ist so fein gesponnen (2011), Promijagd (2010),
Unterm Kirschbaum (2009)

*Personen und Handlung sind frei erfunden.
Ähnlichkeiten mit lebenden oder toten Personen
sind rein zufällig und nicht beabsichtigt.*

Besuchen Sie uns im Internet:
www.gmeiner-verlag.de

Im Ehnried 5, 88605 Meßkirch
Telefon 07575/2095-0
info@gmeiner-verlag.de

1. Auflage 2015

Lektorat: Claudia Senghaas, Kirchardt
Herstellung: Mirjam Hecht
Umschlaggestaltung: U.O.R.G. Lutz Eberle, Stuttgart
unter Verwendung eines Fotos von: © tiefpics / photocase.de
Druck: GGP Media GmbH, Pößneck
Printed in Germany
ISBN 978-3-8392-1665-1

Gewidmet Kerstin, meiner Schwiegertochter, und Sascha, meinem Sohn, die beide Indologie studiert haben und denen ich herzlich für die kritische Durchsicht des Manuskriptes und ihre wertvollen Hinweise und Ergänzungen danke.

EINS

»Nein!«, schrie Sunayani. »Ich will nicht sterben!«

Todesangst hatte sie erfasst. Sie saß auf einem Scheiterhaufen, der Kopf ihres toten Mannes war in ihren Schoß gebettet. Über beiden ragte eine Art hölzerne Hütte in den Himmel, deren Eingang man verbarrikadiert hatte. Sie hatte sich gegen *sati* entschieden, gegen die Witwenverbrennung, doch die Familie ihres Mannes hatte sie mit Rauschmitteln betäubt und zum Scheiterhaufen getragen. Ihr Schwiegervater und ihr minderjähriger Schwager hatten allen erzählt, dass Sunayani ihrem Mann freiwillig in den Tod folgen wolle.

Im indischen Bundesstaat Rajasthan, auf Hindi राजस्थान geschrieben, lebten an die 70 Millionen Menschen, davon allein drei Millionen in der Hauptstadt Jaipur. Knappe 80 Kilometer nördlich der Stadtgrenze lag ein Dorf, in dem die Zeit stehen geblieben war, und die 19-jährige Sunayani Gujral, eine junge Frau mit so reizenden Augen, wie sie ihr Vorname verhieß, war ihrem Mann nach der Heirat in dieses Dorf gefolgt. Maal Gujral war Lehrer gewesen und an einer Salmonellenvergiftung gestorben. Seine Leiche musste, so der religiöse Brauch, verbrannt werden.

Die Wirkung des Betäubungsmittels ließ weiter nach, und Sunayanis Schreie wurde immer lauter und immer verzweifelter.

»Ich will nicht mit ihm sterben!«

Die Dorfbewohner, die ausnahmslos zum Scheiterhaufen geeilt waren, überhörten es. Frauen, die *sati* begingen, genossen eine hohe Wertschätzung und wurden nahezu als Göttinnen verehrt.

»Endlich anzünden!«, kamen die Rufe aus der Menge.

Sunayani gelang es jetzt, die Zweige der Hütte über ihr auseinander zu drücken und sich aufzurichten, doch mehrere Männer, ihr Schwiegervater allen voran, brachten sie mit langen Bambusstäben wieder zu Fall.

Da hatte ihr Schwager den Scheiterhaufen auch schon angezündet, und in Rauch und Qualm hatte sie schnell das Bewusstsein verloren.

Unter Gesängen und religiösen Ritualen nahm die Verbrennung ihren Lauf.

»Jetzt reinigt sich ihr Geist«, verkündete der Schwiegervater. »Mein Sohn und sie werden so viele lange Jahre im Paradies verbringen dürfen, wie ich Körperhärchen habe. Und jetzt ist sie auch aus ihrem Frauenleib erlöst. Mag auch ihr Schmerz eben groß gewesen sein, umso größer ist nun ihr Glück als eine *satimata*, und vielleicht wird man sogar einen Tempel für sie bauen.«

*

Die Fernsehleute vom rrb waren zum Prager Platz gekommen, um in den Büroräumen der Firma Ganesha Indien Im- und Export einen Teil eines *specials* über Indien zu drehen. Insbesondere über die Lage der indischen Frauen wurde im Augenblick heftig diskutiert. Gerade hatten fünf Männer in der Nähe des Taj

Mahal eine Schweizer Touristin vergewaltigt. Genau vier Monate war es her, als am Abend des 16. Dezember eine indische Studentin und ihr Freund von mehreren Männern in einem Bus überfallen worden waren. Die junge Frau war mehrfach vergewaltigt und mit einer Eisenstange gefoltert worden. Zwei Wochen nach der brutalen Tat war sie ihren Verletzungen erlegen. Moritz Roßwein hatte mit E-Mails an die Rundfunk- und Fernsehanstalten und Leserbriefen an die Tageszeitungen lauthals gegen das verzerrte Indienbild protestiert, das man in Deutschland seiner Meinung nach derzeit zeichne. Nun sollte er das vor der Kamera präzisieren.

Die Journalistin, die das Gespräch mit ihm führen sollte, blickte auf den Spickzettel, den sie von der Redaktion bekommen hatte.

Moritz Roßwein
Geboren am 23. November 1970 in Berlin-Schöneberg
Aufgewachsen an der Retzdorffpromenade, Friedenau
Vater: Amtsrat im Bezirksamt Schöneberg
Mutter:???
Schule: Abitur 1989 am Rheingau-Gymnasium
Studium der BWL an der FU Berlin von1989-1992 und 1997–2001
Erste Indienreise als Student 1992, weitere sollten folgen
Zeit bei Hare Krishna (ISKCON – International Society for Krishna Consciousness) in Abentheuer (Hunsrück) 1994–1997
Arbeit bei Mittal Steel 2001–2006
Heirat Arzttochter Sandra 2003

Eigene Firma Ganesha Indien Im- und Export 2006, Firmensitz Prager Platz
Eigene Villa in der Furtwänglerstraße, Berlin-Grunewald

Über Roßweins Schreibtisch hing in Schrifttypen, die dem Sanskrit nachempfunden waren, ein Spruch des Erhabenen aus der Bhagavadgita, 3. Gesang:

Vollbringe die notwend'ge Tat, denn Tun ist besser als Nichttun.

Die Journalistin stellte Roßwein anhand ihres Notizzettels kurz vor, dann kam die Frage, um die es in ihrer Sendung primär ging.

»Sprechen wir über das Frauenbild in Indien …«

Roßwein lächelte. »Um das in seiner ganzen Komplexität und Widersprüchlichkeit auch nur zu skizzieren, bräuchten wir ein ganzes Semester. Um es auf den Punkt zu bringen: Alles ist möglich. Einerseits kann eine Frau eine starke Autorität ausstrahlen und extrem selbstbewusst sein, siehe Indira Gandhi, und indische Ministerpräsidentin werden, auf der anderen Seite des Kontinuums aber kann sie ihrem Manne in einem Maß unterwürfig sein, dass sie sich sogar, wenn er sich das gewünscht hat, nach seinem Tode zusammen mit seinem Leichnam verbrennen lässt. Nach dem Gesetz sind Frau und Männer in Indien völlig gleichgestellt, und wir haben nahezu unzählige Ministerinnen, Richterinnen, Ärztinnen, Lehrerinnen und viele ausgezeichnete Wissenschaftlerinnen, aber gleichzeitig gilt Indien als das frauenfeindlichste Land innerhalb der G 20-Staaten.«

»Und woran liegt das Ihrer Meinung nach?«

Roßwein überlegte lange, und seine Antwort kam sehr zögerlich. »Tja ... viel hängt von der sozialen Schicht ab, und es geht auch um Karma und Wiedergeburt, aber ich will mal so sagen: Mädchen sind das ungeliebte Geschlecht. Jungen können selbst Geld verdienen, Mädchen aber kosten ihrer Familie nur. Häusliche Gewalt, sexuelle Belästigung und Vergewaltigungen gehören zu ihrem Alltag. Gehen sie zur Polizei, passiert zumeist gar nichts. Die Polizei ist zum Schutz der Reichen und der Politiker da, nicht zu ihrem. Das gilt vor allem für den indischen Norden. Wir denken immer, Indien sei total verwestlicht – ist es aber nicht. Vielerorts gilt noch immer das indische Kastensystem – und in dem heißt es: ›Als junges Mädchen gehört die Frau ihrem Vater, als Verheiratete ihrem Ehemann und als Witwe ihren Söhnen und Verwandten, denn eine Frau darf niemals unabhängig sein‹.«

»Trotzdem allem sagt man von Ihnen, Herr Roßwein, dass sie der indischen Welt, dem indischen Wertsystem geradezu verfallen sind ...?«

Roßwein winkte lächelnd ab. »Nein, nein, das ist vorbei, heute bin ich ein ganz nüchterner Kaufmann, der sich mit Indien nur beschäftigt, um sein Geschäft am Laufen zu halten. Aber ich habe der intensiven Lektüre der Bhagavadgita viel zu verdanken. Nehmen Sie da die Worte des Erhabenen im 18. Gesang: *Wo man ruht nach ernster Arbeit und an der Mühsal End' gelangt, / Glück, das am Anfang Gift erscheint, am End' dem Nektar ähnlich ist, / Ein solches Glück ist wahrhaft gut, durch Geistesheiterkeit erzeugt.* Diese Geistesheiterkeit ist es, nach der ich strebe.«

Insgesamt drehten sie eine halbe Stunde, und hinterher war er so erschöpft, dass er sich erst einmal den Mantel anzog, um einige Male den Prager Platz zu umrunden und sich ein wenig zu erholen. Die Trautenau-, Prinzregenten-, Aschaffenburger-, Motz- und Prager Straße mündeten hier. Die Fahrbahn war mit rotem Granit gepflastert, und auf der Mittelinsel gab es Rasen, Blumenrabatten, Hecken und einen Brunnen mit hübscher Fontäne. Die war allerdings noch abgestellt, und in diesem bitterkalten März mit seinen Nachttemperaturen an die minus zehn Grad saß natürlich noch niemand auf den Bänken. Wie überall in Berlin waren die Straßen nur schlecht von Eis und Schnee geräumt. Es gab zwar Gesetze, aber deren Einhaltung zu überwachen, fehlte den Bezirken das Geld für ihre Ordnungsämter. Die Stadt sei arm, aber sexy, hatte der Regierende Bürgermeister verkündet, und seine Berliner übersetzten sexy mit schlampig und anarchistisch. Trautenaustraße, Ecke Bundesallee, verstauten die Fernsehleute ihr Equipment im Wagen. Ein Stadtführer hatte sich hierher ins Abseits verirrt und erzählte seiner Gruppe gerade von Erich Kästners *Emil und die Detektive*.

»Die Bundesallee war früher die Kaiserallee, und hier lässt Kästner seinen Helden aus der Straßenbahn steigen, der Linie 177, und den Mann verfolgen, der ihm im Eisenbahnabteil sein Geld gestohlen hat. Von hier ziehen die Kinder dann zum Nikolsburger Platz.«

Roßwein konnte sich nur noch dunkel an Emil Tischbein erinnern.

»Der Prager Platz ist im Krieg weithin zerstört worden«, fuhr der Stadtführer fort, »und war lange Zeit eine öde Freifläche. Erst im Juni 2002 ist seine Neubebauung mit der Eröffnung der ›Prager Passage‹ abgeschlossen worden. Sie finden hier 17 Gewerbeeinheiten und einen Fitnessklub. Die Kopfbauten an den Straßeneinmündungen fallen besonders ins Auge. In der Architektur nennt man dieses Stilmittel eine Eckbekrönung.«

Das hatte Roßwein auch noch nicht gewusst, und derart belehrt kehrte er nun in seine Eckbekrönung zurück. Elf Mitarbeiterinnen und Mitarbeiter hatte er. »Warum gerade elf? Weil jede indische Cricketmannschaft aus elf Spielern besteht.« Den Einwand, dass dies beim Fußball nicht anders sei, wischte er beiseite. »Cricket ist ein edles, Fußball ein proletarisches Spiel.« Um dann hinzuzufügen, dass die Inder schon eine einzigartige Hochkultur gehabt hätten, als die Germanen noch mit Speeren bewaffnet und in Felle gehüllt durch die Auen gelaufen seien und in Lehmhütten gehaust hätten.

Seine wichtigste Mitarbeiterin war Sabine Scharrach, seine Schwägerin. Sie meldete ihm, dass sein indischer Freund und Geschäftspartner Mangal Mukherjee soeben aus Bombay angerufen habe. Er möge sich doch bitte einmal melden.

»Aus Mumbai, ja, danke.«

Roßwein eilte ins Chefzimmer und wählte eine endlos lange Nummer. Mukherjee war sofort am Apparat.

»Hi, Moritz, I hope you are doing well and happy. In a few weeks you're back again in India, and we have to discuss a few details.«

Die nächste Indienreise, ach ja …

*

»Es wird immer schlimmer. Ich verspüre jeden Tag den Drang, meine Handgranate abzuziehen und in einen Supermarkt zu werfen. Ich hasse alle Menschen, ich will sie vernichten!«

Der Therapeutin fiel es schwer, zu ihrem professionelles Lächeln zurückzufinden, denn die rechte Jacketttasche ihres Klienten war gefährlich ausgebeult.

»Was macht Sie so aggressiv?«, fragte sie schließlich.

»Die Antwort besteht aus einem Wort: Berlin.«

Die Therapeutin legte sich ihren Notizblock zurecht. »Das müssten Sie mir bitte einmal näher erklären …«

»Ja. Alles nervt hier. Die Autofahrer, die den grünen Pfeil als Freibrief sehen, mich abzuschießen. Die Radfahrer, die einen über den Haufen fahren – mitten auf dem Bürgersteig. Die alten Weiber mit ihren Hunden, die alles voll kacken und mir beim Laufen in die Waden beißen wollen. Die Trottel von Politiker, die den Flughafen nicht fertig gebaut kriegen, aber Hunderttausende kassieren und blöde Sprüche ablassen. Die Kulturfuzzis, die einen pausenlos mit ihrem intellektuellen Gewäsch auf die Nerven gehen. Die andauernd heftig bewegten Leute, die nichts mehr hinnehmen können und von einer Demo zur nächsten rennen. Die Art der Leute, überall zu drängeln – ohne Rücksicht auf Verluste. Keiner weicht mir höflich aus, wenn er mir auf dem Fußweg entgegenkommt, ich nach rechts, er nach links, nein, es gilt nur: freie Bahn für mich. Ich bin das Maß aller Dinge. Apropos: Bahn. Diese scheiß S-Bahn, bei der ich andauernd frierend auf dem Bahnsteig stehen und mir anhören muss: ›Wegen einer Weichenstörung am Bahnhof Ostkreuz verzögert sich die Ankunft des

Zuges der S 41 auf unbestimmte Zeit‹. Und ist es keine Weichen-, dann ist es eine Signalstörung, der Ausfall eines Stellwerks, ein liegen gebliebener Zug, Personen am Gleis, der Einsatz eines Notarztes oder ein Kabeldiebstahl oder -brand. ›Wir bitten Sie um Ihr Verständnis!‹ Nein, ich habe kein Verständnis mehr. Diese Stadt macht mich kaputt – und was haben sie früher immer gerufen: ›Macht kaputt, was euch kaputtmacht!‹ Und darum habe ich meine Handgranate!«

*

»So, Belinda und Ann-Kathrin, dann legt mal los. Performance ist heutzutage nahezu alles. Also: Indien …«

Michael Saleske, von allen nur Mike genannt, ging nach hinten. Das tat er bei allen Referaten, die seine Schülerinnen und Schüler hielten, denn von dort aus hatte er alle im Blick und konnte nicht nur jede Unruhe unterbinden, sondern auch beurteilen, ob und wie es den Referentinnen gelang, die Klassenkameraden in ihren Bann zu schlagen. So kommunikativ die jungen Menschen auch waren und pausenlos twitterten, posteten und sich austauschten, das Zuhören im Klassenraum fiel ihnen zunehmend schwerer. Wer vorn vor Tafel oder White Board keine Show abzog und sich verhielt wie die Gleichaltrigen bei ›Deutschland sucht den Superstar‹, der hatte kaum eine Chance, den Beifall der Menge zu finden. Man wollte auch in der Schule gut unterhalten werden, bespaßt, wie das neuerdings genannt wurde. Ernsthaft zu sein, war uncool. So vermerkte er geradezu mit Schrecken, dass Belinda und

Ann-Kathrin wissenschaftlich trocken begannen, das heißt, wiedergaben, was sie bei Wikipedia und sonst noch im Internet gefunden hatten.

»Indien ist eine parlamentarische Bundesrepublik, die von 28 Bundesstaaten gebildet wird. Die Hauptstadt ist Neu-Delhi, die Amtssprachen sind Hindi und Englisch. Indien bedeckt eine Fläche von 3.287.590 km^2 und hatte 2011 etwa über 1,2 Milliarden Einwohner unterschiedlichster Ethnien. Währung ist die Rupie. Indien grenzt an Pakistan, die chinesische autonome Region Tibet, Nepal, Bhutan, Myanmar und Bangladesch. Der Himalaja bildet die natürliche Grenze im Norden, im Süden umschließt der Indische Ozean das Staatsgebiet.«

Die ersten Klassenkameraden begannen, sich mit anderen Dingen zu beschäftigen, versuchten sich als Comic-Zeichner, schrieben Liebesbriefe, sahen aus dem Fenster, hoffend, hübsche Frauen beim Lüften oder Putzen zu entdecken, oder dösten einfach vor sich hin. Hätten sie Saleske nicht im Rücken gehabt, wären sie schon längst mit ihren iPhone zugange gewesen. Die beiden Schülerinnen vorn bemerkten natürlich, dass das Echo auf ihre Darbietungen immer geringer wurde, und reagierten zunehmend verunsichert. Saleske mochte die beiden und suchte ihnen zu Hilfe zu kommen.

»Goethe!«, rief er nach vorn.

Beide sahen ihn entgeistert an. »Wie …?«

»*Faust*, Mephisto: *Ich bin des trocknen Tons nun satt* … Erzählt doch mal was von der Witwenverbrennung …«

»Das kommt erst später.«

»Dann zieht es vor und bringt die anderen Fakten später.«

»Gut … Also …« Ann-Kathrin blätterte in ihren Unterlagen. »Wir reden nun über die Witwenverbrennung, indisch *sati.*«

Saleske ging erneut dazwischen. »Nicht *sati* wie Satire, sondern mit einem scharfen S vorne, mehr einem Z … wie … wie …« So schnell wollte ihm da nichts einfallen. »… wie Zatopek. Emil Zatopek. Legendärer Langstreckenläufer aus der CSSR, mehrfacher Olympiasieger.«

»Sex ist als Beispiel aber besser als Zatopek!«, rief einer der pubertierenden Knaben.

»Darüber zollten wir einmal einen Bezinnungsaufzatz schreiben«, schlug Saleske vor. »Wie auch immer: Mit einer kleinen sprachlichen Bezonderheit kann man heutzutage auf ein paar Aufmerkzamkeitzwerte mehr kommen als sein Konkurrent. Aber nun wirklich zur Witwenverbrennung.«

»Gibt's auch eine Witwerverbrennung?«, kam es aus der letzten Reihe.

»Komm, Eddie, das ist hier keine Com-edy!«

Endlich konnten Belinda und Ann-Kathrin fortfahren. »Das Wort *sati* kommt aus dem Sanskrit und bedeutet die Frau, die den richtigen Weg geht. Frauen, die *sati* begingen, wurden in hohen Ehren gehalten. In früheren Zeiten ließen sich die Frauen im Krieg gefallener Fürsten mit den Leichnamen ihrer Männer verbrennen, um nicht den Feinden in die Hände zu fallen. Es war also ihre eigene Entscheidung, später aber wurde in einigen indischen Religionsgemeinschaften der Flammentod neben der Leiche des Mannes auch eingefordert und bei Widerstand erzwungen. Der älteste Sohn hatte den Scheiterhaufen zu entzünden. Wollte die Witwe fliehen, wurde sie mit Bambusstäben ins Feuer zurückgestoßen.«

»Mann, wenn wir das bei uns im Fernsehen hätten, gäbe das riesige Einschaltquoten!«, merkte Edmund an.

Diesmal ließen sich die beiden Referentinnen nicht beirren und kamen auf die Gründe der Witwenverbrennung zu sprechen. »Da sind zunächst die sozialen. Die Witwe genießt wenig Ansehen, ist rechtlos und vom ältesten Sohn abhängig. Da sieht manche den Tod als das kleinere Übel an. Am wichtigsten sind aber die religiösen Gründe. In Ratjasthan sind verbrannte Witwen, die *satimatas*, sogar als lokale Göttinnen verehrt worden. Die treue Hingabe zu ihrem Mann wird als hohes Ideal angesehen.«

Daran sollte sich später eine heftige Diskussion entzünden.

»Das ist doch die wahre und die größte Liebe, wenn ich nicht mehr weiterleben will, wenn mein Partner gestorben ist«, argumentierte Edmund. »Bis dass der Tod euch scheidet … Nein, nicht einmal der kann uns scheiden!«

»Verlangst du also von deiner Frau, dass sie sich verbrennen lässt, wenn du selbst das Zeitliche gesegnet hast?«, wollte Saleske wissen.

»Ja, eigentlich schon.«

»Sie ist doch nicht dein Eigentum!«, rief Ann-Kristin.

»Und umkehrt?«, fragte Bettina. »Würdest du dich auch verbrennen lassen, wenn sie …?«

Als Edmund mit einer Antwort zögerte, riefen seine Mitschülerinnen wie aus einem Munde: »Siehste!«

Saleske ergänzte die Ausführungen der beiden Mädchen dahingehend, dass Witwenverbrennungen und die Verehrung der *satimatas* im heutigen Indien natürlich per Gesetz verboten seien und als Morde angesehen würden, ihm sei aber noch ein Fall aus dem Jahre 2008 in Erinnerung.

Nach der letzten Stunde machte sich Saleske auf zu seinem Freund Moritz Roßwein. *Freund* war eigentlich ein viel zu schwacher Begriff. *Blutsbrüder*, wie sie Karl May mit Old Shatterhand und Winnetou geschaffen hatte, wäre schon passender gewesen, vielleicht auch *siamesische Zwillinge*. An sich hätten sie mit einer ›eingetragenen Lebensgemeinschaft‹ durchs Leben gehen müssen, aber beide waren sie in keiner Weise schwul, sondern ohne Wenn und Aber auf Frauen fixiert. Ihre Wege hatten sich im zarten Alter von drei Jahren in einer Kita in der Friedenauer Lefevrestraße zum ersten Mal gekreuzt. Da waren sie auf dem Weg zum Stuhlkreis zusammengestoßen und hatten sich aneinander geklammert, um nicht umzufallen. Das hatte sich vier Jahrzehnte hindurch nicht geändert. Sie waren gemeinsam in die Grundschule gegangen, hatten zusammen auf dem Rheingau-Gymnasium das Abitur gemacht und waren am selben Tag vom Indienfieber erfasst worden. Und wie Moritz Roßwein hatte Saleske einige Zeit im Hare-Krishna-Tempel in Abentheuer verbracht, ehe er seinen Eltern melden konnte, er habe sich selbst als »geheilt entlassen« und wolle nun ein Studium auf Lehramt beginnen. Das hatte er dann auch 2001 erfolgreich abgeschlossen und war nun an einem Wilmersdorfer Gymnasium als Fachlehrer für Deutsch, Geografie und Geschichte angestellt. Berlin verzichtete ja darauf, neue Lehrer zu verbeamten, was Saleske bei aller wissenschaftlichen Zurückhaltung nicht anders als »idiotisch« bezeichnen konnte.

Moritz und er hatten immer davon fantasiert, einmal Zwillingsschwestern zu heiraten, am besten eineiige, doch daraus war nichts geworden. Roßwein hatte mit seiner Sandra mehr Glück gehabt als er mit seiner Bettina. Sie waren seit zwei Jahren geschieden, und die beiden Kinder lebten bei der Mutter. Saleske schätzte sein Single-Dasein und konnte die Rolle des *lonely wolfe* auch prächtig ausfüllen, war aber dennoch ständig auf der Suche nach ›der Frau fürs Leben‹. Doch aus keinem seiner one-night-stands wollte sich etwas Ernsthaftes entwickeln. Eigentlich hätte er längst die berühmten Verbitterungsstörungen entwickeln müssen, doch dazu war er ein viel zu fröhlicher Mensch – und außerdem hatte er den Klassenraum als eine Bühne, auf der er sich jeden Tag voll entfalten konnte, und zum Klatschen und Tratschen und sonstigem kommunikativen Austausch ja seinen Freund Moritz Roßwein.

Zu dem strebte er nun, in der Umhängetasche drei DVDs, die ihm eine Kollegin geborgt hatte, die Verfilmung des Weltbestsellers *Palast der Winde.* Den Roman hatte er x-mal gelesen: Der junge Engländer Ashton wächst als Hindu auf und verliebt sich in die wunderschöne indische Prinzessin Anjuli. Die muss aber den Rana von Bhithor heiraten – und soll, als dieser stirbt, als seine Witwe verbrannt werden. Bis dann Ash …

Ein Radfahrer, der ihm auf dem Bürgersteig entgegenkam, zwang ihn, zur Seite zu springen. »Arschloch!«, rief er ihm hinterher, und hoffte, dass keiner seiner Schüler in der Nähe war.

Roßwein hatte seine Villa in der Furtwänglerstraße im Ortsteil Grunewald. Vornehmer ging es kaum. Saleske war zu sehr Linker und von der Devise ›Friede den Hütten, Krieg den Palästen!‹ erfüllt, als dass er gern in diese Gegend ›reiste‹. Seine geschiedene Frau hatte immer gemeint, der wahre Grund dafür sei recht eigentlich der Neid auf Roßwein, doch da irrte sie. Saleske war nun nicht gerade derart auf die Armut eingeschworen wie ein Franziskaner, brauchte aber wenig, nicht einmal ein Auto. Also musste er, wenn er den Freund besuchen wollte, die S-Bahn nehmen und in Halensee in den Bus X 10 umsteigen.

Als er auf dem Bahnhof Bundesplatz stand und auf die S-Bahn wartete, suchte er sich an die Schlussszene des Films zu erinnern. Vergeblich. Da geschah ein Wunder: Der Zug der S 41 kam pünktlich.

Auch der Mann neben ihm konnte es nicht fassen und reagierte damit, dass er die übliche Lautsprecherdurchsage imitierte. »Wir bitten Sie um Ihr Verständnis.«

»Nein, habe ich nicht!«, rief Saleske.

Er fand den Ausruf des Mannes so sophisticated, dass er ihn zu seinem Einfall am liebsten beglückwünscht hätte. Über ihre S-Bahn zu schimpfen und zu klagen, war den Berlinern in einem solchen Maße zur lieben Gewohnheit, ja zu einem echten Bedürfnis geworden, dass es gemein und herzlos war, ihnen das alles zu nehmen.

Der Zug kam, er stieg ein und stellte sich an die Tür gegenüber dem Einstieg. Er hatte nur drei Stationen zu fahren, und da lohnte es nicht, sich einen Sitzplatz zu suchen. Nun konnte das Abenteuer beginnen. Was hatte die große Bühne Berliner S-Bahn heute zu bieten? Einen Obdachlosen, der das Verslein seiner Not herunter leierte und ihm die ›Motz‹ verkaufen wollte? Einen Musiker, der an seiner Gitarre zupfte und einen selbst komponierten Song zum Besten gab? Ein rumänisches Kind, das ihm einen Zettel und einen Plastikbecher hinhielt? Handwerker mit Bierflaschen in der Hand, die sich anpflaumten? Mütter, die ihre Kinder verzogen? Lover und Heimkehrende, die ihrer Lebensgefährtin per Handy ihren derzeitigen Standort mitteilten? Das Gezwitscher von Teenies über die Supershows von Dieter Bohlen und Heidi Klum? Den abrupten Halt des Zuges wegen eines ›Notfalleinsatzes‹ oder ›einer Person am Gleis‹, wie es hinterher in den Durchsagen hieß, das heißt, wegen eines Selbstmordes?

Nichts von alledem gab es heute. Saleske nahm sich vor, an die S-Bahn zu schreiben. »Bei diesem Tatbestand verlange ich nicht nur mein Fahrgeld zurück, sondern dazu auch noch eine Entschädigung für entgangenes Entertainment.«

Halensee stieg er aus und lief so schnell zum Kurfürstendamm hinauf, als gelte es für den Treppenlauf zu trainieren, der alljährlich in einem Hochhaus in der Gropiusstadt ausgetragen wurde. Dennoch fuhr ihm sein Bus vor der Nase weg. Der Fahrer grinste noch höhnisch. Saleske bedauerte, keine Schusswaffe bei sich zu haben. Sofort hatte er die Stimme des Gurus im Ohr, den Roßwein und er in einem Dorf bei Karnal getroffen hatten: *Geduld verlieren heißt, Würde verlieren.* Das wollte er nicht, also machte er sich zu Fuß auf den Weg zu Roßwein. Überschlägig waren es zwei Kilometer, ein Klacks für einen Jogger und Marathonläufer wie ihn. Er überquerte den Trog der S-Bahn, lief die letzten 100 Meter Kudamm entlang, überquerte den Rathenauplatz mit der wunderbaren Skulptur Wolfs Vostells – zwei in Beton gegossene Cadillacs -, bog ein in die Hubertusallee und gelangte über die Bismarckallee in genau 22 Minuten ans Ziel.

Roßwein kam, kaum dass Saleske auf den Klingelknopf am kunstvoll gemauerten Tor gedrückt hatte, durch den Garten geeilt, um ihn zu begrüßen. Natürlich mit brüderlicher Umarmung. Dabei stießen sie mit den Köpfen so gegeneinander wie ansonsten nur Fußballer bei Flanken in den Strafraum.

»Eine Gehirnerschütterung ist immer etwas Schönes«, merkte Saleske an, während er sich den Wangenknochen massierte. »Weiß man doch nach der Diagnose ganz genau, dass man ein Gehirn besitzt.«

»Soll ich dich ins Martin-Luther-Krankenhaus bringen?«, fragte Roßwein. »Das ist hier gleich um die Ecke.«

Saleske überlegte kurz, ob er mit »Ah, du willst mich also um die Ecke bringen« reagieren sollte, aber das erschien ihm zu primitiv. Was dann? Schnell entschied er sich für ein Wortspiel. »Nein, bitte nicht ins Martin-Luser-King-Krankenhaus. Es ist schon blöd, dass die Amerikaner, nimmt man das *th* nicht so genau, unseren guten Martin Luther immer so aussprechen, als sei er der große Verlierer, der *loser.*«

»Vielleicht ist er das auch«, gab Roßwein zu bedenken. »Wo unser bayerischer Papst die Evangelischen nicht als Kirche gesehen hat, sondern irgendwie als spinnerte Sekte.«

Sie gingen ins Haus und setzten sich in die Bibliothek, wo man eine Leinwand von der Decke herabziehen konnte. Eine Flasche ›Sula‹, indischen Rotwein, weich und doch vollmundig, hatte Roßwein schon bereitgestellt. Während sie ihn tranken, schwelgten sie in Erinnerungen. An ihre Reisen durch Indien, an ihre Zeit im Hare-Krishna-Tempel in Abentheuer.

Roßwein nahm die Bhagavadgita zur Hand und zitierte Wort des Erhabenen aus dem 10. Gesang: *»Ich bin der Ursprung des Alls, aus mir geht dieses All hervor … Ich bin die Seele dieser Welt, in aller Wesen Herz bin ich, / Ich bin der Anfang, Mitte ich und Ende auch der Wesen all. Ich bin die Zeit, die nie vergeht, bin der Schöpfer, der allhin schaut, / Ich bin der Tod, der alles raubt, der Ursprung des, was werden soll …«*

Derart quasi-religiös eingestimmt legte Roßwein dann die erste DVD ein, und beide genossen Bilder und Szenen aus ihrem Indien.

Als Sandra Roßwein nach Hause kam, lästerte sie wie immer über die Indienleidenschaft der beiden Männer.

»Was seht ihr denn da?«

»Palast der Winde.«

»Aha. Spielt das auf der gastroenterologischen Station eines Krankenhauses?«

Ihr Mann, wenig erbaut über diese Störung, sah sie unwirsch an. »Wo?«

»Da, wo alle die behandelt werden, die was am Magen-Darm-Trakt haben, also auch die mit krankhaften Blähungen, Menschen, die ständig ihre Winde wehen lassen.«

Saleske lachte. »Das sind nun die Folgen, wenn einer einen Arzt zum Vater hat.«

Roßwein dagegen reagierte böse auf die Worte seiner Frau. »Pech für dich, dass wir uns nicht an das gehalten haben, was Jürgen Rüttgers mal gefordert hat: *Kinder statt Inder*.«

Das war ein Handkantenargument, das sie sofort verstummen ließ und aus dem Zimmer trieb, denn erst hatte sie keine Kinder bekommen wollen und dann keine bekommen können. Und was er mit seiner Bemerkung hatte ausdrücken wollen, lag auf der Hand: Wenn wir Kinder hätten, bräuchte ich mich nicht in alles Indische zu flüchten.

ZWEI

Es waren Schulferien in Berlin, und Silvio schlief noch. So konnten Mannhardt und die Gefährtin seines Lebens frühstücken, ohne unter den Launen ihres pubertierenden Knaben leiden zu müssen. Die Kommunikation war auch ohne ihn schon nervig genug.

Heike hatte die halbe Nacht über an einem Artikel gesessen, in dem es um die Asylanten ging, die nach Berlin gekommen waren, um gegen die Residenzpflicht, die fehlende Arbeitserlaubnis und ihre zu primitiven Unterkünfte zu protestieren. Nun kampierten sie in Kreuzberg auf dem Oranienplatz und zogen immer mal wieder ins Regierungsviertel, um sich dort lautstark bemerkbar zu machen.

»Die Heime sind Lager, sagen sie, und Lager sind Gefängnisse. Ich stehe voll auf ihrer Seite«, bekannte Heike.

»Ich auch«, gab Mannhardt zu Protokoll. »Und unser Nachbar, der alte Knoll, meint sogar, dass man ihnen Zimmer im Adlon reservieren sollte.«

»Das ist menschenverachtend!«, erregte sich Heike. »Und ich möchte nicht, dass du so etwas kolportierst.«

»Nein, natürlich nicht. Meinst du denn, ich will mich mit dem ZK der Gutmenschen anlegen?«

»Mit dir kann man überhaupt nicht mehr diskutieren«, hielt sie ihm vor.

Sie waren daran, sich wieder einmal in die Haare zu geraten, als anhaltend geklingelt wurde.

Mannhardt fluchte. »Bestimmt wieder einer, der uns seine bescheuerten Werbeflyer in die Briefkästen stecken will.«

»Lass ihn bitte rein, das sind doch alles nur arme Teufel, die sich ein paar Euro dazuverdienen müssen.«

Mannhardt erhob sich, ging zur Gegensprechanlage und gab sich so unfreundlich, wie es eben ging. »Ja, bitte …? Was gibt es?«

»Zum Essen, im Fernsehen oder in der großen Politik? Das müssen Sie schon etwas präziser formulieren, Herr Kommissar. Wohl lange keine Vernehmung mehr durchgeführt, wie?«

»Mensch, Orlando!«

Sein Enkel kam wieder einmal zu Besuch. Als er oben angekommen war, umarmten sie sich.

»Der Herr Jurastudent, sieh da! Mal wieder 'ne Vorlesung geschwänzt?«

»Oppa, es sind noch Semesterferien.«

Das Klingeln hatte auch Silvio hochschrecken lassen. Er kam aus seinem Zimmer, wischte sich den Schlaf aus den Augen und staunte, den Enkel seines Vaters im Korridor stehen zu sehen.

»Das ist Orlando«, verriet ihm Mannhardt.

»Lando – or what?«, fragte Silvio.

»Very correctly. My name is Joe Lando not Or Lando. I'm born in the year 1961 in Illinois and I've made me a name as an actor, see Star Trek IV: *Zurück in die Gegenwart*. The voyage home.«

Orlando begrüßte Heike, dann setzten sich alle, um das Frühstück gemeinsam fortzusetzen.

»Es wird und wird nicht wärmer«, klagte Orlando.

Mannhardt erinnerte sich an ein Gedicht von Emanuel Geibel, das er vor gefühlten 100 Jahren in der Schule hatte lernen müssen: »*Hoffnung. – Und dräut der Winter noch so sehr / Mit trotzigen Gebärden, / Und streut er Eis und Schnee umher, / Es muss d o c h Frühling werden.*«

Orlando klatschte Beifall. »Da sieht man mal, was die Schule zu deiner Zeit alles vermocht hat.«

»Und damals hat noch keiner den General Winter gekannt«, stellte Mannhardt fest.

»Welchen General Winter?«, wollte Heike wissen.

»Na, den Russen. Der war es doch, der die deutschen Soldaten 1942 in Russland gestoppt hat.«

»Papa hat wieder vergessen, seine Medikamente zu nehmen«, warf Silvio ein.

Orlando berichtete davon, dass er Montagabend einen Freund in Alt-Tempelhof besucht hatte, um mit ihm ein Referat zu Ende zu bringen. »Und kurz nach 23 Uhr haben wir dann im Dunkeln gesessen.«

Mannhardt freute sich. »Eine Stromsperre zum Gedenken an die Berliner Blockade – eine prima Idee.«

»Denkste! Eine Ratte hatte in einer Netzstation ein Kabel angefressen und dabei einen Kurzschluss ausgelöst. Die war am Verhungern gewesen und ist dabei getötet worden.«

Mannhardt sah Silvio an. »Also: Wenn der Kühlschrank mal leer ist und du es vor Hunger nicht mehr aushalten kannst, dann bitte in kein Kabel beißen – das Plastikzeug macht nicht satt.«

»Wie witzig!« Silvio griff sich sein iPhone, um der öden Konversation mit den Alten zu entrinnen.

»Dieses scheiß Ding zertrete ich noch mal!«, rief Mannhardt.

Er hatte gehofft, mit zunehmendem Lebensalter gelassener zu werden, doch das genaue Gegenteil war eingetreten: Über alles und jedes konnte er sich fürchterlich aufregen. Beispielsweise über das info-Radio des rrb, das Heike gerade eingeschaltet hatte.

»Inhaltlich haben sie ausgezeichnete Beiträge, Hut ab, aber dann entwerten sie alles wieder durch Werbeeinblendungen, die an Schwachsinn nicht mehr zu überbieten sind. Und das auch noch als öffentlich-rechtliche Anstalt!«

»Oppa!«, rief Orlando. »Piano!«

»Wieso?«, fragte Silvio. »Papa kann doch gar nicht Klavier spielen …«

»In der Musiksprache bedeutet *piano* leise. Das Gegenteil ist *forte* gleich laut.«

Heike runzelte die Stirn. »Und warum sagt man für Klavier auch Pianoforte?«

»Wahrscheinlich, weil es beides kann.«

Mannhardt stöhnte auf. »Das ist ja, als hätte ich Deutschlandradio Kultur eingeschaltet.«

»Solltest du öfter mal tun, Oppa«, fand Orlando.

»Wohin fahren wir denn übermorgen mit dem Auto?«, wollte Silvio wissen.

Mannhardt verstand die Frage nicht. »Wieso …?«

»Na, weil übermorgen doch Carfreitag ist.«

Heike verdrehte die Augen. »Der Karfreitag – mit K vorne – kommt vom Althochdeutschen *kara* gleich Klage, Kummer, Trauer. Weil Jesus an diesem Tag am Kreuz gestorben ist.«

Das Wort *kara* löste bei Mannhardt aber ganz andere Assoziationen aus. »Da muss ich immer an Karl May denken, *Durch die Wüste* und so weiter: Kara ben Nemsi … Karl, Sohn der Deutschen.«

Silvio hatte noch kein einziges Karl-May-Buch gelesen und musste erst aufgeklärt werden.

Als das geschehen war, entbrannte eine heftige Diskussion darüber, ob man im Fall des Jungen nicht doch lieber zu seinem eigentlichen Taufnamen zurückkehren sollte, zu Silvester. Er hatte ihn erhalten, weil er zu Silvester gezeugt worden war, was aber Heike und Mannhardt nicht zugaben, sondern immer sagten, sie hätten ihn nach Papst Silvester I., einem Heiligen, genannt.

»Silvio geht wirklich nicht mehr«, sagte Mannhardt. »Alle denken doch da an Silvio Berlusconi, diesen unsäglichen italienischen Politclown.«

»Und damit nicht genug«, fügte Orlando hinzu. »Man muss nur genügend Fantasie besitzen … War nicht Heike zur fraglichen Zeit als Journalistin in Italien und hat mit Berlusconi gesprochen … Und wie man den kennt, da wird er doch sogleich …«

Heike zückte ihr Brötchenmesser. »Noch ein Wort, Orlando, und …!«

»Geil!«, rief Silvio. »Meine Mutter ersticht meinen Neffen! Da kommen wir endlich mal ins Fernsehen. ZDF-Drehscheibe, kurz nach zwölf.«

Mannhardt wechselte das Thema. »Wisst ihr, was wirklich grotesk ist: Da fahren doch elfmal am Tag leere S-Bahn-Züge zum stillgelegten Flughafen Berlin-Brandenburg, um den Tunnel zu entlüften. Das sind die sogenannten Entlüftungsfahrten.«

»So etwas brauchte die katholische Kirche auch«, fand Orlando.

Heike stand auf. »Jetzt wird's mir doch zu sehr Stammtisch.«

»Eher Kabarett«, fand Orlando.

»Egal. Ich muss los, einkaufen. Heute um 17.30 Uhr soll ich auch noch in der Stierstraße sein.«

»Sind da Stierkämpfe?«, wollte Silvio wissen.

»Nein, da verlegen sie Stolpersteine.«

»Das ist doch gemein!«, rief der Junge.

Alle drei Erwachsenen erklärten ihm die Sache, und Mannhardt schlug vor, dass sie doch alle hingehen sollten. Das wurde dann einstimmig beschlossen. Vorher aber war der Programmpunkt *Deutsches Technikmuseum* abzuhaken, das hatten Mannhardt und Orlando dem Jungen versprochen.

»Wir fahren mit der U-Bahn«, verkündete Mannhardt.

Silvio maulte. »Lieber mit dem Auto!«

»Denkste, Carfreitag ist erst morgen.«

Mannhardt wohnte seit Jahren in einem der postmodernen Gebäude, die zwischen 1985 und 1988 im Rahmen der IBA auf dem Gelände des ehemaligen Tegeler Industriehafens entstanden waren. Ein Hafenbecken, das wie ein überdimensioniertes Planschbecken für Kleinkinder aussah, gab es immer noch, und hier ließen er und sein Sohn gern ihre ferngesteuerten Modellboote zu Wasser. Am östlichen Ufer erhob sich die Humboldt-Bibliothek, die an eine alte Fabrikhalle erinnerte, aber auch ein Neubau war. Hier gab es jedes Jahr im Herbst die Reinickendorfer Kriminacht, die Mannhardt aber nur selten besuchte. Sicher, er schätzte das Genre, glorifizierte und mystifizierte es ja seinen Berufsstand über alle Maßen, doch er hatte in seinem Leben zu viel *true crime* erlebt, als dass er sich an literarischen Ausformungen noch sonderlich erfreut hätte.

Sie liefen zum Bahnhof Alt-Tegel, und Silvio gab im Verteilergeschoss einen Laut von sich, der an einen Affenkäfig denken ließ.

»Uuuu …! Weil es doch die U-Bahn ist.«

Es gab einen kleinen Disput über den Weg zum Museum in der Trebbiner Straße.

»Mit der U 6 bis zum Leopoldplatz, dann mit der U 9 zum Zoo und von dort mit der U2 bis zum Gleisdreieck«, war Mannhardts Vorschlag.

»Ich will aber über Hallesches Tor fahren!«, rief Silvio. »Und von da mit der Hochbahn bis Gleisdreieck. Hochbahn ist cool, und im Tunnel sieht man nichts.«

Orlando hatte einen weitergehenden Vorschlag. »Ich fände es am besten, wenn wir mit dem Bus nach Kladow fahren, dann mit der BVG-Fähre nach Wannsee übersetzen, uns da in die S-Bahn setzen, bis Anhalter Bahnhof fahren und von da zum Museum laufen.«

Mannhardt sah ihn böse an. »Willst du uns verscheißern?«

»Nein, das ist doch ein schöner Tagesausflug.«

»Gut, fahren wir über Hallesches Tor«, sagte Mannhardt schließlich. »Wer nachgibt, hat mehr vom Leben.«

Mannhardt hatte seine Seniorenmonatskarte 65plus und Silvio eine Schülermonatskarte, nur Orlando musste an den Automaten treten und sich einen Fahrschein losen.

»Du Armer«, sagte Silvio. »Mama hat mal einen Artikel geschrieben, wo jemand herausgefunden hat, dass am Touchscreen unzählige Viren und Bakterien kleben, Killerbakterien.«

»Danke für die Warnung!« Orlando zog seine Zunge wieder ein. »Ich wollte ihn gerade ablecken. Kann man denn auch mit dem Finger auf das tippen, was man haben will? Ich dachte immer, das geht nur mit der Zungenspitze.«

Mannhardt hatte schnell etwas gefunden, um sich wieder einmal aufzuregen.

»Jeder Mensch sagt Fahrschein, nur die BVG nennt das Ding Fahr*ausweis*!«

Sein Sohn hatte die Lösung des Problems: »Papa, das ist ein Ticket.«

Der Fahrausweis wurde offenbar frisch gedruckt, und dieser Vorgang dauerte so lange, dass sie fast den Zug verpasst hätten. Endlich hatte ihn der Automat mitsamt dem Wechselgeld ausgespuckt.

Orlando riss ihn aus der Spendermulde und lief damit zum gelben Knipskasten. »Ich muss mein Ticket erst noch validieren.«

»Wie?«

»Na, steht doch hier drauf: *Validate your ticket.* To validate gleich für gültig erklären.« Es machte Pling. »So, eben war mein Ticket noch ungültig, jetzt darf ich damit fahren.«

Sie schafften es gerade noch, in den schon abgefertigten Zug zu springen. Da Alt-Tegel Endstation war, bekamen sie in einer der Buchten Plätze nebeneinander beziehungsweise gegenüber.

Vor ihnen war ein Mann in den Zug gestiegen, der sich sofort in der Mitte des Waggons aufbaute, um in der Manier eines Stadtführers den Fahrgästen die Welt zu erklären.

»Sehr geehrte Fahrgäste, ich begrüße Sie an Bord des Zuges zum Bahnhof Friedrichstraße. Ein Bistro mit Sex und Getränken, äh Snacks und Getränken, steht Ihnen heute leider nicht zur Verfügung. Aber trotzdem: Thank you for travelling with the BVG. Our next stop will be Borsigwerke. Diese Station ist benannt worden nach August Borsig, geboren am 23. Juni 1804 in Breslau, gestorben am 6. Juli 1854 in Berlin, dem König des deutschen Lokomotivbaus.«

Alle waren genervt. Keine Fahrt mehr in S- oder U-Bahn, ohne dass einer einstieg und den Leuten eine Obdachlosenzeitschrift verkaufen wollte oder sie mit Tönen malträtierte, die er seiner Ziehharmonika, seiner Querflöte oder seinem Saxofon zu entlocken suchte. Nun noch dieser selbst ernannte Stadtführer.

»Dem ist auf den ersten Blick gar nicht anzusehen, dass er aus der Karl-Bonhoeffer-Nervenklinik kommt oder aber dorthin gehört«, sagte Orlando.

Mannhardt enthielt sich einer Bemerkung, denn in seinem langen Leben hatte auch er einmal einige Zeit in einer Nervenheilstätte zubringen müssen. Der arme Teufel tat ihm leid.

»Nächster Halt: Holzhauser Straße!«, rief der Mann. »Benannt nach einem Dorf in der Ostprignitz. Warum, weiß niemand. Wer seine nahen Angehörigen in der Haftanstalt Tegel besuchen oder selbst seinen zugewiesenen Platz im Knast in Anspruch nehmen will, der möge bitte hier aussteigen. Über den Damm und dann noch ein paar Meter in Fahrtrichtung. Wir wünschen Ihnen einen angenehmen Aufenthalt.«

Orlando verdrehte die Augen und stöhnte laut und vernehmlich. »Ich halte das nicht länger aus!«

»Psst!«, machte Mannhardt. »Sonst rastet der noch aus und geht mit dem Messer auf dich los.«

Die Fahrgäste um ihn herum guckten erschrocken.

Auch die Stationen Otisstraße, Scharnweberstraße und Kurt-Schumacher-Platz wurden angemessen kommentiert, dann verließ der Mann den Zug. Mannhardt warf ihm ein Zweieurostück in den hingehaltenen Plastikbecher.

»Der ist gar nicht verrückt, der verdient sich nur seinen Lebensunterhalt auf diese Art und Weise«, stellte Mannhardt fest. »Wahrscheinlich ein arbeitsloser Geisteswissenschaftler. Ich kenne einen promovierten Historiker mit x Veröffentlichungen, der Unter den Linden als Friedrich der Große herumläuft, um finanziell über die Runden zu kommen.«

Orlando lächelte verständnisvoll. »Bei der Juristenschwemme, die wir haben, werde ich eines Tages auch so etwas Ähnliches machen müssen.« Er sah seinen Großvater an. »Hast du eine Idee?«

Mannhardt überlegte einen Augenblick. »Am besten, du gehst als Strohhut-Emil.«

»Als was?«

»Als Berliner Original. Ich glaube, der Mann hieß Emil Riemer und war erst Zirkusartist, dann Straßenkünstler. Auf dem Fahrrad ist er durch Berlin gefahren und hat dabei Mandoline gespielt. Wenn er an einer

Schnur gezogen hat, dann ist der Deckel auf seinem Strohhut oben hochgegangen.«

Orlando bedankte sich. »Gut, Radfahren kann ich, einen Strohhut kannst du mir zum Geburtstag schenken, muss ich nur noch Madolinenunterricht nehmen.«

»Und die gültigen Gesetze für Straßenkünstler lernen«, fügte Mannhardt hinzu.

»Klar, wozu studiere ich denn Jura.«

Friedrichstraße war erst einmal Endstation, denn wegen der Arbeiten zum neuen Umsteigebahnhof an der Ecke Unter den Linden/Friedrichstraße war die Strecke in Richtung Süden ein Stückchen weit stillgelegt. Wer mit der Linie 6 nach Kreuzberg oder nach Tempelhof wollte, hatte bis zum Bahnhof Französische Straße zu laufen.

»Das sind genau 574 Meter«, hatte Orlando in der Zeitung gelesen.

Zwar war es ein schnurgerader Weg, doch die BVG hatte dennoch gelbe Fußstapfen auf die Gehwegplatten geklebt, damit sich niemand verlief.

»Seh'n Se, das ist Berlin, seh'n Se, das ist Berlin …«, sang Mannhardt in Erinnerung an die ›Insulaner‹ aus den seligen RIAS-Zeiten. »… eine Stadt, die sich gewaschen hat, seh'n Se, das ist Berlin!«

Wegen der U-Bahn-Läufer, aber auch der österlichen Berlinbesucher waren die Bürgersteige so voll, dass Mannhardt meinte, sie seien wohl in das geraten, was man beim Rugby Gedränge nannte. Sie kämpften sich aber wacker durch die Menge und erreichten den Bahnhof Französische Straße ohne Blessuren, wenn auch mit erheblichem Zeitverlust.

Der Zug Richtung Alt-Mariendorf ließ nicht lange auf sich warten, und nach genau sieben Minuten, wie Mannhardt ermittelte, erreichten sie den Platz der Luftbrücke. Da er die *location* genauestens kannte, erwischten sie auch den richtigen Maulwurfsgang ins Freie.

»Links sehen Sie die Hungerharke«, erklärte Mannhardt. »Das Luftbrückendenkmal. Die drei Streben stehen für die Luftkorridore, die es während der Blockade 1948/49 zwischen West-Berlin und dem Bundesgebiet gegeben hat.«

»Oppa, irgendwann wirst du auch mal so enden wie der Mann vorhin in der U-Bahn«, orakelte Orlando.

Mannhardt verteidigte sich mit dem Argument, dass Silvio als eingeborener Berliner solche Fakten zu wissen habe.

»Nö«, meinte der. »Ich habe ja mein iPhone für so was, ich muss den ganzen Schrott nicht im Kopf haben.«

»Irgendwann wird das Abendland doch noch untergehen«, murmelte Mannhardt.

Das Museum für Technik und Verkehr sorgte dann dafür, dass der Junge sein iPhone für einige Zeit in der Tasche stecken ließ. Die Junkers Ju 52 faszinierte ihn ebenso wie eine Schnellzuglokomotive aus dem Jahre 1939 und der NAG-Rennwagen. Außerdem experimentierte er eine kleine Ewigkeit im Technikkabinett. Nach gefühlten zehn Stunden waren sie mit ihren Kräften am Ende und schleppten sich erst einmal in die Cafeteria.

»Nun auf nach Friedenau zu den Stolpersteinen«, sagte Mannhardt, nachdem sie sich bei Kaffee und Kuchen gestärkt hatten. Er überlegte. »Wie kommen wir da am besten hin …?«

»Na, mit ’ner Taxe!«, rief Silvio.

»Dazu reicht meine Pension nicht«, beschied ihn Mannhardt. »Und außerdem habe ich meine Monatskarte. Nein, wir laufen bis Möckernbrücke, fahren von da mit der U 7 bis Kleistpark und steigen da in den Bus, in den M 48. Und keine Widerrede!«

»Immer diese Top-down-Entscheidungen«, maulte Orlando.

*

Sandra Roßwein liebte den Rüdesheimer Platz. Einen Steinwurf entfernt, in der Triberger Straße, stand ihr Elternhaus, und sie hatte auf dem Kinderspielplatz an der Ostseite in der Buddelkiste gesessen und auf den Parkwegen zwischen der Rüdesheimer und der Aßmannshauser Straße das Radfahren erlernt. Der sogenannte Schmuckplatz war der Mittelpunkt des Rheingau-Viertels, das für gehobenes Bürgertum stand. Da es an den Längsseiten schräg ansteigende Vorgärten gab, hatte man 1909 bei der Anlage des Platzes von einer Gartenterrassenstadt gesprochen. Auf der westlichen Seite, also zum U-Bahnhof hin, stand der neubarocke Siegfriedbrunnen, geschaffen von Emil Cauer d.J. Siegfried, der kraftvolle Rosselenker, wurde von zwei Skulpturen flankiert: zur Rechten von einer Weinkönigin, die die Mosel symbolisieren sollte, zur Linken vom Vater Rhein. Über dem Monument befand sich eine Terrasse, wo man im Sommer an langen Tischen Platz nehmen und Weine aus dem Rheingau trinken konnte.

Die mehrstöckigen Mietshäuser, die den Platz säum

ten, waren von einer Einheitlichkeit, wie sie in Berlin nicht oft zu finden war. Das lag daran, dass alle Fassaden von nur einem einzigen Architekten gestaltet worden waren, von Paul Jatzow, während das Innere der Häuser von verschiedenen seiner Kollegen entworfen worden war. Der englische Landhausstil war eine wahre Augenweide, und ein Kleinod wie der Rüdesheimer Platz war in Berlin, das mit seinem Ruf als dirty old town so gern kokettierte, nicht oft zu finden.

Wo viel Wein getrunken wurde, durfte auch ein ›Café Achteck‹ nicht fehlen, das historische Berliner Pissoir.

Ein anderer Blickfang war eine öffentliche Straßenbibliothek, das heißt, an der Westseite des Platzes stand ein ausrangiertes Telefonhäuschen, in das jeder Bildungsbürger seine nicht mehr benötigten Bücher hinstellen konnte, auf dass ein anderer etwas zum Ausleihen hatte. Und das alles ohne jede Bürokratie, ganz einfach so.

An Geschäften gab es, nahm man die angrenzende Landauer Straße hinzu, alles, was zum Savoir vivre halt gehörte, darunter natürlich einen Supermarkt und mehrere kleinere Läden, die ganz auf Bio ausgerichtet waren.

Sandra Roßweins Kreativ-Café lag an der Nordseite des Platzes, mehr zur Ahrweiler Straße hin. Jeden Dienstag stand eine Lesung auf dem Programm, jeden Freitag ein indischer Abend und einmal im Monat eine Vernissage. Aber auch Musiker traten bei ihr auf, wobei das Spektrum vom Jazz bis zu Schubert reichte. Um das alles zu finanzieren, reichten die Eintrittsgelder bei Weitem nicht aus, doch Moritz, ihr Mann, sprang immer wieder ein. Seine Firma, die Ganesha Indien Ex- und Import, werfe genügend ab, sagte er.

Das Kreativ-Café sei ihr Leben, hörte man Sandra Roßwein immer wieder sagen. Sie hatte Psychologie und Ethnologie studiert, ohne sich aber an einen Abschluss zu wagen. Das hatte vor allem zwei Gründe. Einmal hatte sie während ihres Studiums nichts anderes im Kopf gehabt als ihre Karriere als Volleyballerin, und zum anderen war ihr Moritz Roßwein mit seinem dicken Bankkonto frühzeitig über den Weg gelaufen. Ihre feministisch gestimmten Freundinnen hatten sie davor gewarnt, zu seinem Anhängsel zu werden, doch sie hatte über deren Einwände nur lachen können. Sie liebte ihn – und ohne ihn hätte sie nie die Kulturmacherin werden können, die sie heute war, immer gut für einen Artikel auf den Lokalseiten der Berliner Tageszeitungen und Stadtmagazine und ein Interview im Radio oder Fernsehen. Was wollte sie mehr. Gerade war sie 37 Jahre alt geworden, Kinder hatte sie keine. Es hatte nie klappen wollen.

An der Wand ihres Cafés hingen indische Sprichwörter und Weisheiten wie: *Tadle nicht den Fluss, wenn du ins Wasser fällst* oder *Geduld verlieren heißt Würde verlieren.* Letzteres bezog sich auf ihre Bedienung, auf Ann-Kathrin, denn die hatte eine erhebliche geistige Behinderung aufzuweisen. Sandra Roßwein hatte sie eingestellt, um ihr zu helfen.

Heute war Suppentag im Kreativ-Café. Die Gäste hatten die Wahl zwischen Brauner-Kichererbsen-Suppe (Kala Chana Ki Tari), Auberginensuppe (Baigan Tari) und Kartoffelsuppe (Alu Tari). Dazu wurde Roti gereicht, das indische Fladenbrot.

Der erste Gast war Kathrin Jassen, Sandras beste Freundin. Beide umarmten sich. Dann traten sie auf den Bürgersteig hinaus, um zusammen eine Zigarette zu rauchen. Ungesund, aber ein altes Ritual bei ihnen.

»Na, mal weg vom Computer?«, fragte Sandra Roßwein.

»Ja, ich war zum Recherchieren in Potsdam.«

Sandra Roßwein lächelte. »Dein neuer Roman über Persius?«

»Auch über Schinkel und Friedrich Wilhelm IV.«, ergänzte Kathrin Jassen.

»Heute ist unser indischer Tag. Darf ich dir was zu essen anbieten?«

Kathrin Jassen wehrte ab. »Danke, ich trinke nur einen Latte macchiato.«

»Okay. Und – kommst du heute zur Stolpersteinverlegung?«

»Nein, tut mir leid, aber ich habe eine Lesung.«

Sie plauderten noch kurz über die desolate Lage der schreibenden Zunft, dann eilte die Freundin wieder an ihren Computer. »Sucht ist Sucht!«

Sandra Roßwein begleitete die Freundin noch zur U-Bahn, dann strebte sie zurück in ihr Büro, um die nächste Vernissage vorzubereiten. Indische Künstler in Berlin, gesponsert von ihrem Mann. Aber ganz so schnell kam sie nicht wieder an ihren Schreibtisch, denn etliche Gäste wollten extra begrüßt und ›beplaudert‹ werden.

»Schmeckt ja ganz ausgezeichnet eure Suppe!«, rief ein befreundeter Arzt, der ganz in der Nähe seine Praxis hatte.

»Wird ja auch alles von einem echten Inder zubereitet«, erklärte ihm Sandra Roßwein und setzte sich zu ihm. »Von Vijaya.«

Der Mediziner staunte. »Viagra?«

Sie stellte die Sache klar. »Ist das ein bisschen professionelle Deformation bei Ihnen?«

»Ja, kann schon sein. Aber das ist noch gar nichts gegenüber einem indischen Patienten, den ich mal hatte, denn dessen Vorname lautete Sunil.«

»Wie das Waschmittel?«

»Ja, und da er aus dem bergigen Norden Indiens kam und recht dunkelhäutig war, musste er sich immer wieder Kommentare gefallen lassen, die Sie als rassistisch brandmarken würden. Aber Sunil selbst konnte darüber nur kichern. Das muss wohl am exzessiven Genuss bestimmter landwirtschaftlicher Produkte gelegen haben.«

»Dann müssten Sie als begeisterter Schweinefleischesser auch dauernd quieken«, konterte Sandra Roßwein.

Sie scherzten solange miteinander, bis Moritz Roßwein in der Tür erschien. Sandra fuhr vom Stuhl hoch, denn sie wusste, dass ihr Mann mit seiner Eifersucht eigentlich in die Therapie gehörte. Wegen seiner Indiensucht, wie sie das nannte, sowieso schon lange. Sie hatte ihm den Gefallen getan, in ihr Kreativ-Café einige indische Elemente einzubringen, dies aber primär aus finanziellen Gründen, denn ohne sein Geld hätte sie es nicht eröffnen können. Um ihn milder zu stimmen, umarmte und küsste sie ihn mit aufgesetzter Leidenschaft. Aber irgendwie schien er sich innerlich gegen ihre Liebkosungen zu wehren, das spürte sie deutlich. Hatte er eine andere, spielte er den eifersüchtigen Ehemann nur, um keinerlei Verdacht zu erregen? Sie ließ ab von ihm und flüchtete sich in eine geschäftsmäßige Freundlichkeit.

»Möchtest du noch eine von Vijayas Suppen? Nimm doch Platz hier. Das ist Dr. Kriebstein, ein Kollege meines Vaters.«

»Angenehm.« Roßwein liebte die konventionelle Höflichkeit und hasste Begrüßungsfloskeln wie Hallo oder Hi. »Ich bin Sandras Gatte.«

Sie verdrehte die Augen, denn mit der Begattung hatte es ja nie klappen wollen. Ihr Sex war seit einiger Zeit so lustvoll wie eine Darmspiegelung. Von Indien mochte er ja viel verstehen, nur nicht vom Kamasutra, den Versen des Verlangens. Aber okay.

Roßwein plauderte ein wenig mit Dr. Kriebstein, dann bekam er seine Baigan Tari und war sehr zufrieden mit Vijayas Suppe.

Der Arzt winkte Sandra herbei. »Ich hätte gern gezahlt …«

Roßwein sah auf. »Dazu haben wir doch Ann-Kathrin.«

»Ja, aber ich möchte Ihrer Frau noch etwas sagen.«

»Oh …«

Dr. Kriebstein lächelte. »Nur etwas Politisches, wenn Sie so wollen.« Als Sandra an seinem Tisch angekommen war, erläuterte er, um was es ging. »Bekannte von mir sind in einer Initiativgruppe, die heute um 17.30 Uhr Stolpersteine aus Messing vor dem Haus Stierstraße 21 verlegen wollen, und ich soll alle ansprechen, die mir über den Weg laufen, damit sie auch hinkommen.«

»Ja, natürlich!«, rief Sandra. »Mache ich.«

*

An der Hähnelstraße stiegen Mannhardt, Silvio und Orlando aus dem Bus. Heike wartete schon auf sie. Sie gingen ein paar 100 Meter die Hauptstraße hinunter. An der Ecke Stierstraße hatte sich bereits ein kleiner Menschenauflauf gebildet, der bis auf den Fahrdamm reichte. Ein Polizist mit gelber Warnweste begann, den Verkehr zu regeln. Sie fanden seitwärts einen Platz, von dem sich alles, was auf dem kleinen Platz vor dem etwas zurückgesetzten Mietshaus geschah, gut beobachten ließ. Die Temperatur mochte knapp unter dem Gefrierpunkt liegen, aber für Mannhardt waren es gefühlte minus 15 Grad.

Die Zeremonie begann. Eine grauhaarige ältere Dame begrüßte alle, die gekommen waren, und erzählte, dass es in der ersten Etage des Mietshauses Stierstraße 21 eine private Synagoge gegeben hätte. In der Pogromnacht des 9. November 1938 sei sie geschlossen worden, ihre Bewohner habe man verhaftet und abtransportiert. Zur Erinnerung habe man nun vor dem Hauseingang eine Stolperschwelle ins Straßenpflaster eingelassen. Nach Ende der Begrüßung trat eine andere Frau in den Mittelkreis und sang jüdisch-geistliche Lieder. Dann ergriff der Rabbiner Daniel Alter das Wort.

»Das ist der, den sie vor einem Monat in Friedenau verprügelt haben«, sagte Mannhardt zu Orlando. »Vor den Augen seiner Tochter.«

»Ich weiß. Und die Täter haben sie noch immer nicht gefasst.«

»Sauerei, ja!«

»Trotz 6.000 Euro Belohnung.«

»Wer möchte schon gern auf der Abschussliste der rechten Ultras stehen«, sagte Heike. »Siehe NSU.«

»So ist es.« Mannhardt versteckte sich hinter dem Rücken seines Vordermannes, als jemand, der nicht ganz koscher aussah, die Gruppe mit seinem Handy fotografierte. So weit war es nun schon wieder. Schlimme Erinnerungen stiegen in ihm auf.

Als der Rabbiner ein Kaddisch gesprochen und ein junger Künstler auf seinem Cello Elegisches gespielt hatte, machten sich alle auf, um in der nahe gelegenen Fregestraße eine Reihe von Stolpersteinen – ja: was …? Heike, die über alles eine Reportage schreiben wollte, fand in der Eile kein passendes Verb.

»Einweihen?«, fragte sie.

»Der Öffentlichkeit zu übergeben«, schlug Orlando vor.

»Um derer zu gedenken, denen sie gewidmet sind«, war Silvios Lösung. Immerhin hatte er in Deutsch ab und an eine Eins.

Mannhardt hatte irgendwie Bedenken gegen die ganze Aktion. »Wir sollen über diese Steine stolpern, damit wir an die Juden denken, die von den Nazis umgebracht worden sind. Das ist gut, eine geniale Idee, aber … Da sind doch auch die Namen und persönlichen Daten der Opfer eingraviert – und da treten wir mit Füßen drauf. Hm … Ich weiß nicht, ob Gedenktafeln an den Hausfassaden nicht die bessere Lösung wären.«

»Immer diese Bedenkenträger«, murmelte Orlando.

»Mir ist kalt, ich bin total durchgefroren«, klagte Silvio. »Können wir nicht in ein Restaurant gehen und uns da etwas aufwärmen?«

»Ihr schon, ich nicht«, lautete die Antwort seiner Mutter. »Ich muss mit zu den Stolpersteinen in der Fregestraße und der Wilhelm-Hauff-Straße und anschließend zum Treffen im Literaturhotel.«

So trennte man sich. Die drei Männer, und zu denen zählte sich Silvio schon, gingen in ein Restaurant in der Rheinstraße und aßen und tranken dort fast drei Stunden lang, bis Heike endlich zu ihnen stieß.

»Jetzt aber ab nach Hause!«, rief Mannhardt und kramte einen Standardspruch seines Vaters aus dem Gedächtnis hervor. »Morgen früh ist die Nacht zu Ende.«

»Mein Wagen steht Stier-/Ecke Hähnelstraße«, sagte Heike. »Könnt ihr noch einen kleinen Verdauungsspaziergang unternehmen?«

Bei dem nun mussten sie die Stelle passieren, an der am späten Nachmittag die Gedenkstunde stattgefunden hatte. Von der gegenüberliegenden Straßenseite sahen sie zwei jüngere Männer vor Stolperstein und -schwelle knien.

»Das wird ja ’ne richtige Pilgerstätte«, sagte Mannhardt.

»Nee, die übermalen sie mit schwarzer Farbe!«, rief Orlando, der die besseren Augen hatte.

In diesem Moment näherte sich eine Frau von etwa 40 Jahren den beiden knienden Männer und schrie sie an.

»Was machen Sie denn da? Was soll denn das?«

Da sprang einer der Männer auf und griff sich eine Spitzhacke, mit der er offensichtlich vorgehabt hatte, die kleinen Messingblöcke aus dem Pflaster herauszulösen und mitzunehmen.

Die Frau lief ein Stück zurück und riss ihr Handy heraus. Offensichtlich, um die Polizei zu rufen. Einer der Täter stürzte sich auf sie, umschlang sie und warf sie zu Boden.

Da war Mannhardt heran, auch jetzt noch Polizeibeamter, wenn auch schon lange im Ruhestand.

»Lassen Sie die Frau in Ruhe, Sie Idiot!«

Der Mann fuhr herum, hob seine Spitzhacke und setzte an, Mannhardt niederzustrecken. Doch der hatte solche Situationen jahrelang trainiert und wusste, wie er sich zu wehren hatte. Er unterlief die Waffe, packte den Stiel und rammte dem jungen Mann gleichzeitig sein Knie mit aller Kraft in die Hoden. Der Angreifer ging schreiend zu Boden. Das war der Auslöser für seinen Kumpel, sich auf Mannhardt zu stürzen. Doch da waren Orlando und Silvio schon zur Stelle, um ihm beizustehen. Sie hielten den Helfer fest, während sich Mannhardt neben den Angreifer mit der Spitzhacke kniete, um ihm den rechten Arm bis zur Schmerzgrenze umzudrehen und ihn so an der Flucht zu hindern.

Martinshörner kamen näher, Blaulichtblitze zuckten über die Fassaden. Ein Uniformierter sprang heraus und stürzte auf Mannhardt zu. Eine Kollegin folgte ihm.

»Lassen Sie den Mann los! Und Hände hoch!«

Mannhardt gehorchte. Offenbar hielt man ihn für den Täter und den Mann mit der Spitzhacke für das Opfer.

Die Frau, die die Schändung der Stolpersteine bemerkt hatte, schrie den Beamten zu, ob sie wohl nicht mehr alle Tassen im Schrank hätten. Dabei stieß sie mit dem Fuß so wütend gegen die Spitzhacke, dass diese meterweit über das Pflaster rutschte.

»Der Herr hier hat mich gerettet, und der da, der am Boden liegt, hat mich erschlagen wollen. Er und der andere hier haben die Stolpersteine mit Farbe beschmiert und wollten sie wohl auch noch ausgraben.«

Die Polizistin war etwas heller als ihr Kollege und begriff sofort, was Sache war. Ein Mannschaftswagen wurde geholt, in dem nun die Protokolle aufgenommen werden sollten.

»Wir haben det doch nur jemacht, damit morjen allet in die Zeitung kommt«, sagte einer der jungen Männer. »Wie heißt det? PR-Gag, wa …?«

»Halt's Maul!«, fuhr ihn der andere an.

DREI

Mangal Mukherjee gehörte zur Minderheit der Bengalen, fühlte sich in Mumbai, früher Bombay, aber wohler als bei sich zu Hause in Kolkata. Er wohnte mit seiner Frau Shraddha und den drei Kindern in Malad West, von wo aus er jeden Morgen mit der Mumbai Suburban Railway zur Arbeit in den Süden Mumbais fahren musste. Dort im vornehmen Colaba saß das Handelshaus, in dem er für die Exporte in die EU-Länder zuständig war.

Sie saßen zusammen beim Frühstück und plauderten über dieses und jenes. Shraddha wollte wissen, wann denn sein Freund Moritz Roßwein nach Mumbai käme.

»जब आपके दोस्त Moritz मुंबई के लिए आता था?«

»About two weeks after this Easter-holidays, around mid-April.«

Sie sprach immer Hindi, er Englisch, sodass die Kinder zweisprachig aufwuchsen.

Von seiner Wohnung an der Haji Zakeria Road bis zum Bahnhof Malad war es nicht allzu weit, aber er hatte die breite Swami Vivekanand Road zu überqueren, und auf der zogen in langen Kolonnen Fahrräder, Mopeds, Autos, Lastwagen und Omnibusse vorüber. Auf die andere Straßenseite zu gelangen, erforderte viel Mut und Geschick, und er schaffte es erst, als ein Mann seinen kaputten Lieferwagen an ihm vorbei schob und so eine kleine Lücke schuf. Der Slalom gelang, Mukherjee erreichte sein Ziel mehr als pünktlich.

In mehreren Reihen standen die Menschen an der Bahnsteigkante. Das war logisch, aber unklug, denn da die Züge immer nur wenige Sekunden hielten, sprangen schon viele vorzeitig aus den Waggons und prallten gegen die Wand der Wartenden. Man fluchte, man purzelte übereinander. Die Nachrückenden nutzten die Lücken, um den Zug zu entern, so auch Mukherjee.

Die Fahrt mit der Bahn war jeden Morgen ein neues Abenteuer. Obwohl die Züge alle paar Minuten fuhren, waren sie fast immer hoffnungslos überfüllt. Da die Türen auf beiden Seiten zumeist nicht geschlossen wurden, waren nahezu bei jeder Fahrt tödliche Unfälle zu erwarten. Wer nicht aus dem Zug gestoßen wurde, der wurde beim Trittbrettfahren von Oberleitungsmasten geköpft. Jugendliche, die es vorzogen, aufs Dach der Waggons zu klettern, gerieten hin und wieder an die Oberleitung und verschmorten.

Und so war Mukherjee auch nicht überrascht, als es nach ein paar Minuten eine Notbremsung gab. Offenbar hatte wieder einmal jemand den Weg abkürzen wollen, war schnell über die Gleise gelaufen und vom Zug erfasst worden.

»Unsere Züge sind die reinsten Serienkiller«, murmelte Mukherjee. In der Times of India hatte gestanden, dass jährlich um die 3.000 Menschen auf den drei Mumbaier S-Bahn-Linien zu Tode kamen. Er freute sich schon diebisch darauf, seinen Berliner Freund Moritz Roßwein die Mumbai Suburban Railway vorzuführen. Was meckerte der immer über die Berliner S-Bahn.

Obwohl das eigentlich unmöglich schien, quetschte

sich ein Kammverkäufer durch das Abteil und pries seine Ware an. »Große Kämme, kleine Kämme, alle Farben, unzerbrechlich!«

Mukherjee kaufte nichts und passte auf seine Jackentaschen auf, denn womöglich war der Mann ein gut getarnter Taschendieb. Als er einen Blick durch das Fenster erhaschen konnte, sah er draußen einen Mann mit nacktem Oberkörper eine Kuh melken. Irgendwo brannte ein Dungfeuer. Ätzender Qualm wehte zum Zug hinüber. Die Menschenmenge an der Unfallstelle wuchs von Sekunde zu Sekunde. Ihren Rufen entnahm Mukherjee, dass es sich möglicherweise um einen Selbstmord handelte.

»Können die nicht Gift schlucken oder sich von einem Hochhaus stürzen«, meinten mehrere im Zug. »Müssen sich alle die Bahngleise aussuchen?«

»Jetzt ist die Polizei da und deckt die Leiche zu«, berichtete einer vom Trittbrett her.

Einige der Fahrgäste neben Mukherjee berührten ihre Stirn oder legten die Hände zusammen, um »Ram, Ram« zu murmeln.

Endlich ging es weiter. Mumbai Central wurde der Zug etwas leerer, und Mukherjee konnte sein Handy aus der Tasche ziehen und Moritz Roßwein anrufen. Ein bisschen Deutsch hatte er gelernt.

»Hi, ich habe in dieses Moment an dich gedenkt? How are you?«

»Gut. Ich bin gerade dabei, mit Sandra einen indischen Abend vorzubereiten. Mit vielen Gästen.«

*

Der Tag hieß zwar Gründonnerstag, aber draußen war alles weiß. Nachts hatte man in der Stadt Temperaturen zwischen -3 und -4 Grad gemessen, in Schönefeld sogar -4,7. Auch wenn tagsüber die Sonne schien und das Thermometer etwas über den Nullpunkt kletterte, so war der Schnee noch lange nicht geschmolzen, und alle Fußballspiele der unteren Ligen mussten abgesagt werden. Mannhardt genoss es, mächtig schimpfen zu können.

»Dieser verdammte Wintereinbruch!«

»Muss der Winter nun wegen diesem Einbruch ins Gefängnis?«, wollte Silvio wissen.

»Der Junge kommt nach dir«, stellte Heike fest.

Mannhardt stritt das ab. »Ich hätte wegen dieses Einbruchs gesagt, ich liebe den Genitiv.«

Silvio staunte. »Unseren neuen Hausmeister?«

»Das ist der Genischew.«

Aber nicht nur über den Winter regte sich Mannhardt auf, auch noch über vieles andere. Wobei aber Heike und Orlando nie wussten, ob er es ernst meinte oder nur schauspielerte.

»Alles machen sie einem kaputt«, moserte er, als sein Enkel gekommen war. »In meiner Jugend war NSU ein Zauberwort, alle Jungen wollten ein NSU-Motorrad haben. Die NSU-Fahrer holten in den 1950er und 1960er Jahren jede Menge Titel und Weltrekorde. Wir haben immer gewettet, wer gewinnt: Heiner Fleischmann auf NSU oder Schorsch Meier auf BMW. Heute weiß das kaum noch einer, heute steht NSU für Nationalsozialistischer Untergrund und nicht für Neckarsulm, wo sie die Motorräder gebaut haben, einen Kleinwagen auch noch, den Prinz.«

Orlando fixierte seinen Großvater. »Glaubst du nicht auch, dass bei der Kriminalpolizei und im Verfassungsschutz Männer sitzen und gesessen haben, die auf dem rechten Auge blind sind und alles tun, damit Neonazis wie die NSU-Leute nicht auffliegen?«

Mannhardt zögerte mit der Antwort. »Manchmal glaube ich das schon in einem Lande, das Theodor Heuss verehrt, obwohl der Hitlers Ermächtigungsgesetzen zugestimmt hat und damit für mich im weiteren Sinne ein Kriegsverbrecher ist. Oder denken wir an Hans Globke, Adenauers graue Eminenz, der maßgeblich an der Judenverfolgung mitgewirkt hat. Kein Wunder, dass nach dem Krieg die alten Nazis nicht behelligt wurden. Und vielleicht ist es mit den jungen heute nicht anders?«

Orlando fand, dass es seinem Großvater guttun würde, wenn er sich weiter aufregen konnte, sein Blutdruck lag ja immer bei idealen 120 zu 80, und brachte andere Themen ins Spiel. Es gab viele Bälle, die er ihm zuspielen konnte. Er brauchte nur zur herumliegenden Tageszeitung zu greifen.

»Hast du das gelesen, Opa Hansjürgen, dass deine Kollegen vom Streifendienst angewiesen worden sind, bei einem Einsatz Münzen in die Parkautomaten zu werfen?«

»Was für ein Irrsinn!« Mannhardt fasste sich an den Kopf. »Anruf: ›Kommen Sie schnell, mein Mann will mich erstechen!‹ – Antwort: ›Tut mir leid, ich muss erst zum Automaten gehen und ein Ticket ziehen, habe aber keine passenden Münzen bei mir.‹«

»Am Morgen hat ein Bagger vier bunt bemalte Segmente aus der East Side Galery gerissen«, las Orlando weiter vor.

»Herrlich!«, rief Mannhardt. »Ausgerechnet der ungebremste Kapitalismus sorgt dafür, dass die letzten Reste der Berliner Mauer auch noch verschwinden, und die alten DDRler dann behaupten können, es habe nie eine gegeben, sie sei nur eine Erfindung des RIAS.«

»Ein BMW-Fahrer ist in der Nacht am Steuer eingeschlafen und gegen das Brandenburger Tor gerast.«

»Den hat der Horst Seehofer geschickt, um Berlin weiter zu ruinieren, wo er uns schon den Länderfinanzausgleich nehmen will. Das ist die Rache für Uettingen!«

Orlando konnte ihm nicht ganz folgen. »Für was, bitte?«

»Für die Schlacht bei Uettingen am 26. Juli 1866. Mainfeldzug. Die Preußen siegen über die bayerische Armee«, dozierte Mannhardt.

»Bis Hertha BSC Bayern München mal schlägt, wird es 2066 werden«, sagte Silvio.

»Ooooh!«, riefen nun alle drei, denn Heike erschien in der Tür. Nicht wie gewöhnlich in Shirt und Jeans, sondern in einem violetten Sari mit Silberstickerei.

Sie verneigte sich nach indischer Sitte. »Hat nur 53 Euro gekostet, und wenn uns Sandra Roßwein aus Dankbarkeit, dass wir sie vor den Neonazis gerettet haben, zu ihrem indischen Abend einlädt, dann will ich auch angemessen gekleidet sein.«

»Ich bin auch angemessen gekleidet«, sagte Mannhardt. »Ich habe mir was aus unserem Lumpensack geholt und gehe als Latrinenreiniger.«

»Und ich im Anzug als Rechtsanwalt.« Orlando war ein Freund einfacher Lösungen.

Pünktlich um 18.30 Uhr stiegen sie in Heikes Auto, brachten zuerst Silvio zum Übernachten zu seinem besten Freund und machten sich dann auf den Weg zur Furtwängler Straße.

*

Vijaya arbeitete an sich als Koch in einem indischen Restaurant in Kreuzberg, wurde aber ab und an auch an das Kreativ-Café von Sandra Roßwein ausgeliehen, und am Abend des Gründonnerstags hatte er freibekommen, um beim großen indischen Abend in der Grunewaldvilla draußen zu kochen und das kalte Buffet herzurichten. Die Lebensmittel für diesen Abend hatte er in der Neuköllner Fuldastraße bei Parameswaran Jegatharan gekauft. Mungobohnen, rote Kidneybohnen, rote Linsen, braune Kichererbsen, Mung Chana Dal, Soya Mince, Lizzat Papadam, Chapatti Atta, Garam Masala Pulver, Curry Blätter, Taandoore Masala, grüner Kardamom und vieles andere mehr hatte auf seinem Einkaufszettel gestanden.

Den Fortschrittlichen, das heißt, kosmopolitischen Deutschen war alles Deutsche suspekt geworden, hatte Vijaya schon seit Langem erkannt, und viele waren bei ihrer Sinnsuche auf alles Indische und die Bhagavadgita gekommen. Die indische Geisteswelt hatte ja in Berlin immer hoch im Kurs gestanden und mit dem Besuch von Rabindranath Tagore am 22. Juni 1921 einen Höhepunkt erfahren.

Vijaya musste immer schmunzeln, wenn er davon hörte. Er selbst war aus dem teilweise noch sehr mittelalterlichen, archaischen und schmutzigen Indien mit seinem nie ganz überwundenen Kastensystem und seinem veralteten Frauenbild entflohen, um sein Glück in Deutschland zu suchen. Von dem hatte er in New Delhi im Max Mueller Bhavan erfahren, wie die deutschen Goethe-Institute in Indien hießen. In letzter Zeit aber fühlte er sich in Berlin nicht mehr ganz so wohl wie früher. Seit der Vergewaltigungsorgie in Delhi im Dezember letzten Jahres begegneten ihm viele deutsche Frauen mit großem Misstrauen, wenn sie erfuhren, dass er Inder war, und in manchen Stadtteilen hielten ihnen die Leute für einen Sinti und Roma, sahen ihn mit bösen Blicken an und umklammerten die Griffe ihrer Handtaschen ein wenig fester.

Sei's drum, er lebte noch immer in Neukölln viel lieber als in Neu-Delhi, aber gelegentliche Rückfälle waren nicht ausgeschlossen. So hatte er bei seinem letzten Einkauf bei Parameshwara Jegatharan einen Hindi-Astrologen kennengelernt und der Versuchung nicht widerstehen können, sich seine Zukunft voraussagen zu lassen. Die sah an sich ganz rosig aus, nur eine Warnung hatte ihn irritiert.

»Höre auf, in das Haus des Herrn Roßwein zu gehen, denn auf dem lastet ein Fluch – und alles wird einmal ein böses Ende nehmen.«

Zuerst hatte er gelacht, denn er wusste, dass der Landsmann, der auch Kaufmann war, mit Roßwein schlechte Geschäfte gemacht hatte und dem Deutschen vorwarf, ihn betrogen zu haben. Die Prophezeiung war also nichts weiter als ein plumper Racheakt, hatte er anfangs gedacht, aber allmählich kamen ihm Bedenken.

Wenn der Astrologe nun doch recht haben sollte? Und Vijaya hatte viele Kriminalromane gelesen und -filme gesehen, bei denen der Plot darin bestand, dass bei einer großen Feier in einer Villa plötzlich in einem der vielen Zimmer ein Toter gefunden wird, ein sozusagen frisch Ermordeter. Niemand von den Gästen darf das Haus verlassen, einer nach dem anderen wird von den Kommissaren verhört, besser noch: gegrillt.

Wenn nun heute Abend in der Roßwein'schen Villa auch so etwas geschah? Schlimmer noch: Roßwein alle eingeladen hatte, um sie gemeinsam in die Luft zu sprengen? Unsinn! Dennoch war ihm irgendwie komisch zumute, als er sich in der Furtwänglerstraße an die Arbeit machte. Die Küche war hier größer als in manch indischem Restaurant, in dem er schon gearbeitet hatte.

Moritz Roßwein ließ sich schnell einmal sehen, um zu fragen, was es denn alles an Köstlichkeiten geben werde.

Vijaya schaute auf seinen Zettel. »Zuerst das Vegetarische. Als Suppe eine Halva Tamar, eine Kürbissuppe. Dann als Vorspeise Sabzi Pakora, frittiertes Gemüse.«

»Du musst mir das nicht alles übersetzen!«, rief Roßwein, sichtbar beleidigt.

Vijaya verbeugte sich entschuldigend. »Okay, Chef.« Dass Roßwein sich als der kompetentere Inder aufspielte, ging ihm zunehmend auf die Nerven. Irgendwie gehörte der Mann mit seinem Indienwahn in die Karl-Bonhoeffer-Nervenklinik. Sicherheitshalber verzichtete er bei den vegetarischen Hauptgerichten auf die deutsche Übersetzung. »Methi Chana Dal und Alu Baigan.« Also Bengalischer Kichererbseneintopf mit Bockshornklee und Kartoffel-Auberginen-Gemüse. »Dazu noch Soßen, Fladenbrote, Chutneys, Salate und Nachspeisen. Und für die Fleischesser Kebab aus dem Tandoori, Chicken Tikka und Biryani, also Reis mit Fleischstücken, Rosinen und Nüssen.«

Diesmal verzichtete Roßwein auf den Hinweis, sich in der indischen Welt bestens auszukennen, denn Sandra stand in der Küchentür und schnauzte ihn geradezu an.

»Bring doch endlich einmal die Dekorationen im großen Zimmer an!«

»Das könnte dir so passen, dass ich von der Leiter falle und mir das Genick breche. Du dann als lachende Witwe!«, keilte er zurück.

Vijaya sah beiden mit einiger Besorgnis hinterher, als sie hinaus auf die Diele liefen. Er hatte das Gefühl, dass es zwischen den beiden schon lange nicht mehr richtig stimmte. Wo das noch enden sollte? Auf der Gästeliste hatte er gesehen, dass sie einen Kriminalkommissar eingeladen hatten. Warum denn das?

*

Von Tegel in die Villenkolonie Grunewald waren es runde 15 Kilometer, wobei es am Waidmannsluster Damm auf die öde Autobahn ging und an der Ausfahrt Halensee wieder hinunter. Heike saß am Steuer, Mannhardt und Orlando hatten hinten Platz nehmen müssen.

»Das hat ja so etwas von Symbolkraft«, stellte Mannhardt fest.

Orlando gab sich alle Mühe, seinen Großvater zu beruhigen. »Solange wir noch beten ›Vater unser‹ und nicht ›Mutter unser‹ und sich die Menschheit von Mann ableitet und wir nicht Frauheit sagen, ist ja noch alles in Ordnung.«

»Soll ich euch den SPD schicken?«, fragte Heike, den Sozialpsychiatrischen Dienst meinend.

»Den SPD schicke mal lieber zu der SPD«, empfahl ihr Orlando mit einem spöttischen Seitenblick auf seinen Großvater.

Und der begann auch sofort, auf Peer Steinbrück zu schimpfen. »Dieser Prozentsenker! Wenn der so weitermacht, landet die SPD bei 18 Prozent.« Es folgten Worte, die Orlando als angehender Jurist Verbalinjurien nannte.

Über die Hubertusallee und die Hubertusbader Straße gelangten sie ans Ziel.

»Toll!«, rief Orlando. »Dass sie nach Maria Furtwängler schon eine Straße benannt haben. Das ist meine Lieblingsschauspielerin.«

»Die ist nicht nach der benannt«, korrigierte ihn Mannhardt, »da müsste sie ja auch schon fünf Jahre tot sein, sondern nach Wilhelm Furtwängler, einem großen Dirigenten.«

»Was?«, fragte Orlando. »Vor Barenboim gab es schon andere Dirigenten?«

Heike fand einen Parkplatz, sie stiegen aus und liefen zur Roßwein'schen Villa.

Orlando sah seinen Großvater fragend an. »Jetzt müsste dich eigentlich der Sozialneid packen?«

»Nein, ist doch schön, dass Berlin mehr zu bieten hat als Plattenbauten und triste Hinterhöfe. Hier sieht man, dass sich Leistung wirklich lohnt, auch wenn sie nur darin besteht, andere für sich arbeiten zu lassen und den Mehrwert abzuschöpfen, oder aber …«

»Hör auf mit deiner ideologischen Litanei!«, rief Heike. »Seit du keine Mörder mehr jagen kannst, bist du manchmal unerträglich.«

Derart froh gestimmt drückten sie auf einen Klingelknopf, bei dem nicht ganz klar war, ob er aus Gold oder aus Messing bestand. Sandra Roßwein eilte herbei, um sie zu begrüßen.

»Da kommen ja meine Retter!«

Mannhardt winkte ab. »Bitte nicht übertreiben.«

Ein wenig befangen betraten sie das Territorium der Schönen und der Reichen. Als sich die Mehrzahl der Eingeladenen im Salon versammelt hatte, am eingeschenkten Sekt aus Indien nippte und schon grüppchenweise miteinander plauderte, klopfte Roßwein gegen sein Glas, um eine kleine Begrüßungsrede zu halten und alle kurz vorzustellen.

»Ich heiße alle herzlich willkommen zu unserem indischen Abend. मै अपने भारतीय शाम को आप सभी का स्वागत करते है. I welcome all of you to our Indian evening.«

»Keine Begrüßung auf Bengali, Gujarati, Kannada, Malayalam, Marathi, Oriya und Panjabi?«, fragte Mike Saleske.

Roßwein überhörte es. »Alle wissen, warum meine Frau und ich euch beziehungsweise Sie heute Abend eingeladen haben: Weil ich eine starke Affinität zu Indien, seiner Kultur und seiner Geschichte habe.«

»Indogermanen sind wir alle«, murmelte Saleske.

»Mike, wenn du die nächsten Stunden überleben willst, dann ...« Roßwein formte Zeigefinger und Daumen der rechten Hand zu einer Pistole. »In der Bhagavadgita spricht der Erhabene im siebenten Gesang:

Vier Arten guter Menschen gibt's, die mich verehren, Arjuna: / Wer Leid trägt, wer erkennen will, wer Gut erwirbt, wer wissend ist. Und so habe ich von jeder Art guter Menschen mehrere in die Furtwänglerstraße eingeladen, und da noch nicht alle alle persönlich kennen, möchte ich nun jeden Gast einzeln kurz vorstellen.«

Bei etwa 30 Gästen dauerte das ein Weilchen. Einige Männer und Frauen gehörten zur B- und C-Prominenz der Stadt, und Mannhardt hatte sie schon einmal im Fernsehen und den Zeitungen gesehen oder im Radio gehört. Da die meisten einer Partei angehörten, war Mannhardt wenig beeindruckt von ihnen und hatte nicht den Wunsch, mit ihnen zu plaudern, Heike hingegen überlegte schon, wer für ihre journalistische Arbeit am meisten bringen konnte.

»Neben meiner Frau stehen haben wir Herrn Staatssekretär Dr. Krügel …«

Mannhardt verstand Dr. Krümel, da der Mann etwas kleinwüchsig war.

»… und daneben meinen lieben und sehr verehrten Schwiegervater Dr. med. Rüdiger Scharrach, seines Zeichens Internist mit Praxis am Rüdesheimer Platz. Bitte kollabiert heute Abend in großer Zahl, damit er zeigen kann, wie gut er ist.« Das wurde mit viel Beifall und Gelächter quittiert, ebenso Roßweins nächster Kommentar. »Neben ihm haben wir seine jüngere Tochter Sabine, die zugleich Sandras Schwester und meine Schwägerin ist, aber auch in meiner Firma die Seele vons Butterjeschäft, also viele Rollen zu spielen hat, die sie aber alle mit Bravour ausfüllt.«

Orlando dämmerte schon ein wenig vor sich hin, als

aber Kathrin Jassen vorgestellt wurde, verspürte er das berühmte erotische Kribbeln. Schön, sie mochte zehn Jahre älter sein als er, doch gerade das ließ sie reizvoll erscheinen. Er hatte einen Roman von ihr gelesen und war sich sicher gewesen, dass die Ich-Erzählerin keine andere war als sie selber.

»Kathrin Jassen kann's Schreiben nicht lassen«, reimte Roßwein. »Sie hat vorher aber auch Psychologie und Indologie studiert. Um dem Volke besser aufs Maul schauen zu können, hat sie es jetzt sogar gewagt, sich in Neukölln-Nord niederzulassen.«

Nun kam einer der prominentesten Gäste an die Reihe: der Schauspieler, Schriftsteller und Maler Friedhelm Dörfler. Ein Mann wie ein Bär, mit seinen 77 Jahren und seiner silberweißen Mähne ein Eisbär.

»Wir kennen und lieben ihn von seinen Bühnenauftritten her, von seinen kauzigen Büchern und seinen originellen Gemälden. Sein großes Thema sind der Mensch und das Feuer. Hier an der Wand hängt eines seiner Meisterwerke *Feuer überm Bach*, eine Hommage an seinen geliebten Kollegen Anselm Feuerbach.«

Nachdem die Anwesenden geklatscht hatten, wandte sich Roßwein »den Lebensrettern seiner lieben Gattin« zu, wie er es ausdrückte. »Nicht dass sie von der DLRG wären und Sandra aus dem Wannsee gefischt hätten, nein …« Er berichtete von den Geschehnissen in Friedenau am Abend nach der Verlegung der Stolpersteine. Es gab mehr Beifall als bei Dörfler. Mannhardt wurde nun als ein Urgestein der Berliner Kriminalpolizei vorgestellt, einer der legitimen Erben des großen Ernst Gennat, was ihn fast ein wenig erröten ließ, Heike als prominente Journalistin, vor deren spitzer Feder man sich in Acht zu nehmen habe, und Orlando als künftiger Staranwalt, dessen Dienste man sich schon jetzt sichern sollte, insbesondere wenn man plane, einen oder gar mehrere Morde zu begehen.

Roßwein wies noch auf seine bevorstehende Reise nach Mumbai hin, dann fiel der entscheidende Satz: »Das Buffet ist eröffnet!« Jeder wollte nun dem anderen den Vortritt lassen, denn als Erster an den kalten Platten und dampfenden Rechauds zu stehen, war peinlich. Sandra Roßwein machte schließlich den Anfang, und nun marschierten alle in die Küche zu Vijaya.

Als Mannhardt und die Seinen mit gefüllten Tellern in den Salon zurückkehrten, kamen sie neben dem Mann zu sitzen, den Roßwein als seinen besten Freund in Deutschland vorgestellt hatte, Mike Saleske, und der machte seinem Beruf als Lehrer auch gleich alle Ehre und begann sie abzufragen.

»Wissen Sie eigentlich, wo der Name Bombay herkommt?«

Mannhardt schlüpfte in die Rolle des Schülers, der immer witzig sein musste. »Sicher, weil die Inder während der Kolonialzeit Bomben, aber auch Eier auf die Engländer geworfen haben.«

»Sehr gut, Hansjürgen, aber leider falsch. Vor den Engländern waren ja die Portugiesen mit ihren Schiffen da, und die haben, als sie vor Anker gehen wollten, ausgerufen: ›Bom bahia!‹, also: ›Gute Bucht!‹, und da ist dann bei den Engländern Bombay draus geworden.«

»Und Mumbai?«, wollte Heike wissen.

»Mum hängt mit einer Hindu-Göttin zusammen: Mumbadevi, kurz Mumba, und Aai heißt in der örtlichen Sprache Mutter.«

Inzwischen war auch der Überraschungsgast des Abends eingetroffen, eine junge Inderin, die in dem gerade angelaufenen Film *Mitternachtskinder* mitgespielt hatte.

»Nie gehört«, murmelte Mannhardt und meinte damit sowohl den Film als auch den Namen der Schauspielerin.

Saleske wusste auch diese Bildungslücke zu schließen. »*Mitternachtskinder* ist ein Roman von Salman Rushdie, den Deepa Mehta verfilmt hat, eine indisch-kanadische Regisseurin. Das Ganze beginnt am 15. August 1947. Was war da?« Saleske blickte Mannhardt, Heike und Orlando an. »Na?«

Heike fand als Erste eine Antwort. »Da hat es in Paris die Marshall-Plan-Konferenz gegeben.«

»Ja, schon, aber in Bezug auf Indien?«

Orlando meldete sich und bekam das Wort. »Wenn Sie so fragen, dann wird an diesem Tag Indien aus der britischen Kolonialherrschaft entlassen worden sein.«

Saleske strahlte. »In der Tat, Orlando, das ist eine glatte Eins. Und in dem Freudentaumel kommen zwei Kinder zur Welt, magisch begabt, kleine Götter. Der eine der neugeborenen Jungen hat reiche muslimische Eltern, der andere stammt von hinduistischen Vagabunden ab. Und nun vertauscht eine Krankenschwester die beiden Babys …«

»Genial!«, rief Orlando.

Auch Heike war begeistert. »Da kann man bestimmt die ganze Geschichte Indiens erleben – mit arm und reich, gut und böse, Realität und altem Glauben.«

Nur Mannhardt verdrehte die Augen. »Bei so viel Kultur gehe ich lieber zu Hertha.«

»Jaja«, spottete sein Enkel. »Wie immer: lieber Hertha BSC als Hertha Müller.«

Nach dem Essen begann der kulturelle Teil des Abends. Roßwein stellte einen berühmten *Sitarji* vor. Der Inder nahm auf dem Boden Platz und schlug die Beine übereinander. Eine *Sitar* sei eine gezupfte Langhalslaute, erfuhr Mannhardt. Der Spieler hielt sie schräg vor dem Körper und erzeugte Töne, die Mannhardt glauben ließen, ein Tinnitus hätte ihn ereilt. Am liebsten wäre er aufgesprungen und sofort zu einem HNO-Arzt gelaufen.

Erfreulich war da schon die Schauspielerin, die Roßwein in der Bharati-Show gesehen und für diesen Abend engagiert hatte. Sie sang und tanzte derart exotisch und erotisch, dass Mannhardt für Augenblicke vergaß, sich schon in der Altersgruppe des neuen Papstes zu befinden.

Gerade war der Beifall für die Künstlerin verklungen, da kam Vijaya in den Salon gestürzt.

»Unten im Keller liegt ein Toter!«

VIER

Mannhardt hielt viel auf Traditionen und war vollauf überzeugt von der Kraft der Rituale, hatte also nichts dagegen, der Einladung seines Enkels zum Karfreitagsgottesdienst in der Wilmersdorfer Auen-Kirche Folge zu leisten.

»Ich wohne ja jetzt gleich nebenan in der Wilhelmsaue, und als unser Bundespräsident noch nahebei am Volkspark zu Hause war, in der Nymphenburger Straße, ist er immer in die Auen-Kirche zum Gottesdienst gegangen«, erklärte Orlando.

»Hoffentlich nicht auch heute!«, rief Mannhardt. »Ich will nicht so durchsucht werden, als würde ich nach Israel fliegen.«

Heike hätte lieber bis in die Puppen geschlafen, fuhr aber mit nach Wilmersdorf, um Silvio vielleicht doch noch zu überreden, sich konfirmieren zu lassen.

Orlando hatte noch ein Argument für den heutigen Kirchenbesuch, eines, das er an sich nicht laut hätte sagen dürfen und darum auch ein wenig vage formulierte.

»Die Hagia Sophia in Istanbul war auch einmal eine christliche Kirche, bis man sie nach 1453 umgewidmet hat.«

Da fauchte Heike ihn an. »Bitte keine rechten Parolen!«

»Nein, nein«, beeilte sich Orlando zu versichern. »Wer kehrte nicht gern zurück ins finstere Vormittelalter – zumal als Frau.«

»Schluss jetzt!«

Die Kirche war überraschend gut besucht, und Mannhardt fühlte sich schon an Weihnachten erinnert, was bei der winterlichen Landschaft draußen auch naheliegend war.

Der Gottesdienst wurde mit der *Phantasie in c* von Johann Sebastian Bach eröffnet. Mannhardt kam nicht an gegen seine Assoziationen und Erinnerungen. Was hatten sie als pubertierende Knaben in solchen Augenblicken immer gemurmelt: »Die Orgel durch die Kirche braust / der Onanist macht's mit der Faust.« Fast hätte er den Kopf hin und her gedreht und die Männer in seiner Reihe prüfend gemustert.

Jetzt trat der Pfarrer vor, begrüßte die Kirchgänger und führte sie zum gedanklichen Kern des Karfreitagsgottesdienstes, dem 22. Psalm, Vers 2: *Mein Gott, mein Gott, warum hast du mich verlassen?*

Wieder setzte die Orgel ein, und Mannhardt konnte auf dem Zettel, den man ihm am Eingang in die Hand gedrückt hatte, nachlesen, dass man wiederum auf Johann Sebastian Bach zurückgegriffen hatte. *O Mensch, bewein dein Sünde groß* hieß das Stück. Danach wurde ein Text von Luise Rinser gelesen: *Der Schrei der Menschheit.* Ausgangspunkt war auch hier der besagte 22. Psalm. Er wurde von der Rinser als Schrei der Menschheit verstanden, unser aller Schrei. *Wo ist denn unser Gott, den wir Vater nannten? Wohin ist er gegangen? Ist er unserer Dummheit müde geworden? Hat er uns endgültig dem Schicksal überlassen, das wir uns selbst bereitet haben? Gibt es ihn überhaupt, diesen von uns geglaubten, erhofften, geliebten Gott? Mein Gott, unser Gott, warum hast du deine Menschen verlassen? Erreicht dich unser Schrei nicht mehr?*

Das war sehr anrührend, verfehlte aber bei Mannhardt und Orlando seine volle Wirkung, weil auf dem Programmzettel der Auen-Kirche stand: *Der Schrei der Menschhiet*.

»Da muss eine Feministin am Werk gewesen sein«, sagte Mannhardt in Richtung von Heike. »Men gleich Männer – und dazu den ganzen Schiet, den sie angerichtet haben.«

»Pssst!«

Orlando sah sie böse an. »Das ist ein Bordell hier nebenan in der Brandenburgischen Straße. Wo ist da der Zusammenhang?«

Zum Glück bekam Silvio nichts von ihren Dialogen mit, da er schon längst mit seinem iPhone beschäftigt war. Mannhardt ließ ihn gewähren, denn was hatte er gestern bei Roßwein als eine indische Weisheit zu hören bekommen: *Wer seine Kinder liebt, braucht sie nicht zu erziehen*.

Nach dem *Schrei der Menschhiet* wurde ein Stück von Johann Gottfried Walther gespielt, was Mannhardt und seinen Enkel wiederum zu Spötteleien reizte, denn im Programm stand *Gottref* statt *Gottfried*.

»Johann Gottref«, sinnierte Mannhardt. »Das muss ein Schwuler gewesen sein oder ein Transsexueller.«

Orlando sah ihn fragend an. »Wieso'n das?«

»Weil ein altes Reff früher bei uns ein Schimpfwort gewesen ist. Reff gleich schwatzhaftes Weib.«

»Könnt ihr nicht endlich mal aufhören!«, zischte Heike.

»Ich bin Mitglied der evangelischen Landeskirche Berlin, Brandenburg, Schlesische Oberlausitz, und zahle eine Menge Kirchensteuer«, erklärte Mannhardt. »Ich darf das.«

Orlando lachte. »Du bist doch eher ein Agnostiker.«

»Ein was?«

»Einer, der so viel über die Existenz Gottes nachgedacht hat – gibt es ihn, gibt es ihn nicht-, dass er deprimiert aufgegeben hat, weil es keine logische Antwort gibt.«

»Gut, bin ich eben einer.«

Nachdem Johann Gottref (= Gottfried) Walther abgehakt war, las der Pfarrer aus dem 23. Kapitel des Lukasevangeliums die Verse 33–49. Mannhardt war zu schläfrig geworden, um noch jeden Satz in sich aufnehmen zu können.

»*Und als sie kamen an die Stätte, die da heißt Schädelstätte, kreuzigten sie in daselbst und die Übeltäter mit ihm, einen zur Rechten und einen zur Linken … Jesus aber sprach: Vater, vergib ihnen; denn sie wissen nicht, was sie tun! Und sie teilten seine Kleider und warfen das Los darum … Und das Volk stand und sah zu. Auch die Obersten spotteten und sprachen: Er hat andern geholfen; er helfe sich selber, ist er der Christus, der Auserwählte Gottes … Es verspotteten ihn auch die Kriegsknechte, traten zu ihm und brachten ihm Essig und sprachen: Bist du der Juden König, so hilf dir selber!*«

Danach folgten Bachs *Canzona in d*, eine moderne Nachdichtung des Liedes *O Mensch, bewein dein Sünde groß* von Detlev Block.

»Oh!« Mannhardt war erstaunt. »Ich dachte immer, der dreht nur Filme.«

»Das ist Detlev Buck.«

»Ach so.« Mannhardt erinnerte sich daran, wie sie in seiner Klasse immer über die Kameraden gewitzelt hatten, die von ihren Eltern den Vornamen Detlef oder Detlev erhalten hatten: *Mein Name ist Detlef – und wie geht deine Hose auf?* Durfte man heute auch nicht mehr erzählen.

O Mensch, beweine deine Schuld!

»Da hast du viel zu beweinen«, meinte Heike mit Blick auf Mannhardt.

Mit Stücken von Felix Mendelssohn Bartholdy klang der Gottesdienst aus.

Nach dem Kirchgang machten sie sich auf den Weg, um sich beim Italiener am Bundesplatz zum Brunch niederzulassen. Es musste ja nicht immer etwas Indisches sein. Erst ging es am frisch renovierten Schöler-Schlösschen vorbei, das die von Johannes Rau hinterlassene Bibliothek aufnehmen sollte, dann liefen sie am Rande des Wilmersdorfer Volksparks und seiner Schneewiese entlang zur Bundesallee.

Als sie am Buffet ihre Teller gefüllt und am reservierten Tisch Platz genommen hatten, konnte munter geplaudert werden. Gesprächsthema Nummer Eins war der gestrige Abend in der Roßwein'schen Villa.

»Überschrift: Um ein Haar wäre die Leiche echt gewesen«, stellte Orlando fest.

Die Sache an sich war in wenigen Worten erzählt: Mike Saleske war von Roßwein gebeten worden, sich für seine indische Nacht eines jener Gesellschaftsspiele auszudenken, wie sie bei Dinnerpartys in Mode gekommen waren: Professionelle Entertainer inszenierten einen Mord und die Gäste hatten dann herauszufinden, wer der Mörder war. Natürlich einer von ihnen. »Niemand verlässt das Haus!« Als Ermordeten hatte sich Saleske den Schauspieler, Maler und Schriftsteller Friedhelm Dörfler ausgesucht, und der hatte sich dann auch in einem günstigen Augenblick von der speisenden Gesellschaft abgesetzt, um in den Keller hinabzusteigen und sich dort mit viel Theaterblut als Leiche herzurichten und finden zu lassen. Dummerweise hatte er vorher eine ganze Menge getrunken und war die Kellertreppe hinab gestürzt. Zwar hatte er sich keinen Schädelbasisbruch zugezogen, aber seine Blessuren reichten auch so für einen zehntägigen Klinikaufenthalt.

»Mit dem Entsetzen Scherz zu treiben, ist mir irgendwie zuwider«, bekannte Mannhardt. »Ich habe in dieser Hinsicht zu viel Realität erlebt, weibliche und männliche Opfer, die wirklich erschossen, erstochen, erschlagen und erwürgt worden waren, und so viele Täterinnen und Täter festgenommen und vor Gericht beziehungsweise nach Tegel in die JVA gebracht, als dass ich das irgendwie lustig und als Spiel empfinden könnte.«

Sein Enkel sah ihn an. »Dann wärst du also bei Roßwein zum Spielverderber geworden?«

»Ich hätte bestimmt nicht mitgemacht.«

»Ich schon«, gab Heike zu. »Wir Nicht-Kriminalisten, wir brauchen Kriminalromane und Kriminalfilme im Fernsehen, um mit unseren Ängsten fertig zu werden. Andere werden Opfer, wir sitzen gesund und munter vor dem Fernseher, knabbern unsere Chips und trinken unser Bier oder unseren Rotwein.«

Orlando nickte. »Das auch. Aber gleichzeitig verhindert die Fiktion auch, dass wir in Wirklichkeit Täter werden: Wir projizieren unsere Aggressionen, unsere Mordgelüste auf einen Mörder oder eine Mörderin im Roman oder im Film – und die morden dann stellvertretend für uns.«

Mannhardt nickte. »Ja, das ist nach Aristoteles die berühmte Reinigung der Seele von bestimmten Affekten durch die Tragödie.«

»Mann, haben wir ein hohes Niveau heute!«, rief Orlando. »Reden wir doch einmal von Hertha BSC und fragen uns, ob die nächstes Jahr wieder ab-, wenn sie dieses Jahr aufsteigen. Oder: Schaffen es die Eisbären, Alba und die BR Volleys deutscher Meister zu werden?«

Heikes Interesse an diesem Thema war gleich null. Außerdem ging ihr anderes durch den Kopf.

»Stimmt es eigentlich, HJ, dass du Roßwein gefragt hast, ob du ihn nicht auf seiner Indienreise begleiten kannst?«

Mannhardt war sofort auf Hundert. »Hör auf, mich HJ zu nennen! Ich war nie in der Hitlerjugend und hasse es, HJ genannt zu werden. Außerdem wird mein Vorname in einem Wort geschrieben.«

»Zur Sache, Schätzchen!«

»Ja, habe ich. Aber er war nicht sehr begeistert von dieser Idee. Seine indischen Freunde würden ihm das übel nehmen, wenn er noch jemanden anschleppte.«

Orlando staunte. »Verstehe ich nicht: Mit dem Saleske ist er doch auch nach Indien geflogen, mehrmals sogar.«

Silvio klinkte sich ein. »Indien ist geil, da spielen sie immer Krocket. Wie wir im Garten.«

»Kricket!«, verbesserte ihn seine Mutter. »Eigentlich mit C vorne.«

*

Das Mumbai Cricket Team war eine der erfolgreichsten Mannschaften in der Geschichte der Ranji Trophy, dem wichtigsten Wettbewerb auf dem Subkontinent. Man spielte im Wankhede Stadion, das an der D Road im Stadtteil Churchgate gelegen war. Und selbstverständlich saßen auch Mangal Mukherjee und Moritz Roßwein auf der Tribüne und freuten sich über jedes *innings* der eigenen Mannschaft.

Um sich in der indischen Welt zu Hause zu fühlen, aber auch, um jede Indologie-Prüfung an der FU Berlin mit einer glatten Eins zu bestehen, mussten sich einem Sinn und Abläufe eines Cricket-Spiels völlig erschließen. Moritz Roßwein wusste das und hatte viel getan, um als Kenner dieses Spiels zu gelten. Anfangs war er nur zum Berliner Olympiastadion gefahren, um sich Spiele anzusehen, dann war er in den ›Viktoria 1889 Cricket Club Berlin‹ eingetreten, hatte selbst gespielt und sich kundig gemacht. An sich war die Sache ganz einfach: Dem Cricket lag dasselbe Muster zugrunde wie dem Baseball: Ein Team fing an, schlug den Ball ins Feld und versuchte, so viele Läufe, das heißt *runs,* wie möglich zu machen und dadurch in seinem Durchgang, dem *innings*, ein Höchstmaß an Punkten zu erreichen. Das gegnerische Team war bemüht, so schnell wie möglich den Ball zu erobern und den Versuch der anderen damit zu beenden. Schnell hatte er gelernt, dass der *batsman* der Schlagmann war, ein *bowler d*er Werfer und der *wicketkeeper* so etwas wie der *catcher* beim Baseball. Womit er immer noch Schwierigkeiten hatte, war die Länge eines Spiels. Dem Fernsehen geschuldet, gab es neuerdings das *one-day cricket,* beim klassischen *Test Cricket* zwischen zwei Nationalmannschaften aber wurde ein *Test* an fünf Tagen ausgetragen, und wenn die *Tests* zu einer Serie gehörten, konnte sich das Duell zweier Teams über Wochen hinziehen.

»Bei uns hat immer alles zack-zack zu gehen«, versuchte sich Roßwein zu rechtfertigen. »Und ein Fußballspiel mit seinen 90 Minuten – ohne Nachspielzeit – ist das Maß aller Dinge.«

»Geduld verlieren, heißt Würde verlieren«, erklärte ihm Mangal Mukherjee. »Und um die Geduld einzuüben, haben wir das Cricket-Spiel.«

Roßwein hatte Mühe, nicht einzuschlafen, denn mit einmal Umsteigen in München hatte er mit der Lufthansa etwas über elf Stunden von Berlin nach Mumbai gebraucht. Aber von *innings* zu *innings* hielt er tapfer durch.

Nach Ende des Spiels machten sie sich auf zu zwei Schneidern in Dharavi, bei denen Mukherjee für Roßwein ein Dutzend Saris bestellt hatte.

Laut Google Maps waren es von Churchgate nach Dharavi 15,3 km, und je nach Verkehrslage würde man dafür zwischen 23 und 33 Minuten benötigen. Roßwein hatte sich einen Wagen gemietet, Mukherjee aber das Steuer überlassen.

»Dharavi ist der größte Slum, den Indien zu bieten hat«, sagte Mukherjee. »Musst du unbedingt gesehen haben. Alles strömt nach Mumbai, um hier sein Glück zu machen – und wer scheitert, der landet in Dharavi. Man schätzt, dass fast eine Million Menschen hier lebt. Dharavi wird von zwei Eisenbahnlinien eingerahmt, und mittendurch fließt der Mahim.«

Sie parkten den Wagen an der Sion Railway Station und machten sich auf den Weg. Roßwein fürchtete ein wenig, sich im Labyrinth der Straßen und Gassen zu verirren, doch Mukherjee konnte ihn beruhigen.

Kleine Lastwagen und Mopeds schlichen über holprige Straße. Hütten wechselten sich ab mit ein- bis zweistöckigen Häusern, deren Fassaden halb eingestürzt waren oder von schwarzen Plastikplanen bedeckt wurden. Überall standen junge hübsche Männer herum, zumeist in dunklen Hosen und hellen Hemden und warteten geduldig auf etwas. In einem weißen Gewand kam ihnen ein Mann entgegen, der Roßwein an seinen Guru erinnerte. Geschickt wich er einer schlammigen Pfütze aus. Schwarzhaarige Kinder, wie sie hübscher nicht sein konnten, ließen darin ihre aus Birke geschnitzten Schiffchen schwimmen.

»Nicht fotografieren!«, rief Mukherjee, als Roßwein sein Handy zückte. »Die fühlen sich sonst wie im Zoo und werden böse.«

Das hatte er auch im Hinblick auf einen bildhübschen jungen Mann gesagt, der in einem alten Gartenstuhl, der noch aus der britischen Kolonialzeit stammen mochte, vor seiner Garage saß und seine Schätze bewachte. Das waren mehrere Benzinkanister, Berge von Altpapier, ein mit Lumpen gefüllter weißer Plastiksack, allerlei sonstiger Müll und ein halb verhungertes Schaf.

Vor der Hütte daneben waren mehrere Männer dabei, Kabel zu zerlegen, das heißt, den Kupferdraht aus der Plastikisolierung herauszuschälen.

Ein Geflügelhändler zog einen meterhohen Wagen hinter sich her, auf dem Dutzende von Käfigen montiert waren. Ein Schild verriet, dass er mit Broilern handelte. Roßwein musste schmunzeln, hatte er doch gedacht, dieser Begriff wäre zusammen mit der DDR längst untergegangen.

Nach einiger Zeit erreichten sie den Mahim River. Der war keine zehn Meter breit und von hohen Betonplatten eingefasst. Es gab wenig Wasser, und auf dem Niedrigwasser schwamm Unrat aller Art, verziert mit Kotsäulen aller Farben und Konsistenzen. Es stank bestialisch.

»In Dharavi kommt auf knapp anderthalbtausend Menschen eine Toilette«, wusste Mukherjee zu berichten. »Darum hocken sich die einen hier ans Ufer, die anderen auf die Bahngleise. Da es zu Hause nur ganz selten frisches Wasser aus einem Rohr an der Straßenecke gibt, ist das hier auch ganz praktisch.«

Nun kamen sie durch Gassen, in denen offene Feuer brannten und wo Gerber mit giftigen Substanzen Häute bearbeiteten. Ihre Kinder halfen ihnen dabei.

Ein Bettler, dem alle Finger fehlten und dessen Beine fast bis zu den Hüften amputiert waren, saß auf einer alten Holzpalette und hielt ihnen, zwischen seine Handflächen gepresst, eine Blechbüchse entgegen. Dabei sang er etwas in einer Sprache, die auch Mukherjee nicht einordnen konnte. Beide warfen sie ihm einige Münzen in die Blechbüchse.

Die Temperatur hatte, jetzt, als es langsam Abend wurde, die Marke von 33 Grad überschritten, und bei einer Luftfeuchtigkeit von knapp über 70 Prozent wuchs ihr Durst von Minute zu Minute. So hielt Roßwein geradezu lechzend auf einen Stand zu, an dem es Wassermelonenbrause zu kaufen gab. Der Verkäufer rührte mit seinem Schöpflöffel so kräftig in der dunkelroten Flüssigkeit herum, dass sie aus dem Riesenbottich spritzte und die Eiswürfel klirrend aneinanderstießen.

»Das ist die Rettung!«, rief Roßwein.

Mangal Mukherjee zog ihn weiter. »Lass es! Mein Organismus ist darauf trainiert, der könnte ein Glas davon überleben, deiner nicht.«

Endlich erreichten sie das Viertel, in dem Nähmaschinen auf den Gassen standen und Schneider bei der Arbeit waren. Mit dem Instinkt des Eingeborenen schaffte es Mangal Mukherjee, ihre beiden Schneider zu finden. Die hatten ihre Arbeitstische mitten auf dem Bürgersteig stehen und saßen hoch konzentriert an ihren Nähmaschinen. Das waren uralte Modelle, die mit einer Handkurbel bedient wurden.

Mukherjee grinste. »Die sollten die Grünen bei euch in Deutschland gesetzlich vorschreiben – was meinst du, wie viel Energie die sparen.«

Roßwein war zuerst etwas skeptisch, aber als die Schneider ihm dann die zehn Saris zeigten, die sie für sein Geschäft genäht hatten, war er vollauf zufrieden.

»Very nice, excellent quality. बहुत अच्छा, उत्कृष्ट गुणवत्ता.« Er sprach nahezu perfekt Hindi, musste er auch, wo er immer behauptete, mehr Inder zu sein als Deutscher. Was er den beiden Schneidern für ihre Arbeit an Rupien auf den Tisch legte, war mehr als wenig, und dennoch freuten sich die beiden so, als wären sie gerade Millionäre geworden.

Mukherjee und Roßwein machten sich auf den Rückweg zu ihrem Mietwagen, den sie in der Nähe der Gleisanlagen geparkt hatten. Es war inzwischen dunkel geworden. Am Bahndamm hatten sich so viele Menschen eingefunden, dass Mukherjee von einem *Tamasha* sprach, was ursprünglich eine derb-erotische Form des indischen Volkstheaters bezeichnet hatte, heute aber Skandal, Trubel, wirres Durcheinander und lärmendes Treiben meinte. Sie rätselten noch einen Augenblick, dann aber wehte der Wind solch üble Gerüche herüber, dass klar wurde, was hier geschah: Männer, Frauen und Kinder waren zusammengekommen, um Darm und Blase zu entleeren. Kinder schrien auf, wenn sie mit ihren nackten Hintern an Dornen und Brennnesseln gerieten, und die Männer, die auf den Schienen und Schwellen hockten, machten mit Warnrufen auf herannahende Züge aufmerksam.

Sie beeilten sich, in ihren Mietwagen zu steigen und nach Churchgate zurückzukehren. Dort ließen sie in einem vegetarischen Restaurant den Abend ausklingen. Chandrakanta, Mukherjees Frau, und die Kinder schliefen schon, als sie in seine Wohnung kamen. Da es dort zu eng war, hatte der Inder den Berliner Freund beim Nachbarn einquartiert. Dessen Frau war gerade gestorben, da war Platz genug.

Nachdem Roßwein zwei Kakerlaken erlegt hatte, fiel er in einen Schlaf, der fast so tief war wie eine Narkose.

Am Morgen machten sie sich frühzeitig auf, das Geschäftliche zu erledigen. Ihr erster Besuch galt dem Mahatma Jyotiba Phule Market, einer Markthalle, die die Briten 1869 erbaut hatten. Roßweins Interesse galt den Sektoren, in denen Kräuter und Gewürze angeboten wurden. Er kaufte einiges ein, von dem er annahm, dass es sich in Berlin mit einer annehmbaren Gewinnspanne verkaufen ließ. Der Rest des Tages ging mit Besuchen bei mittelständischen Firmen drauf, denen Roßwein vieles von dem anbot, was in den Berliner Erfinderparks entwickelt worden war. Einige Geschäfte konnten bis zur Unterschriftsreife vorangetrieben werden.

Auf dem Weg von der letzten besuchten Firma zurück nach Churchgate kamen sie am Malabar Hill vorbei, auf dem die sieben parsischen Türme des Schweigens standen.

»Ist es immer noch so, dass die Parsen ihre Toten da oben hinlegen, damit die Geier kommen und das Fleisch säuberlich von den Knochen lösen?«, fragte Roßwein.

Mukherjee nickte. »Ja, und ringsum auf den Balkonen und in den Gärten werden immer wieder Reste von Menschenfleisch gefunden … Wenn die Geier etwas fallen lassen …«

Roßwein schüttelte sich. »Es lebe die Feuerbestattung!«

Am Abend gingen sie ins Prithvi Theatre und anschließend noch zum berühmten Absacker in eine Bar.

Roßweins dritter Tag in Mumbai brach an. Sie ließen sich nach dem Frühstück ein Taxi kommen, um sich nach Girgaum Chowpatty zum Babulnath Tempel fahren zu lassen. Das waren von Mukherjees Wohnung runde fünf Kilometer. Moritz Roßwein wäre gern zu Fuß gegangen, zumal der Weg die meiste Strecke am Ufer der Back Bay entlang führte, doch der indische Freund konnte sportlichen Betätigungen nichts abgewinnen.

Roßwein lächelte. »Ich weiß, der Tempel liegt auf einem Hügel. Und da musst du dich schon genug anstrengen.«

Mangal winkte ab. »It is also possible to take an elevator up to the temple.«

Den nutzte Mukherjee dann auch, als sie an Ort und Stelle waren, während Roßwein tatsächlich zu Fuß nach oben stieg. Er sah seine Mühen als ein Geschenk für die Gottheit an und erhoffte sich besondere Segnungen. Shiva war der Hauptgott des Tempels.

Als er Mukherjee oben in der Menge ausfindig gemacht hatte, betraten sie den Tempel und zogen sich zuallererst die Schuhe aus. Ein Brahmane kam auf sie zu und tupfte ihnen einen roten Punkt auf die Stirn. Dann folgte eine Lesung aus den heiligen Schriften.

»*Der Erhabene sprach: Ich bin die Seele dieser Welt, in aller Wesen Herz bin ich, / Ich bin der Anfang, Mitte ich und Ende auch der Wesen all ... / Ich bin die Zeit, die nie vergeht, bin der Schöpfer, der allhin schaut. / Ich bin der Tod, der alles raubt, der Ursprung des, was werden soll ... Der Sieg bin ich, Entschluss bin ich, der guten Güte, das bin ich ... Es gibt kein Ding, das ohne mich besteht; sei's ruhend, sei's bewegt ...*«

Das war der Bhagavadgita entnommen, es folgten Verse aus der Aschtavakragita.

»*Aschtavakra sprach: Verlangst du nach Erlösung, Kind, / So fliehe die Sinnenwelt wie Gift ... Ich handle‹ – dieser Wahn vergiftet dich ...*«

Roßwein vergaß vollkommen, wo er war. Ein nie gekanntes Gefühl von Ruhe und Frieden erfüllte ihn. Er überlegte, nie mehr in das laute, hektische und zutiefst atheistische Berlin zurückzukehren.

Auf dem Chigi-Platz in Rom hatte es bei der Amtseinführung der Regierung Enrico Letta ein Attentat gegeben. Aus Wut über die italienische Politik hatte ein gewisser Luigi Preiti auf zwei wachhabende Polizisten geschossen und die ebenso verletzt wie eine Straßenpassantin.

Die Therapeutin hatte dieses Bild vor Augen, als der Mann mit der Handgranate zur nächsten Sitzung bei ihr erschien. Sie sprach ihn darauf an.

»Der hat das getan, was ich mir immer vorstelle!«

»Aber das wird die Welt nicht im Mindesten verändern«, hielt sie dem Klienten vor. »Doch erzählen Sie mal.«

»Ich hasse diese Politikerkaste immer mehr. Die Begabten in unserer Gesellschaft, unsere Elite, die wird Chefarzt, Professor, Ingenieur und Werksleiter, Unternehmer, Banker, Apotheker, Studienrat – und die Minderbegabten, was werden die? Politiker. Obwohl sie geistige Tiefflieger sind, verdienen sie eine Unmenge – vor allem dadurch, dass sie dumm daher schwätzen und sich den Arsch breit sitzen, und sie haben Macht, eine wahnsinnige Fülle an Macht. Sie sind andauernd im Fernsehen, alle hofieren sie, um in ihren Seilschaften selbst aufzusteigen, sodass sie langsam glauben, sie – die Kleingeister – seien die Größten. Im Paulskirchen-Parlament, da hat 1848 die geistige Elite Deutschlands gesessen, und wer sitzt heute in den Parlamenten: der intellektuelle Schrott einer Gesellschaft.«

Die Therapeutin versuchte, ihn in seinen Absichten zu mäßigen, und verwies auf eine Reihe von Männern und Frauen, auf die das von ihm Gesagte nicht zuträfe.

»Und seien wir doch froh, dass unsere Politiker ganz normale Menschen sind und wir keine – in Anführungszeichen – Lichtgestalten wie Stalin, Hitler und Ulbricht haben, die im Namen des Guten nur Unheil über die Menschen bringen.«

»Aber mein Hass auf die Welt ist da, alles in mir ist aufgeladen, so wie bei einem Gewitter. Alles muss sich entladen, der Blitz muss irgendwo einschlagen. Und wenn es Tote gibt: Es trifft immer die Richtigen, denn alle Menschen haben es besser als ich. Sie werden respektiert, verdienen viel Geld – nur ich bin ein Nichts und ich werde erst etwas, wenn ich meine Tat begehe. Ganz Deutschland redet dann von mir.«

Die Therapeutin rang mit sich. Nach § 203 des Strafgesetzbuches unterlag sie als Diplom-Psychologin der Schweigepflicht. Ausgenommen davon waren aber bevorstehende schwerwiegende Straftaten, die unter den § 138 StGB fielen, Mord zum Beispiel. Da war sie zur Anzeige verpflichtet. Von daher also hätte sie die Polizei anrufen müssen. Aber hatte ihr Klient wirklich eine intakte Handgranate bei sich zu Hause – oder existierte die nur in seiner Fantasie? In diesem Falle hätte sie nichts unternehmen wollen.

Sie sah den Mann so eindringlich an, wie sie es eben vermochte.

»Die Welt können Sie nicht verändern, aber sich. Ein erster Schritt dazu wäre, dass Sie Ihre Handgranate irgendwo entsorgen. Werfen Sie sie in die Spree. Ich begleite Sie dabei. Das wäre ein wichtiger Schritt zu Ihrer Heilung.«

*

In Sandra Roßweins Kreativ-Café gab es heute eine große Vernissage. Friedhelm Dörfler stellte seine neuesten Werke aus, darunter seine indischen Impressionen. Auch Mannhardt und die Seinen waren eingeladen worden und hatten zugesagt. Heike wollte einen Artikel über Dörfler schreiben und hoffte, dass ihn ein Verlag haben wollte und abdrucken würde. Orlando hielt nicht viel von moderner Malerei, hatte aber der Fahrt zum Rüdesheimer Platz zugestimmt, weil er hoffte, Kathrin Jassen wiederzusehen. Mannhardt selbst brachte seine Stimmung mit einer Wendung seines Vaters auf den Punkt: »Tendenz lustlos.« Und dann hatte er losgelegt: »Wenn ich das schon höre: Kreativwirtschaft und Kreativ-Café. Ich mache Kleider aus alten Mülltüten: Gott, was bin ich kreativ. Da fällt mir ein, was mein Opa immer gesagt hat: ›Es gibt Künstler und Dilettanten – die einen treffen ins Loch, die andern kacken auf die Kanten.‹ So gesehen bin ich ein echter Künstler.«

»Oppa!«, hatte Orlando da ausgerufen. »Nun haben wir dich schon zur Therapeutin geschickt, und es wird nicht besser mit deinen Verbitterungsstörungen.«

Jetzt warteten sie auf Mannhardt, der von seiner Therapiesitzung direkt ins Kreativ-Café kommen wollte. Langsam trudelten alle die ein, die sie vom indischen Abend bei Roßwein kannten. An der Spitze Mike Saleske.

Orlando staunte. »Was, gar nicht mit in Indien?«

Saleske antwortete etwas nebulös mit einer indischen Weisheit. »Kannst du nicht das Große fassen, sollst drum nicht das Kleine lassen.« Dann wurde er konkreter. »Leider sind unsere Osterferien schon am 5. April zu Ende gegangen.«

»Hat sich denn Ihr Freund Moritz schon aus Mumbai gemeldet?«, wollte Heike wissen.

»Ja. Es geht ihm gut, die Geschäfte entwickeln sich kräftig. Er will mit Mangal Mukherjee noch nach Goa, bevor er nach Berlin zurückkommt. Goa … An den Stränden dort haben wir die schönste Zeit unseres Lebens verbracht. Eins mit uns und dem Kosmos! Da wäre ich schon ganz gerne dabei.«

Mannhardt kam und machte einen etwas verstörten Eindruck, wollte sich aber nicht dazu äußern, warum er so griesgrämig wirkte. Vielleicht, weil keiner im Raum Notiz von ihm nahm, während Sabine Marrasch, Sandras Schwester, und ihre Freundin Kathrin Jassen mit großem Hallo begrüßt wurden.

Pünktlich um 20 Uhr trat Sandra Roßwein vor, begrüßte alle herzlich und dankte ihnen für ihr Kommen.

»Mit einer extra Umarmung heiße ich den Mann willkommen, der heute im Mittelpunkt steht: unseren überaus geschätzten und geliebten Friedhelm Dörfler!« Nachdem der Beifall abgeklungen war, griff sie zu ihrem Spickzettel, um ihren ganz besonderen Gast kurz vorzustellen. »Friedhelm Dörfer ist 1936 in Berlin geboren worden – und ein Multitalent. Aber heute wollen wir nicht auf seine Zeit an der Berliner Schaubühne eingehen und auch nicht seine Gedichte, Erzählungen und Romane würdigen, sondern ihn nur – was heißt hier ›nur‹!? – als Maler erleben. Friedhelm Dörfler ist in Kreuzberg in der Luckauer Straße aufgewachsen, einen Steinwurf weg vom Moritzplatz, wo sich eine Selbsthilfegalerie, die Galerie am Moritzplatz, aufgetan hatte. Die Künstler um Rainer Fettig regten ihn an, noch eine Karriere zu beginnen. Ab 1975 studierte Friedhelm Dörfler bei Karl-Horst Hödicke an der Berliner Hochschule der Künste. Hödicke gilt als wichtiger Wegbereiter des deutschen Neoexpressionismus, Anreger der sogenannten Neuen Wilden und als bedeutender Vertreter der Neuen Figuration. Begonnen hat Friedhelm Dörfler mit Berliner Großstadtmotiven, sich aber bei einer Indienreise, die er mit 2009 mit Mike Saleske und meinem Mann unternommen hat, von der dortigen Kunst stark inspirieren lassen. In London hat er auch Maqbul Fida Husain kennengelernt, einen der renommiertesten und international anerkanntesten indischen Maler des 20. Jahrhunderts. Friedhelm Dörfler ist begeisterter Gärtner – und darum genau richtig in der indischen Malerei, denn Blumen, Bäume und Gärten sind dort wichtige Themen. Das liegt daran, dass es für die Hindus kein jenseitiges Paradies gibt. Ihre Götter bevölkern die Erde – also muss man für sie prächtige Gärten schaffen. Friedhelm Dörflers Bilder erzählen nun nicht nur Geschichten, die sich um historische Ereignisse ranken – Schlachten, Jagden und höfische Feste –, er bringt auf seinen Bildern immer auch europäische Touristen unter, etwa Mike Saleske und meinen Mann, aber auch deutsche Politikerinnen und Politiker. Lassen Sie sich überraschen!«

Friedhelm Dörfler bedankte sich für die ebenso kompetente wie warmherzige Begrüßung und verriet, bevor sich der Zug in den Nebenraum in Bewegung setzte, wo seine Bilder hingen, ein kleines Geheimnis.

»Auf einem der Bilder ist Moritz Roßwein versteckt. Wer ihn entdeckt, bekommt beim Ankauf des Werkes einen Rabatt von 33 Prozent.«

*

Laut Google Maps waren es mit dem Auto von Mumbai nach Goa 609 km, zu schaffen in neun Stunden und 36 Minuten.

Als Roßwein das hörte, schüttelte er den Kopf. »Solange habe ich mal von Berlin nach Mailand gebraucht, aber das sind etwas über 1000 Kilometer. Rund 600 km sind es bis München, aber das schafft man in fünf und einer halben Stunde.«

Mukherjee lachte. »Nimm es als Vergnügen, und es ist ein Vergnügen! Nimm es als Qual, und es ist Qual. – Du wolltest nach Goa …«

»Der Erinnerungen wegen. Auf dem Weg nach Goa haben Mike Saleske und ich vor 20 Jahren unser Damaskuserlebnis gehabt. Mit einem klapprigen VW-Bus, mit Gitarre und Gitanes sind wir über Istanbul nach Indien gekommen, voller Sehnsucht nach einem selbstbestimmten Leben, weg von den Zwängen des Kapitalismus. ›Freiheit!‹, hieß es und: ›Alles ist möglich! Leben wie die Flower-Power-Kids aus Kalifornien! Das Goafeeling, der Goagroove – Wahnsinn!«

Am nächsten Morgen machten sie sich früh um acht Uhr auf den Weg nach Süden. Die erste Stadt, in der sie zu einer kurzen Kaffeepause hielten, trug den ungewöhnlichen Namen Pimpri-Chinchwad. Im Café hörte Roßwein ein paar Gäste deutsch sprechen.

»Das werden Manager von SKF sein«, vermutete Mukherjee. »Die haben hier eine Fabrik. Andere große Industriekonzerne sind Bajaj Auto, Telco, Kinetic und Bajaj Tempo.«

Die zweite Großstadt, in der sie sich umsahen, war Pune, früher Poona, an die 500 Meter über dem Meeresspiegel auf dem Dekhanplateau und am Fluss Mula gelegen.

»Die haben über drei Millionen Einwohner«, sagte Mukherjee. »Mit Umland sind es fünf. Wohl ein bisschen mehr, als ihr Berliner habt. Universität, Theater, Kinos, Museen – alles da. Sie nennen sich Oxford of the East. Pune hatte mal eine große Garnison der Engländer.«

Roßwein lächelte. »Hatten wir auch. In Spandau und rund um das Olympiastadion.«

»Aber mit Sicherheit war Mahatma Gandhi nie in Berlin, hier in Pune aber öfter. Von 1942 bis 1944 hat er im Palast des Aga Khan gelebt.«

Den besichtigten sie dann auch zuallererst. Anschließend fuhren sie zum Pataleshwar Höhlentempel und standen ergriffen vor dem Schrein, den man zu Ehren Shivas errichtet hatte.

»Weiter!«

Ohne anzuhalten, fuhren sie durch Satara, der früheren Hauptstadt des Marathenreiches, um dann ein Weilchen später nach rechts auf eine Nebenstraße einzubiegen, die über Patan zum Shivasagar Lake führte, einem Stausee, an dessen Ufer Arvind Aavishkar, ihr Guru, zu Hause war. Sie hatten Hindi und viel über den Hinduismus lernen wollen, dazu auch ein wenig Sanskrit, und waren seine *Shishia*, seine Schüler, geworden.

»Ohne Guru gibt es kein Wissen!«, hatte man ihnen in Goa gesagt. *Bina guru gnana nahi!* Zwei Jahre hatten sie zusammen mit Arvind Aavishkar und seiner Familie in einer bescheidenen Hütte gelebt und waren dem nahegekommen, was der Erhabene im 2. Gesang der Bhagavadgita spricht: *Der Mann, der jeden Wunsch aufgab und nichts verlanget lebt dahin, / Von Eigennutz und Selbstsucht frei, der geht zum Seelenfrieden ein.*

Daran erinnerten sich beide, als sie beisammensaßen und Tee tranken. Arvind Aavishkar war noch kleiner und noch steifer geworden, war mehr Gnom als Mensch. Sein weißer Bart reichte ihm bis zum Bauch, das grauweiße Haar hatte er zu einem Zopf geflochten. Seine dunklen Äuglein funkelten hinter dicken Brillengläsern. Weiser wie er konnte ein Mensch nicht aussehen. Und ohne dass Roßwein irgendetwas über sich erzählt hätte, wusste der Guru, wie sein Leben seit damals verlaufen war.

»Die Jahre des Überschwangs sind vorüber, die Zeit der Sinnsuche und der Kontemplation ist da, das sehe ich dir an, mein Sohn, du bist pragmatisch geworden, du nutzt das Wissen, das du dir über Indien erworben hast, und bist ein Kaufmann geworden.«

Roßwein erschrak über diese Worte. »Ja, aber was blieb mir anderes übrig, ich musste doch in Berlin von etwas leben!«, rief er entschuldigend. »Mike Saleske ist Lehrer geworden, ich habe eine Firma aufgemacht. Aber im Herzen, in der Seele bin ich Hindu und ständig auf der Suche nach Gott.«

Der Guru lächelte. »Gott zu suchen, ist eine Beleidigung Gottes, denn es verneint seine Allgegenwärtigkeit.«

Arvind Aavishkar spürte, wie sein ehemaliger Schüler unter dem Zwiespalt zwischen seinen damaligen Träumen und der heutigen Realität seines Lebens litt, und er schlug vor, dass sie sich alle zur Meditation niederlassen sollten.

»Höre dein eigenes Atmen, höre den Klang deines Atmens, höre, wie der Klang deines Atmens zu einem Mantra wird, spüre, wie das Mantra sich mit deinem Körper vereint, fühle die Energie, die es produziert, lasse es fließen …«

Om namah vishuare …

Nach einer Stunde fuhren sie zurück zur Hauptstraße. Einen Stopp wert war ihnen dann erst wieder Kolhapurt. Weniger, um sich die Häuser hier geborener Bollywood-Schauspieler anzusehen, als um etwas zu essen und sich die Beine zu vertreten. Immerhin hatten sie schon zwei Drittel der rund 600 km hinter sich gebracht.

»Wir hätten doch fliegen sollen«, fand Roßwein.

»Wer über ein Land hinweg fliegt, der lernt es nicht kennen«, beschied ihn Mukherjee.

Roßwein lachte. »Außer, er stürzt ab, würde Mike Saleske jetzt sagen.«

Mit Pernem erreichten sie die erste Stadt im Bundesstaat Goa, und nur eine halbe Stunde später als vorausberechnet kamen sie in Panaji an, der Hauptstadt. Der Weg zu ihrem Hotel war schnell erfragt. Das *Sandalwood* lag im Stadtteil Dona Paul, nahe dem Strand von Vainguinim. Sie aßen im Hotel-Restaurant und entschlossen sich zu einem Verdauungsspaziergang durch die Altstadt.

»Da hast du jede Menge portugiesischen Kolonialstil«, sagte Mukherjee.

Die Krönung war die Kirche *Our Lady of the Immaculate Conception* aus dem Jahre 1619.

»Die Unbefleckte Empfängnis«, murmelte Roßwein. »Was die Christen in ihrer Religion alles an Kuriosem haben.«

Mukherjee lachte. »Du warst auch mal einer.«

»War!«, betonte Roßwein.

»Tröste dich damit, dass es im Hinduismus Ähnliches gibt.«

Roßwein kaufte für Sandra einen Ring, dann besuchten sie den Mahalaxmi-Tempel und fuhren mit einer Taxe zurück ins Hotel, um in der Abenddämmerung noch ein paar Kilometer am Strand spazieren zu gehen. Rentner-Hippies aus London, die in Goa überwintert hatten, kamen ihnen entgegen.

»Was wäre aus mir geworden, wenn ich damals hiergeblieben wäre?«, fragte sich Roßwein.

Eine mögliche Antwort fand sich fünf Minuten später, als sie eine Hütte entdeckten, die sich als *Yoga-Café* präsentierte. Als sie ihren Fruchtsalat bestellten, sah der Wirt Roßwein aufmerksam an.

»Your English sounds a bit like Germany …?«

»Kein Wunder, ich bin Berliner.«

»Und ich Bremer.«

Roßwein lachte. »Du Ärmster, Werder steigt ab, Hertha steigt auf.«

Sie stellten sich gegenseitig vor, der Bremer hieß Dieter (»… wie Dieter Höttges!«), und erzählten sich Anekdoten aus ihrem Leben.

»Bist du glücklich hier?«, wollte Roßwein wissen.

Dieter sprach jetzt Deutsch, um sicherzugehen, dass

Mukherjee ihn nicht verstand. Er zeigte auf eine Kuh, die seelenvoll guckte, während sie nach Abfall suchte.

»So sind die Inder auch. Sie trotten ungerührt durchs Leben. Manchmal sehne ich mich nach unserem deutschen Dauer-Tamasha. Das ist nun zwar Laotse und nicht der Erhabene, aber trotzdem stimmt es: *Das Glück wohnt immer am anderen Ufer.*«

Roßwein sah ihm in die Augen, die eine Vergissmeinnicht-Färbung hatten, wie man sie bei Norddeutschen des Öfteren antreffen konnte.

»Und warum bist du noch hier?«

»Der Liebe wegen.«

»Eine Inderin?«

»Nein, Münchnerin. Sie macht einen Kurs, um als Ayurveda-Therapeutin arbeiten zu können. Von den bunten Baumwollkleidern, die sie entwirft, kann sie nicht leben.«

»Mensch!«, rief Roßwein. »Das wäre doch was für mich. Wann kommt sie denn?«

»In 'ner halben Stunde vielleicht.«

»Na prima!« Roßwein sah aufs Meer hinaus. »Dann kann ich ja bis dahin noch ein bisschen schwimmen gehen. Kommt jemand mit?«

Weder der Bremer noch Mukherjee hatten Lust dazu.

»Nun gut, steige ich eben allein ins Wasser.«

Roßwein lieh sich von Dieter eine Badehose, zog sich hinter der Hütte um und lief zum Strand. Mit einem Aufschrei des Glücks warf er sich in die Brandung.

FÜNF

Sandra Roßwein nutzte die Abwesenheit ihres Mannes, um jeden Abend der mondänen Idylle ihrer Grunewaldvilla zu entfliehen und alles mitzunehmen, was es an kulturellen Highlights gab. Ihre Freundin Kathrin Jassen begleitete sie gern dabei. So sehr sie ihr Dasein als Single genoss, so elegisch hockte sie abends oft allein in ihrem Zimmer. Heute wollten sie zuerst ins Berliner Ensemble, wo es eine Neufassung der *Dreigroschenoper* geben sollte, und dann weiter zur Walpurgisnacht am Mauerpark.

Um 17 Uhr saßen sie in einem Café am Spreeufer und plauderten über dieses und jenes.

»Hat sich Moritz heute schon aus Indien gemeldet?«, wollte Kathrin Jassen wissen.

»Ja, mittags. Mangal und er sind auf dem Weg von Mumbai nach Goa.« Sandra Roßwein blickte auf ihre Armbanduhr. »Der Zeitunterschied beträgt plus dreieinhalb Stunden. Jetzt ist es bei denen schon halb neun.«

»Wärst du eigentlich gerne mitgefahren?«

Sandra Roßwein wich ihr aus. »Das musst du doch wissen?«

»Wieso ich?«

»Kennst du nicht den alten Witz: Treffen sich zwei Psychologen. Sagt der eine: ›Dir geht's gut und wie geht's mir?‹«

»Du meinst, weil ich mal Psychologie studiert habe?«

»Genau.«

Kathrin Jassen zögerte nicht lange mit einer Antwort. »Du bist froh, dass du zu Hause bleiben konntest, denn du hast seinen Indientic langsam über.«

Sandra Roßwein klatschte in die Hände. »Treffer! Unsere Reinemachefrau sagt immer: ›Man kann't ooch übatreim.‹ Mike Saleske hat da noch die Kurve gekriegt, Moritz nicht.«

Kathrin Jassen lächelte. »Ich bin gespannt, wie das mal enden wird. Ich darf auf alle Fälle den Roman eures Lebens schreiben – mit der nötigen Verfremdung natürlich.«

»Wenn's ein Bestseller wird – bitte.«

Die Freundin sprach nicht gern über die Mühen eines Lebens als Schriftstellerin, wenn man als mehr oder minder No-Name-Autorin in Berlin lebte und Mühe hatte, 800 Euro im Monat zusammenzubekommen. »Themenwechsel: *Dreigroschenoper*.« Sie holte zwei Kritiken aus ihrer Handtasche, der mehr Beutel war als Tasche. »Hier: Das Neue Deutschland: *Ein Wunder! Mit dem Gefühl, etwas nie da Gewesenes gesehen zu haben, steht man nach drei Stunden wieder in der regennassen Nacht.*«

Sandra Roßwein winkte ab. »Dass die Linke Bertolt Brecht und Kurt Weill weiterhin vergöttert, ist nun wirklich keine Sensation.«

»Du, aber auf der anderen Seite des Spektrums schwärmen sie genauso. Hier. Die Welt am Sonntag: *Und wir dürfen erregt rufen: Wilsons frappierend zarte, vornehmlich im Piano-Ton kammermusikalisch fein witzig ziselierte sowie elegant expressionistisch und überraschend minimalistisch zelebrierte ›Dreigroschenoper‹ dürfte zum Schönsten, Trefflichsten, Entstaubtesten gehören, das wir je sahen an Produktionen dieses allerorts gegebenen Klassikers.*«

»Na, dann können wir uns ja auf etwas freuen.« Sandra Roßwein machte eine kleine Pause, da gerade ihr Kaffee und ihr Käsekuchen serviert wurden. »Allein diese Feuilletonsprache – bist du da nicht manchmal neidisch?«

»Schon, aber … Lassen wir das! Ich freue mich jedenfalls auf Jürgen Holtz, den Motzky, der spielt den Peachum und Angela Winkler als Jenny.«

»Gott!«, rief Sandra Roßwein aus. »Angela Winkler! Bekannt geworden ist sie mit den *Jagdszenen aus Niederbayern.* Vor Ewigkeiten muss das gewesen sein – da war ich noch lange nicht auf der Welt, und beim *Messer im Kopf* habe ich gerade laufen gelernt. Unfassbar ist das alles!«

»Die Zeit, wie sie vergeht …« Kathrin Jassen konnte es nicht lassen und zitierte spöttelnd einen Vers des Bhagavadgita. »*Ich bin die Zeit, die nie vergeht …*«

40 Minuten vor Beginn der Vorstellung machten sie sich auf zum Theater am Schiffbauerdamm, der Spielstätte des Berliner Ensembles. Als sie sich vom Spreeufer her dem mächtigen Gebäude näherten, meinte Kathrin Jassen, alles würde sie ans Theater des Westens erinnern, aber auch an das Stadttheater Cottbus.

»Kathrin, setzen: Eins bis zwei!«, rief Sandra Roßwein. »Alle drei neobarocken Theater sind vom selben Architekten erbaut worden. Wenn du auch seinen Namen weißt, wird es eine glatte Eins.«

»Schinkel?«, riet die Freundin.

»Leider nein. Es war Heinrich Seeling. 1892 ist das Haus mit Goethes *Iphigenie auf Tauris* eröffnet worden.«

Pech für sie, dass sie gerade von einem Architektur-Professor überholt wurden. Der sprach sie von der Seite an.

»Entschuldigung, die Damen, aber ich darf Sie dahingehend korrigieren, dass das Theater des Westens in Berlin wie auch das Stadttheater in Cottbus nicht von Heinrich Seeling, sondern von Bernhard Sehring entworfen worden sind. Heinrich Seeling verdanken wir lediglich – neben Bauten im gesamten früheren Reichsgebiet – das alte Deutsche Opernhaus in Charlottenburg und, womit Sie aber recht haben, das Theater am Schiffbauerdamm, auf das wir gerade zusteuern. Ich wünsche Ihnen dort einen erlebnisreichen Abend.«

Der ältere Herr zog seinen Hut und entfernte sich mit schnellen Schritten. Sandra Roßwein schaute ihm verdutzt hinterher.

»Sehring und Seeling, wer soll'n das auseinanderhalten?«

»Tröste dich damit, dass das nicht die 50.000-Euro-Frage bei Günther Jauch gewesen ist.«

Sie traten ins Foyer, hielten auf die Garderobe zu und schalteten ihre Handys aus.

*

Mike Saleske liebte es, vor der Klasse zu stehen, Entertainer, Dompteur und Coach in einem zu sein, und er brauchte diese Bühne und den Beifall der Menge ebenso wie ein Süchtiger seine Drogen, aber er hasste es, einsam und verlassen zu Hause zu sitzen und Klausuren durchzugehen und zu benoten. Mehr oder minder immer dasselbe, 33mal. »Das ist schlimmer als U-Bahn-Fahrer zu sein«, klagte er bei jeder Party. »Die sehen wenigstens jede Minute einmal das Licht am Ende des Tunnels – den nächsten Bahnhof.« Selten gab es einmal einen Geniestreich. Obwohl er das als vorbildlicher Pädagoge, als der er galt, niemals laut gesagt hätte, aber am meisten freute er sich über Klassenarbeiten, die unterirdisch schlecht waren, denn mit denen war er schnell durch, und ätzende Kommentare an den Rand zu schreiben, verschaffte ihm eine gewisse Genugtuung.

Es ging diesmal um Frank Wedekinds *Frühlings Erwachen.* Zwei Aufgaben hatten zur Auswahl gestanden. A sollte ein Exposé der Dramenhandlung verfasst werden, und B war der Brief von Frau Gabor an Moritz Stiefel zu analysieren und daraufhin dessen Antwort zu verfassen.

Moritz … Der Vorname des tragischen Helden ließ Saleske an seinen Freund in Indien denken. Der hatte es gut, der brauchte sich nicht mit Bergen von Klausuren herumzuquälen, der konnte seine Indienleidenschaft ausleben.

Die 18. Klausur: *Gehe ich die 1. Szene in Wedekinds Drama durch, dann stoße ich auf den Konflikt, dass Wendla Probleme damit hat, 14 Jahre alt geworden zu sein. Ihre Mutter möchte, dass sie nicht älter wird und sagt: ›Ich würde dich ja gerne so behalten, Kind, wie du gerade bist.‹ Frau Bergmann, die Mutter, ist verstört, als Wendla, als man über die Zukunft spricht, sagt: ›Wer weiß – vielleicht werde ich nicht mehr sein.‹ Der Kon-*

fliktherd ist damit klar umrissen: Die Mutter wehrt sich gegen die Tatsache, dass Kinder älter werden. Sie ahnt, welche Qualen und Katastrophen es mit sich bringt, wenn Töchter in die Pubertät kommen und hinaus ins Leben treten. Auch Wendla hat eine Ahnung davon, dass dieses ›Frühlings Erwachen‹ etwas Lebensbedrohliches ist. Alles kommt nun, wie es kommen muss: Wendla, die von ihrer Mutter nicht sexuell aufgeklärt wird, schläft mit Melchior, bekommt ein Kind und wird von der Mutter zur Abtreibung gedrängt. Bei der kommt Wendla ums Leben. Ich schreibe nun das Exposé und beziehe auch Moritz und die anderen Protagonisten mit ein.«

Mike Saleske hörte auf zu lesen. Das war sprachlich ganz in Ordnung, aber nicht unbedingt logisch aufgebaut. Was ihn in Erstaunen versetzte, war die Tatsache, dass die Schülerin, die das geschrieben hatte, sich im Unterricht immer sehr unbeholfen ausdrückte, zumal Deutsch nicht ihre Muttersprache war. Und nun das. Ob sie, ohne dass es ihm aufgefallen wäre, unter dem Tisch ihr iPhone eingeschaltet und sich aus dem Internet bedient hatte?

Das Telefon klingelte. Er sah auf die Uhr. 20.05 Uhr. Er hatte keine Ahnung, wer ihn um diese Zeit unbedingt sprechen wollte. Er meldete sich eher etwas mürrisch.

»Here is Mangal Mukherjee from Goa. Sorry, but I can not reach Sandra Roßwein, and you're next here in the pocket calendar.«

Mike Saleske begriff nicht sofort, wer da am Apparat war. Dann fiel ihm aber ein, dass Moritz Roßwein in Indien einen Geschäftspartner und wohl auch Freund dieses Namens hatte.

»O hallo, what happened?«

Es entstand eine kleine Pause, bis die Antwort kam.

»Something terrible … It's about our friend Moritz …«

»What's about him?«

Mukherjee versagte die Stimme, und er musste mehrmals ansetzen.

»A … a …. swimming accident. He drowned. His body has not been found. I will contact you later when I have more information.«

Mike Saleske saß da, als würde er in einem Film mitspielen und der Regisseur hätte »Freeze!« gerufen. Sein Organismus brauchte Minuten, um die Nachricht vom Tod des Freundes zu verarbeiten. Wirres schoss ihm durch den Kopf: Moritz, Mensch, Indien! Hättest du doch bloß nicht diesen Indientic gehabt! Quatsch, es hätte ihn auch hier mitten auf dem Kudamm treffen können. Niemand kennt Tag noch Stunde. Doch, der EINE. Das Drehbuch unseres Lebens ist geschrieben, wenn wir auf die Welt kommen, und wir sind nichts als Spieler im Stück des EINEN. Und wenn in seinem Drehbuch steht, dass er da ertrinken soll, wo wir einst glücklich auf Sinnsuche waren, dann ertrinkt er da. *Ich bin der Tod, der alles raubt, der Ursprung des, was werden soll …* Was hatten sie immer gesungen, wenn Moritz oder er befreundete Kinder zum Geburtstag eingeladen hatten: *Wir freuen uns, dass du geboren bist, wir hätten dich sonst sehr vermisst.*

Er gab es auf, gegen seine Tränen anzukämpfen. Eine gute Stunde saß er in seinem Arbeitszimmer und ließ sich fallen. Er schreckte erst hoch, als, warum auch immer, die Glocken der St.-Ludwig-Kirche zu läuten begannen

Das waren von seiner Wohnung in der Pariser Straße keine 150 Meter.

Du musst Sandra Bescheid sagen!

Mike Saleske hatte Angst davor. Wer solche Botschaften zu überbringen hatte, kam nicht ohne psychologische Schulung aus. Egal. Er wusste, dass sie mit Kathrin in der *Dreigroschenoper* saß. Aus sein konnte es noch nicht. Schnell zog er sich an und rief den Taxifunk an. »*Sie sind bei uns als Stammkunde registriert.*« Hörte sich an, als hätte er in einem Bordell angerufen. Sofort beschimpfte er sich wegen dieser Assoziation als Schwein. *Der beste Freund ist gestorben – und du …* Was hatte sich der EINE nur dabei gedacht, solch ein komisches Wesen wie den Menschen zu schaffen.

Die Taxe kam, und er war mit seinen Gedanken ganz woanders, sodass er, als er das Ziel der Fahrt angeben wollte, nur sagte: »Zur *Dreigroschenoper* bitte.«

»Welche Oper bitte: die in der Bismarckstraße, die im Schillertheater, die Komische Oper oder die Neuköllner Oper?«

Gott, konnten die Menschen nicht den Mund halten, wenn einer trauerte!

»Berliner Ensemble, Schiffbauerdamm.«

*

Mike Saleske überlegte, in welchen Romanen und Dramen die Atmosphäre in einem Trauerhaus eine Rolle spielte. Als Deutschlehrer hatte er das zu wissen. Außerdem lenkte es ab, dachte er darüber nach. Jede Minute war eine Qual und dehnte sich gefühlt zu Stunden. Er wusste, dass es eine Novelle mit dem Titel *Das Trauerhaus* gab, aber er kam und kam nicht auf den Autor. Dostojewskij? Nein, von dem stammten die *Aufzeichnungen aus einem Totenhause.* Endlich hatte er es: Franz Werfel, *Das Trauerhaus. Eine Prager Novelle.* Vom Inhalt hatte er keine Ahnung.

Er hatte Sandra Roßwein vor dem Berliner Ensemble abgefangen, in die Arme genommen und versucht, ihr das Schreckliche möglichst schonend beizubringen. Sie hatte auch sehr tapfer und gefasst gewirkt. Ihre Freundin Kathrin hatte sie mit einer Herzlichkeit getröstet, die auch einen Zyniker wie Saleske nicht unbeeindruckt gelassen hatte. Dann hatten sie beschlossen, zu dritt in das Trauerhaus in der Furtwänglerstraße zu fahren und Sandra die erste schreckliche Nacht über nicht allein zu lassen. Ihr Vater und ihre Schwester waren informiert worden und hatten sich sofort ins Auto gesetzt, um ihr beizustehen. Es war alles lieb gemeint, aber keiner hatte eine professionelle Ausbildung und gelernt, wie man sich in solchen Situationen optimal zu verhalten hatte, und so taten sich alle etwas schwer. Nur nichts Falsches sagen!

Dr. Scharrach suchte seine Tochter damit zu trösten, dass er ihr erklärte, die Trauerbewältigung würde einer Bergbesteigung ähneln.

»Du musst unten im Tal beginnen und dich langsam nach oben arbeiten. Bist du dort angekommen, wirst du wieder eine neue Lebensperspektive für dich erkennen.«

Kathrin Jassen, die auf dem Sofa neben Sandra Roßwein saß, legte ihr den Arm um die Schulter. »Du hast ja dein Kreativ-Café. Die Arbeit wird dir helfen, schneller über alles hinwegzukommen.«

Mike Saleske sah Sabine Scharrach an. »Und was ist mit der Firma? Wirst du das alleine schultern können?«

»Wartet doch erst einmal ab!«, rief Sandra Roßwein. »Vielleicht ist er gar nicht … Vielleicht hat ihn ein Fischer an Bord genommen und … Moritz kann noch immer jeden Augenblick anrufen.«

Diese Hoffnung wollte ihr keiner nehmen. Minutenlang wagte keiner, etwas zu sagen. Ihr Schweigen wirkte wie ein Morphiumpflaster auf sie.

Dann konnte Sabine die lastende Stille nicht mehr ertragen und fragte, ob man nicht eine CD mit Trauerliedern einlegen könnte.

»Nicht *Candle in the Wind«*, sagte Mike Saleske. »Denn Moritz hat Elton John zum … also: nicht so gut gefunden.«

»Dann schlage du was vor.«

»Ich bin kein Liebhaber der klassischen Musik, aber …« Er blickte zu Sandras Vater hinüber. »Sie sind doch Dauerhörer von Klassik Radio 101,3, Herr Doktor.«

»Ja, lassen Sie mich überlegen … Spontan fallen mir da ein: Grieg, *Peer Gynt-Morgenstimmung* …«

Mike Saleske war nicht zu bremsen. »Nein, Peer – das erinnert mich zu sehr an den Großkotz aus Hamburg.«

Alle sahen ihn strafend an, er musste sich entschuldigen. »Tut mir leid, aber ich habe nur reagiert wie in all den Jahren mit Moritz zusammen.«

Dr. Scharrach beeilte sich, fortzufahren. »Bach, die *Toccata*, Händel, das *Largo*. Mozart, *Ave Verum*.«

Mike Saleske schluckte die Bemerkung hinunter, dass Moritz Roßwein es geliebt hatte, nach dem Essen beim Italiener einen Averna on the rocks zu ordern.

»Kennst du nicht etwas aus der *Bhagavadgita?*«, fragte Sabine Scharrach, die das gelb-rote Bändchen auf dem Couchtisch hatte liegen sehen.

»Gern, wenn ihr das wünscht …« Mike Saleske nahm Indiens Heilige Gesänge in die Hand und begann zu blättern. »Hier vielleicht … *Die Seele unverletzbar ist, ewig, in eines jeden Leib, / Darum die Wesen allesamt darfst du betrauern nimmermehr.* Oder: *Ich bin für diese ganze Welt der Urquell und der Untergang. / Es gibt nichts Höheres als mich, – kein andres Ding, was es auch sei!* Und wenn der Erhabene beschlossen hat, Moritz …«

Das Telefon klingelte. Sandra Roßwein sprang auf und eilte zum Sideboard, wo ein Telefon in der Ladestation steckte.

»Das ist er! Ich hatte recht! Er ist gerettet worden!«

Doch am Apparat waren nicht ihr Mann und auch nicht Mangal Mukherjee, sondern nur einer von den Rechtsradikalen, die ihre private Telefonnummer herausbekommen hatten.

»Du stehst bei uns auf der Abschussliste! Verschwinde aus Berlin, ehe wir …«

Sie fand die schmale Taste zum Beenden des Gesprächs nicht sofort, dann erlitt sie einen Weinkrampf. Ihr Vater spritzte ihr ein Beruhigungsmittel.

Mike Saleske sah auf die Uhr. »Ob ich nicht doch versuche, Mukherjee zu erreichen.«

»Hast du die Nummer?«, fragte Sabine Scharrach. »Ich hab sie nur im Büro.«

»Na, ehe wir zum Prager Platz fahren, sehen wir doch mal hier in seinem Arbeitszimmer nach.«

»Okay, gehen wir.«

Es war für beide ein komisches Gefühl. So etwas wie Störung der Totenruhe. Auch die Angst, sein Geist könnte plötzlich zu ihnen sprechen. »Raus hier, das ist mein Reich, da hat auch nach meinem Tod keiner etwas drin zu suchen!« Albern, dachte Saleske, aber in jedem von uns steckt halt ein Hamlet, und der begegnet ja auch dem Geist seines Vaters: *Though this be madness, yet there is method in 't.*

»Entschuldige, Moritz«, sagte Saleske dann auch ganz sanft. »Aber wir wollen nur ganz genau wissen, ob du wirklich …«, und schnell verbesserte er sich, »… dass du noch am Leben bist, und dass Mukherjee vorschnell hier angerufen hat.«

Sabine Scharrach und er begannen nun, vorsichtig in den Papieren zu suchen, die auf seinem Schreibtisch und in den Regalen lagen.

Nach vielleicht drei Minuten intensiver Suche schrie Saleske plötzlich auf.

»Gott, hier liegt ja sein Testament!«

Sabine Scharrach kam herbei, und beide konnten der Versuchung nicht widerstehen, es kurz zu überfliegen. Nach einigen juristisch klingenden Floskeln stießen sie auf das Wort Sati und waren wie elektrisiert.

… Sati ist für mich der Inbegriff tiefster und romantischster Liebe. Mein Leben, Sandra, ist nur durch Dich vorstellbar, ohne Dich existiere ich recht eigentlich. Dasselbe fordere ich aber auch von Dir. Ich bin nicht ohne Dich, Du bist nicht ohne mich. Sterbe ich und werde ich verbrannt und eingeäschert, so ist es in meinem Verständnis Deine Pflicht, wie der Beweis Deiner Liebe zu

mir, dass du mir auf der Stelle nachfolgst. Ich bin, Du weißt es und hast Dich darauf eingelassen, der indischen Kultur in höchstem Maße verhaftet – und so gibt es für mich keine andere Vorstellung als die der Witwenverbrennung. Bis dass der Tod euch scheidet, ist für mich christlicher Unfug, uns kann der Tod nicht scheiden, uns verbindet er. Unsere Urnen mögen nebeneinander in die Erde gelassen werden.

SECHS

Sie saßen zu dritt beim Vietnamesen am Bahnhof Friedrichstraße, Mannhardt, Heike und Orlando, um preiswert zu essen. Silvio hatte sich bei einem Freund in Hermsdorf einquartiert. Bestellt hatten sie die Nummern 32-34, Mannhardt Reis in würziger Zitronen-Ingwer-Soße mit Erdnüssen und Hähnchenfleisch.

Gesprächsthema Nummer Eins war der Tod von Moritz Roßwein, von dem sie aus der Zeitung erfahren hatten. Sie hatten Sandra Roßwein auch schon auf einer schwarz umrandeten Karte kondoliert.

»Am liebsten würde ich nach Indien fliegen, um zu checken, ob Roßwein wirklich beim Schwimmen ertrunken ist oder nicht doch – von wem und warum auch immer – umgebracht worden ist«, erklärte Mannhardt.

Heike lachte. »Du leidest unter dem Hai-Syndrom, mein Lieber.«

»Worunter?«

»Unter dem Hai-Syndrom«, wiederholte sie. »Das ist ein Begriff von Wolfgang Schmidbauer, der auf rastlose Menschen wie du gemünzt ist. Haie haben keine Schwimmblase und müssen deshalb ständig vorwärts schwimmen, um nicht unterzugehen.«

»Wie ist das eigentlich im Hinduismus mit der Wiedergeburt?«, wollte Orlando wissen.

Mannhardt zuckte mit den Schultern. »Keine Ahnung, da müssten wir mal diesen Saleske anrufen.«

Heike versuchte sich an das zu erinnern, was sie einmal gelesen hatte. »Du stirbst – und nach dem Tod verlässt der Atman, das ist in etwa deine Seele, deinen Körper, und dann gibt es die Wiedergeburt, den Übergang in eine andere Form der Existenz. Du kannst als Pflanze neu auf die Welt kommen, als Tier, als Mensch, sogar als Gottheit. Ziel ist es, aus dem Kreislauf der Wiedergeburten befreit zu werden.«

»Das ist mir alles zu hoch«, brummte Mannhardt.

»Beim Sterben sollte man möglichst positive Gedanken haben«, fügte Heike noch hinzu.

Orlando lachte. »Als ich mal am Ertrinken war, ist mir das schwergefallen.«

Mannhardt kam mit einem anderen Einwand. »Wenn Roßweins Leichnam nun gar nicht gefunden wird, dann kann er doch auch nicht verbrannt und eingeäschert werden – und der ganze Mechanismus gerät durcheinander.«

Darauf wusste auch Heike keine Antwort. »Ich werde mal am Montag in ihr Kreativ-Café gehen und Sandra Roßwein nach allem fragen.«

Das Essen kam, und sie wechselten erst einmal das Thema. Orlando hatte am Freitag in Moabit im Landgericht den Prozess gegen den 46-jährigen Kfz-Mechaniker Stephan S. verfolgt und hatte auch jetzt noch Mühe, alles zu verarbeiten.

»Hat der Mann drei Sprengsätze, gefüllt mit Nägeln, im Freien abgelegt und gewartet, dass seine Rohrbomben zünden und Menschen in den Tod reißen. Auf seinem Computer fand man Sätze wie: ›Ich will Blut sehen, offen liegende Gehirne. Ich liebe das Leid.‹ Die erste

Bombe war nur ein Test, die zweite konnte von der Polizei noch rechtzeitig entschärft werden, die dritte aber ist explodiert. Sie hat in einer Alditüte gesteckt und war im Schillerpark im Wedding neben einer Parkbank abgelegt. Ein 58-Jähriger war neugierig und hat sie geöffnet. Da ist sie explodiert. Der Mann hat sein linkes Auge verloren und ist heute fast blind.«

»Gott, was für Menschen in dieser Stadt herumlaufen!«, rief Mannhardt.

»Der hier ist erst einmal in die Gerichtspsychiatrie eingeliefert worden«, berichtete Orlando.

»Das alles erinnert mich irgendwie an Boston und das Attentat beim Marathon«, fügte Heike hinzu. »Der Hass derer, die wirklich psychisch krank sind oder auch nur glauben, im Leben zu kurz gekommen zu sein, auf die, die sie im Licht wähnen.«

»Wenn keine Religion mehr da ist, sie mit ihrem Heilsversprechen zu trösten und aufzufangen, dann wird es immer schlimmer«, sagte Orlando.

»Wozu haben wir denn den Sozialstaat!«, rief Mannhardt, immer noch SPD-Mitglied.

»Konzentriert euch mal aufs Essen«, riet ihnen Heike. »Es wäre schade, es nicht zu genießen. Gibt's auch was Erfreuliches?«

Orlando lachte. »Ja, die Dummheit eitler jüngerer TV-Moderatoren. Ruft doch da einer, als feststeht, dass Borussia Dortmund und Bayern München im Champions League-Finale stehen: ›Endlich ein deutsch-deutsches Endspiel!‹ So als würde Dynamo Berlin – in Klammern DDR – gegen Bayern München spielen – in Klammern BRD.«

Auch dass »die Kreuzberger Festspiele zum 1. Mai«, wie Mannhardt die Demos immer nannte, in diesem Jahr wieder einmal nahezu friedlich verlaufen waren, wurde unter der Rubrik erfreulich verbucht.

Dann kamen sie doch wieder auf ihr ursprüngliches Thema zu sprechen, als nämlich oben auf einem riesigen Flachbildschirm – der Ton war abgeschaltet – eine Nachrichtenzeile verkündete:

In Panaji, der Hauptstadt des indischen Bundesstaates Goa, ist heute Vormittag der Leichnam des Berliner Kaufmannes Moritz Roßwein, der beim Baden im Meer ertrunken war, öffentlich verbrannt worden.

*

Dr. Scharrach hatte der Tod seines Schwiegersohns und das sichtbare Elend seiner Tochter ziemlich mitgenommen, und um nicht in depressive Schleifen abzustürzen, war er gern der Einladung seines Freundes Stefan Kriebstein gefolgt, ihn doch zu einer Medizinerparty nach Wannsee zu begleiten.

Man hatte sich auf einem Wassergrundstück am Philipp-Frank-Weg versammelt. Der Blick ging auf den kleinen Pohlesee hinaus, der zusammen mit dem Kleinen Wannsee, dem Stölpchensee, dem Griebnitzsee und der Glienicker Lake sozusagen hinten herum den Großen Wannsee mit den Potsdamer Gewässern verband. Hier ging es beschaulicher zu als vorn an der Havel mit Heckeshorn, dem Blockhaus Nikolskoje, der Kirche St. Peter und Paul, dem Blick auf die Pfaueninsel und auf die Sacrower Heilands-Kirche hinüber, vorbei am Wirtshaus Moorlake und dem Volkspark Klein-Glienicke hin zur Glienicker Brücke.

»Warum ist Sandra nicht mitgekommen?«, wollte Dr. Kriebstein wissen, als sie einmal allein an ihrem Stehtisch waren.

»Sie wollte einmal einen Abend allein sein. Über alles nachdenken. Mit sich ins Reine kommen. Bei sich zu Hause. Sie hat es ja auch abgelehnt, für ein paar Tage zu mir zu ziehen.«

»Wie hat sie denn auf das Ansinnen dieses Idioten reagiert, sich als seine Witwe verbrennen zu lassen?« Sprach Dr. Kriebstein von Moritz Roßwein, dann nie anders als so. Er hielt ihn für einen ausgemachten Kretin und hätte ihn am liebsten in der Psychiatrie gesehen. »Diese verdammte indische Macke! Hoffentlich hat er sie nicht auch noch mit diesem ganzen Unsinn angesteckt!«

»Nein, dazu ist sie wohl noch zu rational. Obwohl … Ich mache mir wirklich Sorgen um sie.«

»Du, nachher auf dem Nachhauseweg fahren wir noch einmal vorbei bei ihr.«

»Okay.«

Beide Ärzte wussten, dass ein Mensch durch vier Stadien der Trauerbewältigung hindurch musste. Zuerst: Alles Quatsch, Moritz lebt noch, er ist in den nächsten Tagen zurück in Berlin. Dann die Phase der Verzweiflung: Er kommt nicht wieder, es ist alles aus, ich werde nie wieder glücklich sein. Es folgte die dritte Phase, die der Neuorientierung: Ich habe ja mein Café, ich habe meinen Lebensinhalt. Die vierte Phase brachte dann ein neues Gleichgewicht.

Darüber sprachen sie, und sie waren sich sicher, dass Sandra die Kraft haben würde, alles zu überstehen. Derart beruhigt wandten sie sich wieder dem zu, was das Büfett ihres Gastgebers an erlesenen Speisen und Weinen aus dem KaDeWe und an Gesprächsrunden zu bieten hatte. Man unterhielt sich über Abrechnungsprobleme ebenso wie über FUU-Patienten, das heißt, diejenigen, die unter einem Fieber Unbekannter Ursache litten, über die Chancen von Hertha BSC, nach dem erneuten Aufstieg länger als ein Jahr in der ersten Bundesliga zu verbleiben, wie über die schönsten Golfplätze im Berliner Umland und die Vorteile der MRT gegenüber der Sonografie und der CT.

Gegen ein Uhr nachts konnte man es dann wagen, aufzubrechen, ohne den Gastgeber zu beleidigen. Professor Wegmann begleitete sie noch auf die Straße hinaus. Für Dank und Abschied gab es eingeübte Formeln, das schafften sie trotz ihrer Müdigkeit noch spielend. Erst im Wagen begann das große Gähnen.

»Willst du nicht doch lieber den Wagen stehen lassen und uns eine Taxe rufen?«, fragte Dr. Kriebstein.

Dr. Scharrach winkte ab. »Nein, es geht schon. Ich will ja auch noch kurz bei meiner Tochter vorbei und sehen, ob noch Licht bei ihr brennt.«

Bei diesen Worten gab er seinen Standort und das Ziel in sein Navy ein.

»Vom Philipp-Franck-Weg zur Alsen- und zur Hohenzollernstraße, dann die Königstraße Richtung S-Bahnhof Wannsee, auf die Avus rauf, Abfahrt Hüttenweg, dann zur Koenigsallee. 14,7 Kilometer, 17 Minuten.«

»Na, die schaffen wir auch noch!«, rief Dr. Kriebstein. »Du, wer war denn eigentlich dieser Philipp Franck? Ich kenne nur Walter Franck, das war mal einer meiner Lieblingsschauspieler, damals noch im alten Schillertheater.«

»Keine Ahnung.« Dr. Scharrach fuhr los, um nach ein paar 100 Metern, als sie von der Alsen- in die Hohenzollernstraße abgebogen waren, aufzuschreien. »Da sieh mal, die weiße Gedenktafel da am Haus Nummer 7!« Er hielt kurz.

Mit blauer Schrift stand da geschrieben, dass hier von 1911 bis 1944 ein gewisser Philipp Franck gewohnt hatte (9.4.1860 – 13.3.1944), Maler, Mitbegründer der »*Secession*, Direktor der Staatlichen Kunstschule Berlin und Mitglied der Preußischen Akademie der Künste.

»Na bitte, wieder eine Wissenslücke gefüllt«, sagte Dr. Scharrach und fuhr wieder an.

»Für uns beide wird das Land Berlin keine solchen Gedenktafeln übrighaben«, beklagte sich Dr. Kriebstein.

»Nun wirst du im hohen Alter auch noch ruhmessüchtig?«, zog ihn Dr. Scharrach auf.

Bald fuhren sie die Koenigsallee in Richtung Norden hinauf und bogen rechts ab in die Bismarckallee. Dann kam schon die Furtwänglerstraße. Als sie hinter dem Knick Ecke Wernerstraße und der Grunewaldkirche einen Blick hineinwerfen konnten, schrie Dr. Scharrach auf.

»Da hinten brennt es!«

Blaulichtblitze, Polizei- und Feuerwehrfahrzeuge, Absperrungen. Das war nicht zu übersehen.

»Wenn das das Haus meiner Tochter ist …!«

»Quatsch!« Dr. Kriebstein suchte den Freund zu beruhigen.

»Doch, das ist die Villa Roßwein.«

»Und wenn – sie wird nicht zu Hause sein.«

»Doch!«

Dr. Scharrach geriet in Panik, kümmerte sich nicht um die rot-weißen Flatterbänder, raste auf das brennende Haus zu. Bremste. Hielt. Sprang aus dem Wagen. Stieß alles zur Seite, was ihn aufhalten wollte.

»Ich muss zu meiner Tochter.«

»Das geht nicht, es ist alles voller Rauch.«

»Lassen Sie mich!«

SIEBEN

Dass er mit 48 Jahren einmal Erster Kriminalhauptkommissar sein würde, hatte sich Gunnar Schneeganß in seinen kühnsten Träumen nicht erhofft. Er kam aus einer total zerrütteten Familie. Sein Vater war Alkoholiker, andauernd arbeitslos, und schlug, wenn ihn die große Wut überkam, auf alles ein, was in seiner Nähe war. Die Mutter hatte immer wieder in ein Frauenhaus flüchten müssen, mal mit ihm, mal ohne ihn, wenn ihn die Leute vom Jugendamt gerade in ein Heim gesteckt hatten. Zudem hatte es Schneeganß in seinem Schöneberger Kiez als Deutscher ungemein schwer gehabt, zu groß war die Dominanz von Klassenkameraden nichtdeutscher Herkunft. Aber er hatte es geschafft, sich durchzuboxen und war nach Abschluss der Hauptschule von der Schutzpolizei genommen worden, denn sein IQ lag weit über dem Durchschnitt, seine Allgemeinbildung war besser als die vieler Abiturienten, und sportlich war er ein Ass. In allen seinen Stationen war er glänzend beurteilt worden, hatte sich von Besoldungsgruppe zu Besoldungsgruppe hochgearbeitet und sich durch seine Mitgliedschaft in der Polizeigewerkschaft und der SPD ein ansehnliches Netzwerk aufgebaut, sodass man ihn schließlich, nachdem er in der Abendschule das Abitur gemacht hatte, als Kommissarsanwärter zum Studium an die damalige Fachhochschule für Verwaltung und Rechtspflege geschickt hatte. Nach drei Jahren hatte er es geschafft, war Beamter des gehobenen Dienstes geworden, bei der Kripo gelandet und langsam aber sicher aufgestiegen.

Vor zwei Jahren hatte er, eigentlich unfassbar für ihn, doch noch geheiratet. Silke passte zu ihm. Sie war Physiotherapeutin und hatte ihn behandelt, als man ihn beim Betriebssport durch einen Tritt gegen den Knöchel arg lädiert hatte. Sie hatte gerade ihre Scheidung hinter sich und ließ sich gerne trösten. Ihr Ex war in den tiefen Süden geflohen und hatte ihr ein kleines Grundstück mit einem Häuschen in der Krokusstraße in Rudow hinterlassen.

Heute hatte man sich mit den Nachbarn links und rechts und einigen befreundeten Ehepaaren am Grill zusammengefunden, um in den Mai hinein zu feiern.

»Gunnar, kein Bier?«

»Nein, ich darf nicht, ich hab Bereitschaftsdienst.«

»Seid ihr bereit?«, rief sofort ein Freund aus der an Rudow angrenzenden Ex-DDR.

»Immer bereit!«, brüllten alle, egal ob sie einmal Junge Pioniere gewesen waren oder nicht.

»Deine Frau ist Osteopathin?«, wurde Schneeganß gefragt.

»Ja, aber eine Westeopathin wäre mir eigentlich lieber gewesen.«

Wie viele Aufsteiger neigte Schneeganß dazu, sich für den Größten zu halten, für ein einzigartiges Exemplar der Gattung Homo sapiens, und bei jeder Handlung inszenierte er sich: immer schnoddrig, immer witzig, immer Alphatier. Prächtig gestylt war er, gab ständig den Macho, wenn auch selbstironisch, und glaubte, ein legitimer Erbe des großen Ernst Gennat zu sein. Doch seine Frau schaffte es immer wieder, ihn auf das Maß zurechtzustutzen, das ihm wirklich zukam.

»Letzte Woche war doch unser Garten verwüstet. Da hat er angenommen, dass das ein Racheakt eines Menschen war, den er mal hinter Schloss und Riegel gebracht hat, und schon Nachforschungen in alle Richtungen angestellt – aber es waren nur die Wildschweine.«

»Keine Schneegänse!«, wieherte eine Nachbarin.

»Eigentlich dürfte es dich hier gar nicht geben«, sagte ein Freund, der Grundschullehrer war. »Denn Schneegänse sind an sich nur in Grönland, im nördlichen Kanada und im nordöstlichen Sibirien zu Hause, ziehen aber im Winter in den Süden, in die USA.«

»Und der Ganter namens Gunnar verirrte sich dabei nach Berlin!«, rief einer dazwischen.

»So ist es.« Der Lehrer zeigte sich bestens vorbereitet. »Sein Flugruf ist kurz und rau: krähk, und nach der Landung gackert er dann los: *go go go, goaa, gä-gä-gä.* Alle …!

»… *go go go, goaa, gä-gä-gä*!«, schallte es durch Rudow.

»Und da, wo er gelandet ist, bauen sie jetzt den Großflughafen.«

Womit sie mit dem BER alle etwas zum Lästern hatten. Ob hier, ob beim Bahnhof Ostkreuz, ob bei der Sanierung der Staatsoper, überall wurden die Termine um Jahre überschritten, häuften sich die Mehrkosten zu Milliarden, man konnte sich stundenlang darüber amüsieren und erregen. Alles wurde verwoben mit persönlichen Erlebnissen, und immer wieder betonten alle, wie wohl sie sich doch fühlten auf diesem Narrenschiff mit Namen Berlin.

Die letzte Grillkohle war am Verglühen, und Schneeganß überlegte schon, wie er jene Gäste loswerden konnte, die gern bis zum Sonnenaufgang blieben, dann kam der Anruf, auf den er nicht gewartet hatte. Der Kollege Koordinator.

»Gunnar, auf auf: Brandleiche, Grunewald, Furtwänglerstraße. Nimm die Jessica mit, damit die das auch mal mitmacht, und packt Gummistiefel ein, damit ihr durchs Löschwasser waten könnt.«

Schneeganß verabschiedete sich von Frau und Gästen und hob sein Garagentor an. Die Gummistiefel, auch die für seine junge Kollegin, flogen in den Kofferraum. Er setzte sich in seinen Audi. Man winkte ihm hinterher. Ein Navy brauchte er nicht. Jessica wohnte in der Akazienstraße. Das war nur ein kleiner Umweg. Er arbeitete sich durch die engen Straßen Rudows, kam zur A 113 Richtung Hamburg/Tempelhof und blieb bis zum Sachsendamm auf der Autobahn.

*

Für eine Kriminalbeamtin hatte Jessica Schamp ziemlich viel zu verbergen. Vor allem ihre ungewöhnlich hohe Allgemeinbildung und ihre wache Intelligenz, aber auch die Tatsache, dass sie lesbisch war. Wäre sie von Gunnar Schneeganß durchschaut worden, hätte es wieder einmal geheißen: »Gerissen!« Bei der wachen Öffentlichkeit heute wäre sie wohl nicht gemobbt worden, höchstens auf sehr subtile Art und Weise, aber es gab viele Möglichkeiten, sie bei anstehenden Beförderungen ganz legal zu übersehen. »Gerissen!« Dieses Urteil war sozusagen das

Damoklesschwert, das über ihr schwebte. Mit 15 Jahren hatte sie mit dem Stabhochsprung begonnen, orientiert an der großen Jelena Issinbajewa, die drei Jahre älter war als sie. Als junge Himmelsstürmerin war sie angetreten, die Welt zu erobern. 2005 hatte sie deutsche Meisterin werden wollen, war aber schon an der Einstiegshöhe gescheitert. Dreimal gerissen. Diesen Schock hatte sie nie überwunden. Verletzungen waren dazugekommen, und so hatte sie schließlich aufgegeben. Mit einer Bestleistung von 4,35 m. Der deutsche Rekord von Silke Spiegelberg lag inzwischen bei 4,82 m. Doch Jessica hatte nicht nur auf die Karte Stabhochsprung gesetzt – mit anschließender Karriere als Fernsehreporterin und -moderatorin, sondern nach dem Abitur auch begonnen, Jura zu studieren. Immer so nebenbei und nach dem Prinzip des *muddling through*, des Sich-Durchwurstelns. Nun, beim Jurastudium kam es nicht so sehr auf die Höhe des IQ an, sondern auf die Fähigkeit, stumpfsinnig seinen Stoff zu pauken, ohne dabei krank zu werden oder an Selbstmord zu denken. Und diese Gabe hatte ihr die Natur nicht mitgegeben, sodass sie beim ersten Staatsexamen gescheitert war. »Gerissen!« Ein Freund aus der Leichtathletikabteilung ihres Vereins hatte ihr geraten, sich um einen Studienplatz an der Hochschule für Wirtschaft und Recht (HWR) zu bewerben, und so hatte sie dort Kriminologie und Kriminalistik studiert. Diesmal war es ihr gelungen, jede geforderte Höhe zu überspringen. Pech allerdings, dass sie nach bestandenem Examen ausgerechnet Gunnar Schneeganß zugeteilt worden war. Der schien ihr von seiner politischen Einstellung her rechts von der CSU angesiedelt zu sein, jedenfalls sah sie ihn als leicht faschistoiden Macho, kurz: einen Mann von gestern.

Jessica verließ ihre Wohnung, schloss ab und lief zur Straße hinunter. Da war noch mächtig was los. Berlin versuchte, es New York gleich zu tun: eine Stadt, die niemals schlief. Für bestimmte Kieze stimmte das auch.

Schneeganß kam angefahren. Bräsig in seinem Audi. Sie stieg ein und gab sich so kameradschaftlich, wie es sich für eine Mordkommission gehörte.

»Hi! Na, von Feuer zu Feuer?«

»Du sagst es. In jeder Walpurgisnacht wird bei uns groß gegrillt.«

»Und das Feuer in die Furtwänglerstraße: Weißt du schon was?«

»Nein, nur dass die Villa einem Kaufmann gehören soll: Moritz Roßwein.«

Jessica Schamp überlegte kurz. »Kommt mir irgendwie bekannt vor. Ah ja: Die Frau betreibt ein sogenanntes Kreativ-Café am Rüdesheimer Platz. Da war ich mal mit … einem Freund.«

Schneeganß lachte. »Diese Kreativwirtschaft! Na schön, wir von der Mordkommission gehören schon lange dazu: Wir müssen uns andauernd was Neues einfallen lassen.«

Sein Navy zeigte an: 6,9 km, 12 Minuten. Belziger, Haupt- und Wexstraße, dann auf der Stadtautobahn bis zur Ausfahrt Hohenzollerndamm, diesen hinunter, dann auf der Berkaer und der Hubertusbader bis zur Furtwänglerstraße.

Seit sie als Baby in flackernde Kerzen gestarrt hatte, war Jessica Schamp von allem Feuer fasziniert. Einer

Pyromanin gleich blieb sie stehen, wo immer Häuser brannten, aufregender aber waren Lagerhallen. Im letzten Jahr war sie zu den Vulkanen auf Hawaii geflogen.

Was sie in der Furtwänglerstraße zu sehen bekam, erinnerte sie stark an Bilder von Buschfeuern in Australien. Aus dem Dachstuhl schossen die Flammen in den Himmel, als würde ein gewaltiger Sog sie nach oben reißen. Schwarzer Rauch quoll dort auf, wo die Feuerwehr mit ihrem Wasser und ihrem Löschschaum noch immer nichts ausgerichtet hatte, weißer Qualm zeigte an, dass hier das Feuer schon erstickt worden war. Er überwog.

Die Fahrzeuge von Feuerwehr und Polizei ließen alles blinken, leuchten und blitzen, was sie an Blaulicht zur Verfügung hatten, und Jessica Schamp fühlte sich an TV-Shows wie *Deutschland sucht den Superstar* erinnert.

Der Feuerwehrmann, der mit einem Atemschutzgerät als Erster in das brennende Haus eingedrungen war und die Brandleiche gefunden hatte, kam auf sie zu.

»Sie war schon so verkohlt, dass ich gedacht habe: Lass sie liegen, alles andere stört nur eure Ermittlungen.«

Schneeganß lobte sein Verhalten und hielt Ausschau nach dem Gerichtsmediziner. Er hätte hier im noblen Ortsteil Grunewald den ›Chef vons Janze‹ erwartet, denn der ließ nichts aus, um die Aufmerksamkeit der Medien zu gewinnen, doch der Guru war gerade auf Dienstreise, und man hatte nur einen seiner Gehilfen schicken können, den Dr. Christian Viellechner. Dass der Mann so hieß, empfand Schneeganß als außerordentlich witzig, denn er hatte kaum einen Menschen kennengelernt, der weniger lächelte. Viellechner war die personifizierte Verbitterungsstörung. Den Grund kannten sie alle: Er hatte seine medizinische Laufbahn als Chirurg begonnen und zu großen Hoffnungen Anlass gegeben. Bis ihm dann mehrere Patienten als Folge gravierender Kunstfehler ›auf dem Tisch geblieben‹ waren, und der erboste Klinikchef geschrien hatte: »Viellechner, lassen Sie die Hände von den Lebenden und schneiden sie nur noch Tote auf!«

Sie hatten noch ein Weilchen zu warten. Noch gab es ein paar Brandnester, und der Einsatzleiter der Feuerwehr wollte sie noch nicht in die Villa lassen. Von der Ecke der Furtwängler und Richard-Strauß-Straße her drang Geschrei zu ihnen herüber.

»Ich muss unbedingt mit der Kripo reden!«, hörten sie jemanden brüllen.

»Das geht jetzt nicht, Sie stören die Löscharbeiten!«

»Die Tote im Haus ist meine Tochter, Sie Idiot!«

»Passen Sie auf, sonst …«

»Passen Sie lieber auf!«

Jessica Schamp lief los, um Schlimmeres zu verhindern, Schneeganß folgte ihr. Sie stellte sich zwischen den Kollegen von der Schutzpolizei und den Mann, der die Absperrung durchbrechen wollte. Sie war seit Jahren Schiedsrichterin, sie kannte solche Situationen.

»Wir sind die Kripo, was ist denn los!?«

»Dr. Scharrach. Ich bin der Vater … Meine Tochter ist in der Villa da verbrannt! Ich habe den Brand entdeckt und wollte noch zu ihr, bin aber vorher zusammengebrochen … Eine kleine Rauchgasvergiftung …« Er röchelte und hustete ein paar Sekunden lang. »Aber die Feuerwehrleute haben mich mit einer Sauerstoffdusche schnell wieder … Egal!«

»Kommen Sie mit, erzählen Sie uns alles.«

Sie gingen mit Dr. Scharrach ein paar Meter weiter. Unter einer Laterne konnte man gut miteinander reden.

»Unser herzliches Beileid erst einmal«, begann Schneeganß. »Was können Sie uns denn jetzt schon sagen, das uns weiterbringen könnte?«

»Diese Sati!«, brach es aus Dr. Scharrach heraus. »Diese verdammte Witwenverbrennung!«

Schneeganß und Jessica Schamp sahen ihn so an, wie man in Berlin üblicherweise einen armen Irren ansah. »Wie?«

»Sandra war mit einem Mann verheiratet, der tief in der indischen Kultur drinsteckte, besessen war von ihr. Der ist nun vor ein paar Tagen vor Goa im Meer ertrunken und hat in seinem Testament gefordert, dass sie sich als seine Witwe selbst verbrennen soll.«

»So ein Unsinn!«, rief Jessica Schamp.

Dr. Scharrach zeigte auf die ausgebrannte Villa. »Da haben Sie den Unsinn!«

Jessica Schamp fixierte ihn. »Meinen Sie, Ihre Tochter könnte sich wirklich selbst …?«

»Nein … Ja … Mein Gott, ich weiß es nicht!«

Schneeganß versuchte, sachlich zu bleiben. »Könnte es ein Unfall gewesen sein? War Ihre Tochter Raucherin?«

»Ja, aber …«

In diesem Augenblick rief Dr. Viellechner zu ihnen herüber, dass die Feuerwehr die Erlaubnis gegeben habe, das ausgebrannte Haus zu betreten.

»Wir können!«

Schneeganß reichte Dr. Scharrach die Hand. »Wir wünschen Ihnen die Kraft, das alles durchzustehen, und melden uns morgen im Lauf des Tages bei Ihnen, wenn wir etwas mehr wissen. Hoffentlich.«

»Das ist ja mehr als mysteriös«, meinte Jessica Schamp, als sie auf dem Weg zum Wagen waren, um sich die mitgebrachten Gummistiefel anzuziehen.

Schneeganß nickte. »Du sagst es. Witwenverbrennung … Soll es ja in Indien ab und an noch immer geben, aber hier in Berlin? Na ja, multikulti macht's möglich, der Karneval der Kulturen mal etwas anders. Was werden sich die Medien freuen.«

Sie zogen sich die Gummistiefel an und gingen dann zu Dr. Viellechner. Der war gewaltig am Schimpfen.

»Die Gummistiefel sind ja schön und gut, aber der Brandgeruch setzt sich auch in den Haaren und in der Kleidung fest. Und vor allem in der Haut. Da kannst du in den nächsten Tagen noch so oft duschen und dir noch so viel Shampoo in die Haare schmieren und auswaschen, du behältst diesen Brandgeruch in der Nase.«

Der Brandmeister wartete am Hauseingang auf sie und ging voran. Er trug eine Stirnlampe und hielt noch eine starke elektrische Lampe in der Hand. Jessica Schamp hatte das alles im Film und im Fernsehen schon x-mal gesehen, zuletzt in ihrer Lieblingsserie *In aller Freundschaft*, wo die Villa von Chefarzt Dr. Heilmann ausgebrannt war. Irgendwie fiel es ihr schwer zu begreifen, dass es so etwas auch in der Wirklichkeit geben konnte, es auch eine reale Welt und nicht nur eine als Vorstellung geben konnte. Alle Tapeten waren verbrannt, Decken und Wände waren von einer dicken Rußschicht überzogen. Das Holz der Treppenstufen und des Geländers war verkohlt und rissig.

»Hier an der Treppe nach oben könnte das Feuer seinen Anfang genommen haben«, sagte der Brandmeister. »Aber auch am Bett der Toten. Morgen wissen wir hoffentlich mehr.«

Sie arbeiteten sich die ausgebrannten Treppenstufen nach oben, rutschten immer wieder ab. Sie waren schon jetzt so verdreckt, dass sie ihre Kleidung zur Reinigung bringen konnten.

»Hoffentlich kriegen wir das alles bezahlt«, murmelte Dr. Viellechner.

Endlich standen sie am Bett der Brandleiche. Niemand zweifelte im Augenblick daran, dass es sich bei ihr um Sandra Roßwein handelte. Die Aussage ihres Vaters ließ nichts anderes zu. Aber Schneeganß hatte da schon manche Überraschung erlebt.

»Und wenn es nun doch ein Mann ist?«, sagte er zu Dr. Viellechner.

»Mal sehen …«

Es musste sich um ein Doppelbett aus Holz gehandelt haben. Alles war stark verkohlt, die Bettdecke nur ein schwarzer Klumpen. Die Leiche war ein längliches Stück schwarzer Materie, geschrumpft zur Größe eines zehnjährigen Kindes. Sie lag in der typischen Boxer- oder Fechterstellung da. Schneeganß und Jessica Schamp musste nicht erklärt werden, dass das nichts mit der Abwehrhaltung beim Tötungsvorgang zu tun hatte, sondern an der Hitzeschrumpfung der Weichteile und der Muskeln lag.

»Tja …«, Dr. Viellechner war ebenso unlustig wie ratlos. »In der Schamgegend keine verkohlten Klümpchen, die auf Penis und Skrotum hindeuten, dafür am

Oberkörper Erhebungen, die auf Brüste schließen lassen. Wir haben es ganz offensichtlich mit einer Frau zu tun. Körpergröße und Art des Gebisses bestätigen diese Annahme. Mehr kann ich im Augenblick nicht sagen. Ich wage es auch nicht, den Leichnam zu berühren – es ist alles viel zu zerbrechlich. Wir werden die Brandleiche vorsichtig ins Institut bringen lassen. Könnt ihr morgen um zehn dort sein, dann sehen wir weiter.«

Schneeganß nickte. »Okay, machen wir. Ich werde den diensthabenden Staatsanwalt anrufen. Hätte eigentlich einer hier sein müssen. Ist aber keiner gekommen, also werden sie an einer Sofortobduktion auch kein Interesse haben.«

Dr. Viellechner winkte ab. »Die suchen doch alle Tag und Nacht nach ihren NSU-Akten, die sie geschreddert haben.«

Als sie das Brandhaus wieder verlassen hatten und hinaus auf die Furtwänglerstraße traten, kam ihnen ein Kriminaltechniker entgegen.

»Moment noch, Herr Schneeganß!«

»Ja, was ist?«

»Am Kellereingang haben wir Spuren eines Einbruchs gefunden!«

»Na wunderbar, auch das noch! Danke trotzdem.«

ACHT

Jessica Schamp hatte beim Studium genau aufgepasst und wusste, dass man die innere Leichenschau von der sogenannten zweiten Leichenschau unterschied. Erstere lief auch unter den Bezeichnungen Leichenöffnung, Obduktion, Autopsie, Nekropsie oder Sektion – und zu ihr hatte man sich vor dem Sektionssaal versammelt. Die zweite Leichenschau erfolgte in einem Krematorium vor einer Feuerbestattung und wurde von einem Arzt des zuständigen Gesundheitsamtes vorgenommen.

Gunnar Schneeganß blickte auf die Uhr.

»Dass ein Mensch wie Dr. Viellechner jemals zu spät kommen könnte, halte ich für völlig ausgeschlossen.«

»Und was ist mit dem Staatsanwalt?«, wollte sie wissen.

»Der hat einen Gerichtstermin, und wir sollen schon einmal ohne ihn anfangen.«

Ein Assistenzarzt kam auf sie zugeeilt und berichtete, dass sie schon seit Stunden schwer beschäftigt seien.

»Ein Mann, der unter die Straßenbahn geraten ist. Ein Obdachloser, dem ein anderer Obdachloser den Schädel eingeschlagen hat. Ein Säugling, den jemand tot in einem Müllcontainer gefunden hat.«

»Das scheint langsam Mode zu werden, sich seiner ungewollten Kinder dadurch zu entledigen, dass man sie in Müllcontainer wirft oder in Plastiktüten steckt und im nächstgelegenen Park ins Gebüsch wirft«, sagte Schneeganß und klagte damit alles an, was in Politik, Wirtschaft und Gesellschaft irgendwie Entscheidungen fällte.

Wozu haben wir eigentlich Babyklappen?, fragte sich Jessica Schamp.

Der Assistenzarzt verwies auf den seltsamsten Fall, der ihm je untergekommen war. »Ich meine den Säugling, der sich ein von der Vormieterin weggeworfenes Morphiumpflaster in den Mund gesteckt und das nicht überlebt hat.«

Jessica Schamp staunte, dass sie es – wie viele Millionen anderer Menschen auch – geschafft hatte, 30 Jahre alt zu werden, ohne dass sie vorher ermordet worden war oder eine rätselhafte Krankheit sie dahingerafft hatte.

Jetzt wurde die Tür des Sektionssaals aufgestoßen und Dr. Viellechner erschien, an seiner Seite ein Sektionsassistent.

»Die Kripo, guten Morgen! Kommen Sie, meine Dame, mein Herr.«

Sie folgten Dr. Viellechner. Der Seziertisch imponierte Jessica Schamp. Das war schon ein anderes Kaliber als ihre Spüle in der Küche. Er war komplett aus Edelstahl gefertigt und ruhte auf einer gewaltigen Mittelsäule. Klar, es gab ja Leichen, die über zwei Zentner wogen. Die Auflagefläche war dreiteilig. Alle Gerüche und Partikel, die gesundheitlichen Schaden anrichten konnten, wurden durch ein Sieb abgesaugt. Auch der hohe umlaufende Rand wies Abflusslöcher auf. Mit einem Elektromotor konnte man den Seziertisch stufenlos verstellen. Sie konnte sich an eine Vorlesung erinnern, wo der Dozent erzählt hatte, dass in Venezuela ein für tot erklärter Mann auf dem Seziertisch wieder aufgewacht war, als ein Gerichtsmediziner mit der Leichenöffnung begonnen hatte. Nun, das war hier und heute nicht zu befürchten. In diesem verkohlten Stückchen Mensch vor ihr war kein Funke Leben mehr. Irgendwie erinnerte sie das Bild an das, was sie einmal in Pompeji gesehen hatte.

Im gesamten Raum hatte sich Brandgeruch verbreitet. Er biss so sehr in der Nase, dass sich Jessica Schamp die Nasenflügel reiben musste, um nicht laut zu niesen. Schneeganß suchte nach einem sauberen Papiertaschentuch.

Dr. Viellechner hatte ein kleines schwarzes Mikrofon vorn am weißen Kittel stecken und begann mit dem Diktat der ›Äußeren Besichtigung‹.

»Das wird Teil A des Sektionsprotokolls«, erklärte er den Kriminalbeamten, obwohl die das natürlich wussten.

»Keine Armbanduhr, kein Armband, keine Kette, kein Piercing«, stellte Dr. Viellechner eingangs fest. »Aber auch kein Ehering.«

Das brachte Schneeganß dahin, halblaut »Ach nee!«, zu rufen, und auch Jessica Schamp fand es mehr als erstaunlich. Warum sollte Sandra Roßwein keinen Ehering getragen haben?

»Ich wende mich nun den Gliedmaßen der Verkohlten zu«, informierte Dr. Viellechner sie.

Jessica Schamp nahm sich vor, nie wieder davon zu sprechen, dass sie sich von ihrer Freundin oder wem auch immer verkohlt fühle.

»Keine Verletzungen und Unterblutungen der Arme oder Beine«, stellte Dr. Viellechner weiter fest. »Die einzelnen Hautaufplatzungen sind alle hitzebedingt.«

»Schade«, sagte Schneeganß zu Jessica Schamp. »Mir wäre bei unseren Ermittlungen lieber, wenn ich jetzt gehört hätte, dass die Frau erschlagen worden ist.«

Dr. Viellechner, der inzwischen beim Teil B des Sektionsprotokolls angekommen war, der ›Inneren Besichtigung‹, raubte ihr mit seinen nachfolgenden Worten eine weitere Illusion.

»Keine Verletzungen der Brust- oder Bauchorgane.«

Erschossen oder erstochen war Sandra Roßwein, wenn sie es denn wirklich sein sollte, die da vor ihnen auf dem Seziertisch lag, also auch nicht.

Nun ließ Dr. Viellechner von seinem Sektionsassistenten das Schädeldach der Toten vorsichtig mit einer Oszillationssäge öffnen. Nachdem der grauweißlich verfärbte Schädelknochen von den Weichteilresten befreit worden war, und sich Dr. Viellechner alles genau angesehen hatte, diktierte er einen weiteren Satz, der Schneeganß und Jessica Schamp wenig heiter stimmte.

»Keine irgendwie gearteten äußeren Verletzungen an der Schädel- und der Mundhöhle zu erkennen.«

Die Frau war also weder erschlagen worden noch hatte sie sich durch einen Schuss in die Schläfe oder die Mundhöhle selbst getötet.

»Bleibt nur noch der Nachweis des Todes durch Rauchgasvergiftung«, murmelte Schneeganß.

»In der Tat«, beschied ihn Dr. Viellechner. »Aber erst der Mageninhalt … Das sieht mir ganz nach Tandoori Chicken aus …«

»Sie scherzen, Doktor!«, rief Schneeganß.

»Ich scherze nie.«

Auch das wusste Jessica Schamp aus ihren Vorlesungen, dass die Menschen bei Gebäudebränden im Allgemeinen nicht durch die unmittelbare Einwirkung der Flammen starben, sondern durch eine Rauchgasintoxikation. Und so wunderte sie sich nicht, dass Dr. Viellechner nach Untersuchung der Lunge der Toten zu einem längeren Vortrag ansetzte, von dem sie nur verstand, dass die Frau an einer Rauchgasvergiftung gestorben war.

»Bei den im Leichenblut gemessenen Werten kann das gar nicht anders sein. Das könnt ihr also als gesicherte Erkenntnis mit nach Hause nehmen«, schloss Dr. Viellechner seine Ausführungen. »Sobald wir mehr wissen, lassen wir von uns hören.«

Sein Assistenzart meldete sich mit einer Anmerkung.

»Wir haben noch vergessen, dass wir schon eine quantitative Alkoholbestimmung vorgenommen haben. Die hat nach zwei Methoden im Schenkelblut 0,6 mg/g und im Urin 0,85 mg/g Ethanol ergeben.«

»Hatte die Gute also vorher etwas getrunken«, murmelte Schneeganß.

»Und ist dann mit brennender Zigarette im Bett eingeschlafen«, fügte Jessica Schamp hinzu. Etwas vorlaut wohl, denn Schneeganß sah sie böse an.

»Vorsicht, das ist nur eine von vielen Möglichkeiten!«

Dr. Viellechner hatte noch etwas nachzutragen.

»Zu Identifizierungszwecken haben wir den Zahnstatus erhoben, den ihr mit zahnärztlichen Unterlagen vergleichen könnt. Selbstverständlich haben wir auch Material zur genetischen Identifizierung, zur DNS-Analyse also, entnommen. Ein endgültiges Gutachten behalten wir uns noch vor. Sollten weitere toxikologische Untersuchungen noch etwas von Bedeutung ergeben, sagen wir Bescheid.«

Schneeganß fragte noch, ob sich eine genaue Todeszeit angeben ließe.

Dr. Viellechner winkte ab. »Nein. Die Hitzeentwicklung in der Villa ist so stark gewesen, dass wir alle Standardbefunde am Leichnam wie Temperatur, Totenstarre, Totenflecke oder gar supravitale Reaktionen total vergessen können.«

Dann diktierte er noch den Rest des Sektionsergebnisses, geschätztes Alter und Gewicht der Toten und einige andere Kleinigkeiten.

Schneeganß bedankte sich für seine Mühe und verließ mit Jessica Schamp zusammen den Sektionssaal.

»Wieder mal Sokrates!«, fluchte er leise vor sich hin.

»Wieso Sokrates?«

»Na: Ich weiß nur, dass ich nichts weiß.«

Sie lächelte. So viel philosophische Grundkenntnisse hätte sie bei einem groben Klotz wie Gunnar Schneeganß niemals vermutet.

*

Mannhardt, Heike und Silvio stiegen am Bahnhof Wedding aus der U-Bahn, liefen ein paar Meter den eingezäunten Mittelstreifen der Müllerstraße entlang und stiegen dann zur Stadtbahn hinauf.

»Mit der U 6 bis Leopoldplatz und dann weiter mit der U 9 bis Bundesplatz wäre es schneller gegangen«, sagte Mannhardt, der überzeugt davon war, besser zu sein als der Computer des Verkehrsverbundes Berlin Brandenburg (VBB).

»Aber im Tunnel kann ich nicht aus dem Fenster sehen!«, rief sein Sohn.

»Kannst du schon, bloß siehst du nicht viel«, entgegnete Mannhardt.

»Außerdem ist S-Bahnfahren in Berlin immer ein Abenteuer«, fügte Heike hinzu. »Wo haben die Autonomen heute Feuer im Kabelschacht gelegt? Wo ist ein Zug entgleist?« Und sie zählte noch weitere zehn Möglichkeiten für eine anhaltende Betriebsstörung auf.

Mannhardt konterte mit einer Weisheit seiner Großmutter. »Wer warten kann, zu dem kommt alles.«

Fünf Minuten später kam der Zug, pünktlich auf die Sekunde, und Mannhardt konnte frohen Herzens einen Schlager aus dem Jahre 1970 anstimmen, Katja Ebstein: »*Wunder gibt es immer wieder … Viele Menschen fragen, was ist schuld daran …*«

Los ging es auf der S 42, immer dem Uhrzeigersinn entgegen. Auf jeder Station wurden bei Mannhardt Erinnerungen wach. Damit unterhielt er Heike und Silvio ebenso, wie er sie langweilte.

»Westhafen, früher Putlitzstraße. Hier können wir in die U 9 umsteigen und sind dann viel schneller am Bundesplatz, als wenn wir in der S-Bahn bleiben.«

»Nein!«, rief sein Sohn und klammerte sich an seiner Sitzbank fest.

»Nächster Bahnhof: Beusselstraße!«, tönte es aus dem Bordlautsprecher, und dann kam in lupenreinem Englisch die Durchsage, dass man hier in einen Bus in Richtung Tegel Airport umsteigen könne.

»Bei Beusselstraße zucke ich immer zusammen«, sagte Heike, denn hier waren zu Nazizeiten vom nahen Güterbahnhof Moabit über 30 000 Juden deportiert worden.

Jungfernheide, der nächste Bahnhof, war nicht belastet und zu Westberliner Urzeiten ein interessanter Umsteigepunkt gewesen.

»Drei Mittelbahnsteige hat es hier gegeben«, konnte sich Mannhardt erinnern. »Und auf der sogenannten Siemensbahn konnte man von hier aus bis Gartenfeld fahren. Siemens Kabel- und Hausgerätewerk. Ja, das waren noch Zeiten!«

Nun ging es auf einer hohen Brücke über die Spree hinweg, und schauten sie in Fahrtrichtung rechts aus dem Fenster, hatten sie einen weiten Blick über die Stadtautobahn hinweg aufs Spreetal und die Werksgebäude der Firma Siemens. Dann beherrschten die Backsteinbauten des Krankenhauses Westend die Szenerie.

Mannhardt zeigte nach links. »Da haben wir die Sophie-Charlotten-Straße – und da im Haus Nummer 88, vier Treppen hoch, hat über Jahrzehnte hinweg Heinrich Zille gewohnt.«

»Du solltest Stadtführer werden«, spottete Heike.

Mannhardt schüttelte sich. »Wenn ich das Wort *Führer* schon höre!«

Sie unterquerten hinter dem Bahnhof Westend den Kaiserdamm, und unter dessen Brücke hing sozusagen die Tunnelröhre der U-Bahn-Linie 2.

Mannhardt stieß seinen Sohn an. »Wenn du Glück hast, kannst du sogar einen Zug sehen.«

Und Silvio hatte Glück und konnte jubeln.

Messe Nord/ICC, Westkreuz, Halensee, Hohenzollerndamm, Heidelberger Platz, Bundesplatz – nach genau 21 Minuten hatten sie ihr Ziel erreicht.

Orlando stand schon auf dem Bahnsteig, um sie freudig zu begrüßen. Es ging hinunter zum Brunch im *Roma* am Bundesplatz, Detmolder Straße, Ecke Bundesallee.

Schon auf dem kurzen Weg dorthin platzte er mit einer sensationellen Neuigkeit heraus.

»Eben im Radio gehört: nachts Großbrand in der Villa Roßwein in der Furtwänglerstraße. Die Hauseigentümerin soll ums Leben gekommen sein.«

Heike blieb abrupt stehen. »Hör auf, mich zu …«, fast hätte sie gesagt: mich zu verarschen, »… mich auf den Arm zu nehmen.«

»Nein, ich schwöre es bei allem, was mir heilig ist.«

»Dann hätten wir den seltenen Fall einer Witwenverbrennung in Berlin«, murmelte Mannhardt.

Sie waren kaum ins Restaurant eingetreten und hatten sich an den für sie reservierten Tisch gesetzt, da hatte Heike auch schon ihr iPhone aus der Tasche gezogen und bei den Online-Diensten nachgeschaut. Nach ein paar Sekunden stand es fest.

»Ja, du hast recht. Und dieser Mike Saleske soll nach Mumbai geflogen sein, um die Urne mit Roßweins Asche nach Berlin zu holen.«

Jetzt ließen sie sich erst einmal Kaffee und Getränke kommen, luden sich am Büfett die Teller voll und begannen zu essen. Doch kaum hatten sie die ersten Bissen im Mund, drehte sich wieder alles um Sandra Roßwein.

»Was er in seinem Testament von ihr verlangt hat, ist ja seit ein paar Tagen bekannt«; begann Mannhardt. »Sati: Verbrenne dich nach altem indischen Brauch als meine Witwe.«

»Das ist doch archaisch!«, rief Heike. »Wir schreiben das Jahr 2013 – und sie ist Deutsche!«

»Der Druck auf sie wird zu groß gewesen sein«, vermutete Orlando. »Da hat sie schließlich nachgegeben und sich und das Haus angezündet.«

Mannhardt war zu sehr der mit allen Wassern gewaschene Kriminalist, um dem sofort zuzustimmen.

»Es kann auch alles ganz anders gewesen sein. Vielleicht war sie es auch gar nicht. Ich meine, die Brandleiche da in der Furtwänglerstraße, vielleicht war es jemand ganz anderes.«

»Wer wird denn bei der Mordkommission den Fall übertragen bekommen?«, wollte Heike wissen.

»Der Gunnar Schneeganß wahrscheinlich.«

Orlando sah seinen Großvater an. »Das ist ja nicht gerade einer deiner guten alten Freunde – oder …?«

»Nein …«

»Ich hätte schon gern einiges über diese Witwenverbrennung geschrieben«, sagte Heike. »Zumal ich Sandra Roßwein ja ganz gut gekannt habe. Die Medien werden ein großes Ballyhoo drum machen, ist ja auch ein Wahnsinnsthema.«

Mannhardt überlegte. »Von Schneeganß werde ich nicht viel erfahren, aber ich kenne seine neue Anwärterin ganz gut, die Jessica Schamp. Die war mal Studentin an der FHVR beziehungsweise HWR – und dann kenne ich sie vom SC Tegeler Forst her, da war sie drauf und dran, eine klasse Stabhochspringerin zu werden. Die werde ich morgen mal anrufen und sehen, ob ich was herausbekommen kann.«

»Und niemand kann uns ja daran hindern, privat zu recherchieren«, fügte Orlando hinzu. »Heike beruflich und wir beide aus Spaß an der Sache.«

Jetzt meldete sich auch Silvio zu Wort.

»Wisst ihr, was an diesem Film wirklich spannend sein würde …?«

»Nein, aber erzähl mal.«

»Diese Sandra Roßwein ist gar nicht in ihrer Villa verbrannt, sondern hat sich heimlich nach Indien abgesetzt. Und ihr Mann ist auch nicht beim Baden ertrunken, sondern höchst lebendig. Er wartet auf sie am Flugplatz, und sie wollen in Indien ein neues Leben anfangen. Müssen sie auch, denn hier in Deutschland haben sie Millionen an Steuern hinterzogen, so wie der Uli Hoeneß, und müssten in den Knast.«

Orlando klatschte in die Hände.

»Mensch, so wird es sein. Und wenn sie den Film drehen, dann müssen wir sehen, dass wir da unbedingt mitspielen können.«

*

Mike Saleske saß in der Lufthansamaschine nach Mumbai und hatte immer wieder den Prinzen vom Homburg im Kopf: *Wach ich? Leb ich? Bin ich bei Sinnen?* Das konnte nur der Plot eines Bollywoodfilms sein und nicht die Wirklichkeit im Jahre 2013 n. Chr. Sein Freund Moritz Roßwein ist nur noch ein Häufchen Asche und hat in seinem Testament von seiner Frau gefordert, sich als Witwe zu verbrennen. Niemand wusste, ob sie das wirklich getan hatte, Fakt war nur, dass sie beim Brand der Villa in der Furtwänglerstraße ums Leben gekommen war. Ihr Vater hatte Saleske gebeten, nach Indien zu fliegen und die Urne mit der Asche ihres Mannes nach Deutschland zu holen, damit man die beiden nebeneinander auf dem Friedenauer Friedhof an der Stubenrauchstraße zur letzten Ruhe beisetzen konnte, und er hatte es in seiner Schule geschafft, sich den Freitag und den Montag nach dem ersten Maiwochenende freizuschaufeln. Da die angestellten Lehrer in Berlin wieder einmal streikten, ging im Augenblick ohnehin alles drunter und drüber.

Irgendwie kam ihm alles ein bisschen komisch vor. Moritz Roßwein war immer ein ausgezeichneter Schwimmer gewesen – warum sollte gerade er ertrinken. Und dieser Mangal Mukherjee war ihm schon immer ein wenig zwielichtig erschienen.

Du spinnst ja!

Er bekam sich wieder in den Griff, aber ein indisches Sprichwort fiel ihm ein: *Der Wissende weiß und erkundigt sich, aber der Unwissende weiß nicht einmal, wonach er sich erkundigen soll.* Er kannte Moritz Roßwein seit ihrer gemeinsamen Kindergartenzeit, und sie hatten weite Strecken ihres Lebens Seite an Seite zurückgelegt – und dennoch erschien ihm der Freund wie eine *Blackbox.* Was hatte er wirklich gedacht und gefühlt? Manchmal hatte Saleske den Eindruck gehabt, Moritz Roßwein würde seine Frau mit deren Schwester Sabine betrügen, mit der er ja Tag für Tag im Büro zusammenarbeitete. Und warum hatte er sich wirklich in den Hinduismus geflüchtet? Hatte es irgendwelche Traumata gegeben, die zu überwinden gewesen waren?

Vieles kam ihm merkwürdig vor. Rechts von ihm saß ein junger kraftvoller Mann, der ihm erzählte, er würde an der Humboldt-Universität Indologie und Südasienkunde studieren, diese Fächer seien aber in Berlin nur schwach vertreten, seit man die Indologie an der FU »dichtgemacht« habe. »Idiotisch, was sich die Berliner Wissenschaftsverwaltung da wieder geleistet hat!« Im nächsten Semester werde er wohl nach Bonn oder Halle-Wittenberg gehen. Dann schimpfte er über die Mühe, ein Visum für Indien zu erhalten.

»Seit zwei Jahren geht das ja nur noch online. Und was das kostet! Zwei Fotos muss ich abliefern – und dann die Kosten: 50 Euro Konsulatsgebühr, dazu diverse Zuschläge – macht über 63 Euro. Mann! Und was die im Fragebogen alles wissen wollen.«

Saleske lächelte. »Ich weiß. Ich hatte noch eins, weil ich eigentlich in den Osterferien mit einem Freund nach Indien wollte, aber das hat sich dann leider zerschlagen. Ja, die Schlacht mit dem Antragsformular. Name, Geburtsort, Nationalität, klar. Aber dann: Religion, Ausbildung, Angaben zu Vater, Mutter und Ehegatten, Beruf, Arbeitgeber, inklusive Telefonnummern. Haben Sie gedient? Wie oft schon in Indien gewesen? Welche anderen Länder haben Sie in den letzten zehn Jahren besucht?«

»Als ob man einwandern wollte«, stöhnte der junge Indologe. »Aber wer will das schon, obwohl … Indien ist herrlich. Welche Kontraste! Farben, Gerüche, Lärm, Staub und Dreck – das gibt es sonst nirgendwo auf der Welt! Gestank, Menschenmassen, Chaos, Armut, Krankheit und Tod auf der Straße – das ist Leben pur!«

Saleske gähnte unauffällig. Das alles erinnerte ihn an die poetischen Ausschweifungen seiner Schülerinnen und Schüler.

Dann begann der junge Mann, von Goa zu schwärmen.

»Ich bin morgens um fünf Uhr angekommen. Überall Menschenbündel auf den Straßen. Ratten zwischen den Köpfen.«

Goa … Da hatte Saleske den Freund wieder ganz deutlich vor Augen. Er schloss die Augen und stöhnte.

Der Mann links neben ihm schaute besorgt und fragte, ob es ihm nicht gut ginge. Saleske verneinte das. Irgendwie fand er den Kerl unheimlich. Andauernd musterte er ihn, hörte alles mit, was er mit dem Indologiestudenten redete und suchte ständig, mit ihm ins Gespräch zu kommen. Er trug eine modische Brille mit dickem schwarzem Rahmen und hatte einen kahl geschorenen Schädel.

»Jetzt sind wir schon über der Ukraine«, bemerkte er nach einem kurzen Blick aus dem Bordfenster.

»Gruß an Julia Timoschenko«, murmelte Saleske.

»Sind Sie Journalist oder Politiker?«

»Nein.« Saleske hatte das Gefühl, dass sein Nachbar genau wusste, was er beruflich machte. Der Gute roch irgendwie nach Geheimdienst. Warum aber sollte ihn, Mike Saleske, da jemand auf dem Kieker haben? Vielleicht Roßweins wegen? Wenn nun Moritz nicht nur mit allem möglichen Krimskrams gehandelt hatte, sondern auch mit Waffen …?

Du spinnst ja!

Sein Nachbar stellte sich nun vor als Dr. Ansgar Haberkern. »Diplomatischer Dienst, auf dem Weg zu meiner neuen Stelle im deutschen Konsulat in Mumbai.«

Du kannst mir viel erzählen, dachte Saleske, aber vielleicht stimmte es, und dann konnte der Mann ihm unter Umständen sehr nützlich sein, wenn es Schwierigkeiten geben sollte, die Urne mit Roßweins Asche nach Berlin zu schaffen. Am besten, er kam darauf zu sprechen.

»Haben Sie in Berlin von der angeblichen Witwenverbrennung im Ortsteil Grunewald gehört?«

Der angebliche Diplomat lächelte. »Eine *sati* in Berlin. Natürlich habe ich da alles verfolgt.«

Saleske beugte sich zu dem Mann hinüber. »Ich bin der beste Freund des Mannes, der sie aufgefordert hat, sich zu verbrennen, der beste Freund von Moritz Roßwein, und soll jetzt sehen, dass ich die Urne mit seiner Asche nach Berlin bringen kann.«

»Die soll nicht in den Ganges gestreut werden?«

»Nein, im Testament steht schwarz auf weiß, dass die Urne auf den Friedenauer Friedhof kommen soll. Gleich neben Marlene Dietrich und Helmut Newton.«

»So wie ich die indischen Behörden kenne, wird Sie das einiges kosten.«

»Klar.«

»Rufen Sie mich an, wenn Sie Schwierigkeiten haben sollten.« Der Mann sagte das, ohne Saleske eine Visitenkarte zuzustecken. Wahrscheinlich hatte er noch keine. Dann erkundigte er sich eingehend nach Roßwein, zu eingehend, wie Saleske fand. Irgendwann schliefen beide ein.

Sie landeten auf dem Chhatrapati Shivaji International Airport. In Mumbai hatte es 33,1 Grad. Mukherjee hatte am Telefon nicht gesagt, dass er ihn abholen wolle. Saleske möge sich doch aus der Haupthalle des Bahnhofs Mumbai Central melden, dann werde man weitersehen. Hm ... Saleske verabschiedete sich von dem angeblichen Diplomaten und dem Indologiestudenten.

Zwei Stunden dauerte die Höllenfahrt mit dem Taxi in die Innenstadt. An vielen Slums vorbei. Plötzlich liebte er Berlin. Irgendwie kam er zum Bahnhof. So sehr unterschied sich dessen Haupthalle auch nicht von Stuttgart, Frankfurt (Main), Leipzig oder dem neuen Berliner Hauptbahnhof, nur hockten dort nicht Hunderte von Menschen am Boden, bedeckten jeden Quadratmeter. Fahrgäste waren es, die auf ihre Anschlusszüge warteten und auf einem Stück Tuch ihr Mittagessen ausgebreitet hatten, Obdachlose, die schliefen, und Straßenkinder, die auf eine Gelegenheit warteten, ein paar Rupien zu verdienen. Wurde ein Zug aufgerufen, sprangen sie auf und suchten, den Passagieren ihre Dienste anzubieten, vor allem, freie Sitzplätze mit Zeitungen zu bedecken und sie für die Nacheilenden frei zu halten oder Fahrkarten für sie zu kaufen, was einen wahnsinnigen Aufwand an Zeit und Verhandlungsgeschick erforderte. Auch sammelten sie alte Plastikflaschen, säuberten sie, füllten sie mit Wasser aus dem Hahn und suchten sie für ein paar Rupien als frisches Mineralwasser zu verkaufen.

Saleske sah sich immer wieder nach allen Seiten um, wen er aber nicht entdecken konnte, war Mangal Mukherjee. Von Minute zu Minute wurde er wütender. Da musste er stundenlang nach Indien fliegen, um festzustellen, dass er durch und durch Deutscher war.

Okay, dann bin ich es eben!

Gleichzeitig machte er sich klar, dass er genügend Geld bei sich hatte, um hier in Mumbai großkotzig aufzutreten. Das musste auch mal sein. Er winkte ein Taxi heran.

»Nach Colaba, bitte, Hotel Taj Mahal Palace.«

Dort hatten Mick Jagger, Prinz Charles, die Beatles und Bill Clinton übernachtet. Und nun er. Hatte er etwas, mit dem er in Berlin angeben konnte.

In Colaba befand sich das Wahrzeichen von Mumbai, das Gateway of India. Irgendwann in der 20er Jahren des letzten Jahrhunderts, konnte sich Saleske erinnern, hatte man es zu Ehren eines Besuchs König Georg V. errichtet. Die Kolonialoffiziere waren hier auf den P&O-Dampfschiffen angekommen, und an dieser Stelle hatten 1948 die letzten britischen Truppen Indien verlassen.

Saleske bewunderte noch die lebensgroße Statue des Shivaji, des legendären Anführers des Volkes der Marathen im 17. Jahrhundert. Er hatte sein Schwert von der Göttin Bhavani empfangen und galt als Vorkämpfer des Hinduismus gegen alle Fremdherrschaft.

Ein Inder von vielleicht 50 Jahren, der eine gut gefüllte Plastiktüte bei sich trug, sprach ihn an.

»Excuse me, Sir, you have such beautiful long hair.«

Saleske fuhr sich durch seine lange silberne Mähne. »Yes, and?«

»I collect hair.«

Der Mann war wirklich professioneller Haarsammler. Er erzählte Saleske, dass er sie bei den Straßenbarbieren für ein paar Rasierklingen, ein Stück Seife oder einen Kamm auffegen und mitnehmen durfte. Beim Exporthändler würde ihm das etliche Rupien pro Kilo bringen. Saleske grinste. Das wäre doch auch einmal eine Idee für die berühmte Berliner Kreativwirtschaft.

Der nächste Inder, der ihn ansprach, stellte sich als ›Erleichterer‹ vor.

»What's this?«, fragte Saleske.

»Someone who can organize everything for you. Birth certificates, death certificates, marriage certificates, any kind of permits and certifications.«

Saleske ließ sich die Adresse geben. Den Mann schickte ihm unter Umständen der Himmel, jedenfalls, wenn Mukherjee versagen sollte.

Er machte, dass er weiterkam, denn hinter ihm erhob sich erheblicher Lärm. Wenn er das richtig mitbekam, hatte an einem Imbissstand ein Vegetarier ein Stück Fleisch in seiner Suppe entdeckt.

Als Saleske an die Rezeption trat, um einzuchecken, fühlte er sich von einem Inder beobachtet. Der hockte im Foyer, hatte eine gewaltige dunkle Warze auf seiner rechten Wange und starrte ihn an, als hätte er noch nie einen Mitteleuropäer gesehen.

Das wird ja langsam zum Verfolgungswahn bei dir!

Irgendwie hatte er das Gefühl, dass man ihn im Taj Mahal Palace Hotel als Hochstapler ansah. Misstrauisch betrachtete man seinen deutschen Reisepass. Schließlich aber ließ man sich doch dazu herab, ihm ein Zimmer zu geben. Auf dem Weg zum Lift folgte ihm der Inder mit der dicken Warze.

Saleske fragte sich, ob sie hier ein wenig die Zeit verschlafen hatten und ihn womöglich für Richard Sorge hielten. Der war zwar seines Wissens nie in Indien gewesen, machte aber nichts.

Saleske verzichtete auf eine Fahrt mit dem Lift, warf sich im Foyer in den nächstbesten Sessel, zog sein Handy hervor und versuchte, Mukherjee zu erreichen. Endlich klappte es.

»All the best. I'm in half an hour at your hotel.« Mukherjee versicherte ihm, dass er sich überaus erfolgreich als ›Erleichterer‹ betätigt habe, wenn das Ganze auch eine Menge Schmiergelder gekostet habe.

Saleske war völlig durchgeschwitzt. Er fuhr nach oben in sein Zimmer, duschte, zog sich frische Sachen an und fuhr dann wieder hinunter in die Eingangshalle, um auf Mangal Mukherjee zu warten. Der Inder mit der dicken Warze saß schon dort und registrierte sein Erscheinen. Nun war Saleske kein Mensch, der schnell in Panik verfiel, im Augenblick aber war ihm doch ganz schön mulmig zumute. Am liebsten hätte er sich eine Taxe kommen lassen und wäre in die deutsche Botschaft geflüchtet.

Endlich tauchte Mangal Mukherjee auf. Saleske hatte ihn seit zwei Jahren nicht gesehen, und irgendwie war der Inder ganz anders als früher. Ernster, zurückgenommener. War er es überhaupt? Etwas, das eine Urne hätte sein können, schleppte er nicht mit sich herum. Saleske ging auf ihn zu. Mukherjee umarmte ihn.

»My sincere condolences. I'm sorry about your friend Moritz«, sagte Mukherjee.

»He was also your friend«, erwiderte Saleske.

»Yes, if we were even more business partners.«

Alles Notwendige war ja eigentlich schon am Telefon gesagt worden, als Moritz … Saleske wehrte sich gegen das Bild, wie Moritz Roßwein in den Fluten des Arabischen Meeres versank. Er fragte, ob mit der Freigabe der Urne alles in Ordnung sei. Mukherjee erzählte ihm eine lange Geschichte. Wie er erbittert mit der indischen Bürokratie gekämpft habe und dass es eine Menge Geld gekostet habe, alle Papiere ausgestellt zu bekommen. 500 Euro forderte er. Saleske gab sie ihm.

»And where is the urn with his ashes?«, wollte Saleske wissen.

»In a police station here on a side street.«

Sie verließen das Hotel und gingen in Richtung der Tullock Road. Saleskes Schritte wurden immer schwerer.

Das ist eine Falle. Gleich wird sie zuschnappen.

NEUN

Jessica Schamp bezeichnete sich selbst als »sportsüchtig«. Das war gut so, denn damit hatte sie immer ein Thema, wenn ihr Bruder Christian bei ihr übernachtet hatte und sie zusammen am Frühstückstisch saßen. Er hatte wieder einmal Krach mit seiner Frau gehabt und war in die Akazienstraße geflüchtet.

»Borussia Dortmund oder Bayern München, das ist die Frage aller Fragen«, befand Christian, als er in eine frische Schrippe biss. Seine Schwester hatte es sich nicht nehmen lassen, zum Bäcker zu laufen.

»Vom Gefühl her bin ich für Dortmund«, bekannte Jessica Schamp.

Ihr Bruder grinste. »Zumal ja Borussia mit Preußen zu übersetzen ist.«

»Das auch. Aber ich glaube, dass die Bayern den besseren Fußball spielen. Das ist schon ein Genuss, denen zuzusehen.«

Er musterte sie. »Und mit deiner geliebten Leichtathletik hast du gar nichts mehr am Hut?«

Sie lachte. »Die besteht ja in Deutschland nur noch aus einem Mann, aus Robert Harting, und ans Diskuswerfen habe ich mich nie herangewagt.«

»Gut so. Sonst würden heute einige Menschen ohne Kopf herumlaufen.«

»Lieber Diskurs als Diskus.«

»Du solltest sehen, dass du mal Dozentin bei euch wirst«, riet ihr der Bruder.

»Keine schlechte Idee, aber der liebe Kollege Schneeganß wird das sicher zu verhindern wissen. Ich könnte ja bei den Studierenden beliebter werden als er.«

»So wie du ihn schilderst, scheint er ja ein echter Kotzbrocken zu sein.«

Sie schüttelte den Kopf. »Das vielleicht nicht, aber als ein bisschen einfach gestrickt kann man ihn schon bezeichnen.« Sie bemühte sich, das Thema zu wechseln. »Und bei dir?« Die Frage war an sich überflüssig, denn ihr Bruder war Ingenieur bei der Berliner S-Bahn.

»Jetzt im Mai haben wir keine eingefrorenen Weichen mehr, hurra! Dafür aber fehlen uns Leute in den Stellwerken. Krank, ausgebrannt, was weiß ich.«

Sie grinste. »Aha, daher werden bei euch die Weichen immer in genau dem Augenblick umgestellt, wo ein Zug über sie hinweg rollt. Der eine Teil fährt dann geradeaus weiter, der andere geht in die Kurve und kippt um.« Das war im letzten Jahr bei der S-Bahn hinter dem Bahnhof Tegel passiert und gerade eben erst bei einem IC, der kurz zuvor den unterirdischen Teil des Berliner Hauptbahnhofs verlassen hatte.

Ihr Bruder wand sich. »Ja, aber … Zum Glück hat es keine Toten gegeben.«

»In meinem Beruf gibt es immer wieder welche«, stellte sie fest. »Das gehört zur Mordkommission.«

»Bei Aufklärungsquoten von 95 Prozent und mehr – nur bei dieser Sandra Roßwein kommt ihr nicht weiter.«

»Nein, das ist alles sehr mysteriös. Ich muss auch gleich zu dieser ausgebrannten Villa in der Furtwänglerstraße. Schneeganß will sich das alles noch einmal ganz genau ansehen.«

Sie wollte sich auf ihr Fahrrad schwingen, ihr Bruder bot ihr aber an, sie mit seinem Wagen hinzufahren.

»Bist du nicht verpflichtet, mit der S-Bahn zu fahren?«, fragte sie.

»No comment.«

»Klar, du willst pünktlich am Arbeitsplatz sein«, höhnte sie. »Darum der eigene Wagen. Aber schön, nimm mich mit, können wir noch etwas plaudern.«

So kam es, dass Jessica Schamp zehn Minuten zu früh an Ort und Stelle war. Jetzt an einem sonnigen Morgen im Mai sah die ausgebrannte Villa geradezu pittoresk aus, und zu ihrem nicht geringen Erstaunen saß auch schon ein Maler im Vorgarten, hatte die rot-weißen Flatterbänder ignoriert und versuchte, die Brandruine auf seiner Leinwand festzuhalten.

»Guten Morgen«, grüßte Jessica Schamp. »Dürfen Sie das eigentlich?«

»Ein Friedhelm Dörfler darf alles.«

»Tut mir leid, aber außer Rembrandt kenne ich keinen anderen Maler.«

»Na immerhin. Ich war ein guter alter Freund von Sandra und Moritz Roßwein und will alles festhalten, bevor die Abbruchfirma kommt. Schön, man kann die Sache auch fotografieren, aber meine Kunst ist eben doch eine andere, eine höhere als die von Helmut Newton und Co.«

Viel Zeit zum Plaudern blieb nicht mehr, denn schon rückte Schneeganß mit zwei ausgewiesenen Spezialisten an. Der eine war ein öffentlich bestellter und vereidigter Sachverständiger für Brandursachen, der checken sollte, ob die Männer der Kriminalpolizei und der Feuerwehr alles richtig analysiert hatten, der zweite der Kollege Kitzscher vom Einbruchskommissariat.

Sie betraten das ausgebrannte Haus. Ein Statiker hatte zwar vorher versichert, dass keine Einsturzgefahr bestünde, aber dennoch war ihnen allen ein wenig mulmig zumute.

Als sie an der Treppe angelangt waren, die nach oben ins Schlafzimmer führte, bestätigte der Brandsachverständige die Analyse der Feuerwehr.

»Ich lege mich dahingehend fest, dass der Brand auf der untersten hölzernen Treppenstufe seinen Ausgangspunkt hatte. Als Brandbeschleuniger ist ganz offensichtlich ein Stück Grillanzünder verwenden worden. Im Gartenhaus liegt viel davon herum. Ich gehe davon aus, dass der Teppich, der die Treppenstufen bedeckt, mit einem Feuerzeug und mithilfe eines Stücks Grillanzünder angesteckt worden ist. Nicht ganz auszuschließen ist aber auch, dass eine Duftkerze, deren Glas erhalten geblieben ist, durch irgendeinen uns unbekannten Umstand umgefallen ist und den Teppich entzündet hat.«

»Hm …«, brummte Schneeganß, nicht ganz zufrieden mit dieser Auskunft. »Und oben im Schlafzimmer, am und im Bett …«

»Es spricht nichts dafür, dass eine brennende Zigarette der Auslöser war. Wir haben eine ausgedrückte Kippe fein säuberlich im Aschenbecher gefunden. Auch von einer fahrlässigen Entsorgung von noch glimmenden Tabakwaren in einen dafür nicht geeigneten Mülleimer kann keine Rede sein. Ebenso sind technische Defekte an den elektrischen Leitungen auszuschließen.«

Jessica Schamp hatte einen Gedanken, der naheliegend war. »Wenn sie wirklich von sich aus das Haus angesteckt, also die Sati selbst vollzogen hat, dann müsste es doch nach menschlichem Ermessen einen Abschiedsbrief geben.« Sie fixierte den Brandsachverständigen. »Und es hat sich wirklich nichts finden lassen, was …?«

»Nein, bei der starken Hitze oben im Schlafzimmer und den riesigen Mengen an Löschwasser, da ist alles verbrannte Papier nur noch ein grauschwarzer Matsch.«

»Eine Hoffnung weniger«, murmelte Jessica Schamp.

»Aber vielleicht habe ich eine.« Damit meldete sich der Kollege vom Einbruchskommissariat. »Wir haben an der Kellertür DNA-Spuren sichern können, die nicht vom Ehepaar Roßwein stammen. Die gleichen wir jetzt mit allem ab, was wir in der Kartei schon haben.«

Damit fuhren sie zurück ins Büro, und Jessica Schamp machte sich an die Arbeit, ihrem Kriminaldirektor für die Pressekonferenz, die es um elf Uhr geben sollte, auf einem *briefing*-Bogen alles festzuhalten, was man bisher herausgefunden und besprochen hatte.

Sandra Roßwein – Möglichkeiten ihres Ablebens

1. Die Selbstmordhypothese. – Sie hat dem Druck nachgegeben, den ihr Mann im Hinblick auf die traditionelle Witwenverbrennung (Sati) und womöglich die indische Community auf sie ausgeübt haben, und die Villa selbst in Brand gesetzt.

2. Die Möglichkeit einer Verdeckungstat. – Nachweislich ist in die Villa Roßwein eingebrochen worden. Es könnte sein, dass der Täter, um seine Tat zu verdecken, aber auch aus dem Frust heraus, nichts Wertvolles gefunden zu haben, das Haus in Brand gesteckt hat. Womöglich hat er nicht gewusst, dass sich Frau Roßwein oben im Schlafzimmer aufgehalten hat.

3. Die Möglichkeit eines Racheaktes vonseiten aktiver Neonazis. – Eine politisch motivierte Straftat ist nicht auszuschließen, da Frau Roßwein an Aktionen gegen Rechts beteiligt war und beim Verlegen von ›Stolpersteinen‹ in Friedenau auch schon von Neonazis attackiert worden ist. Außerdem ist ihr multikulturelles Kreativ-Café am Rüdesheimer Platz den Rechten schon immer ein Dorn im Auge gewesen. Wir können also nicht ausschließen, dass die Villa von Neonazis in Brand gesteckt worden ist, und werden auch diese Spur weiter mit Hochdruck verfolgen.

4. Die Möglichkeit eines Unfalls. – Auszuschließen ist nach derzeitigen Erkenntnissen auch nicht ganz, dass Frau Roßwein im Bett geraucht hat und/oder vergessen hat, eine Duftkerze, die sie ganz offensichtlich an der Treppe hinauf zum ersten Geschoss angezündet und womöglich nicht gelöscht hat. Dagegen spricht allerdings, dass am Fuß der ins Obergeschoss führenden Treppe Spuren eines Brandbeschleunigers gefunden worden sind.

5. Die These vom Erfüllungsgehilfen. – Wir können auch nicht ganz von der Hand weisen, dass einer von Moritz

Roßweins engsten Freunden die Witwenverbrennung sozusagen vollzogen, die Villa also angesteckt hat.

Im Dienstgebäude des LKA 1 – Abteilung für Delikte am Menschen – in der Schöneberger Keithstraße hatten sich mehr Journalisten eingefunden, als der Saal zu fassen vermochte. Der Hype um Sandra Roßwein hielt an. Schneeganß und Jessica Schamp konnten gerade noch zwei Stehplätze auf der Fensterseite ergattern.

Was man auch fragte und was auch geantwortet wurde, die Mordkommission kam zu keinerlei neuen Erkenntnissen. Am interessantesten war wohl noch, was Heike Hunholz, die Lebensgefährtin des pensionierten Kollegen Hansjürgen Mannhardt, wissen wollte. Schneeganß kannte sie natürlich.

»Hat denn Sandra Roßwein eine Therapeutin aufgesucht, nachdem sie im Testament ihres Mannes gelesen hatte, dass er von ihr die Witwenverbrennung fordert?«

Der Kriminaldirektor machte eine hilflose Geste. »Das wissen wir nicht, und es hat sich auch noch niemand gemeldet. Wir danken Ihnen aber für diesen Hinweis und hoffen, dass jemand bei uns anruft, wenn sie oder er diese Sätze hört oder liest.«

*

Immer enger, leise, leise /
Ziehen sich die Lebenskreise, /
Schwindet hin, was prahlt und prunkt, /
Schwindet hoffen, hassen, lieben, /

Und ist nichts in Sicht geblieben /
Als der letzte dunkle Punkt.

Mannhardt zitierte immer wieder gern Theodor Fontane. Und der letzte dunkle Punkt, das war der Tod. Und in ihm sträubte sich alles dagegen, zu Hause zu sitzen und pausenlos auf den letzten dunklen Punkt zu starren. Schön, er hatte seinen Sohn zu erziehen, mit ihm zu spielen und Schularbeiten zu machen; schön, er konnte jeden Abend Heike in die Arme schließen; schön, er konnte stundenlang mit seinem Enkel diskutieren – aber die ganz große frohe Zukunft war das alles nicht. *Positiv denken!* Immer wieder warfen sie ihm das an den Kopf. Alle. Positiv denken, wie denn, wenn man seine Krankheiten, den Rollator und den Rollstuhl, das Pflegeheim, die Kremierung und die Trauerfeier in der Friedhofskapelle im Kopf hatte. »Lieber Hansjürgen Mannhardt, wir treten nun an dein Grab …«

Da kam ihm der Fall Sandra Roßwein gerade recht, um sich abzulenken. Er war das berühmte gefundene Fressen für ihn, wie er zu Hause betonte. »Ugs!«, rief sein Sohn, denn so etwas hörten seine Lehrerinnen und Lehrer gar nicht gerne und bestraften ihn wegen seiner ›Umgangssprache‹ mit Punktabzug.

»Was machst du heute?«, fragte Heike beim Frühstück.

Mannhardt verzog das Gesicht. »Ich betätige mich als Totschläger.«

»Was ist?«

»Na, ich mache mich, sobald Silvio in der Schule ist und du abziehst Richtung Redaktion, daran, die Zeit totzuschlagen.«

»Musst du nicht zur Therapie heute?«

»Gott, ja, ich muss ja der Guten helfen, durchs Leben zu kommen.«

Heike schaute auf ihren Terminkalender. »Und abends sind wir doch mit Orlando und Dr. Scharrach verabredet.«

»Stimmt.«

Pünktlich um 9.50 Uhr saß Mannhardt im Wartezimmer seiner Therapeutin. Allein. Gern hätte er andere Klienten kennengelernt und mit denen über ihre Leiden gesprochen, doch es war bei den Psychotherapeuten Usus, dass keiner einen anderen kennenlernte. Man hatte Angst, jemanden zu brandmarken, wenn bekannt wurde, dass er an einer psychischen Erkrankung litt. »Der Mannhardt hat jetz ooch 'ne Macke!« Ugs.

Er wurde gerufen. Die Therapeutin gab ihm die Hand. Die war überaus schweißig, und er konnte gerade noch seinen Impuls unterdrücken, seine Rechte am Hosenbein abzuwischen.

»Nehmen Sie Platz, Herr Mannhardt, und erzählen Sie.«

Mannhardt versuchte, sich zu konzentrieren. Erst einmal musste er den Gedanken verscheuchen, dass sein Gegenüber wahrscheinlich viel behandlungsbedürftiger war als er selbst, denn die Therapeutin war derart adipös, dass ihr Anblick geradezu schmerzte.

»Worüber haben Sie sich denn in den letzten Tagen am meisten geärgert?«, kam die erste Frage, als er wohl mit seiner Bilanz zu lange gezögert hatte.

»Über alles!«, rief Mannhardt. »Schlagen Sie nur mal die Zeitung auf. Steuerhinterziehung, Millionen für

Kampfdrohnen ausgegeben, die nicht einsatzfähig sind, die Mieten in Berlin immer unbezahlbarer, immer mehr Menschen, die ausgegrenzt sind, Einbrüche, die nicht aufgeklärt werden, weil meine Kollegen mit den Bergen an gesichertem DNA-Material nicht klarkommen, hoch bezahlte Politiker, die immer denselben – Verzeihung! – Scheiß erzählen. Ja, ich habe im letzten Spiegel gelesen, was die Neurobiologen herausgefunden haben: Dass positives Denken der Gesundheit ungemein förderlich ist, aber es fällt mir schwer, alles zu bejubeln. Soll ich mich als uralter Bayern-München-Hasser vielleicht freuen, wenn die das Champions League-Finale gewinnen? Soll ich mich vielleicht freuen, dass ich seit Ewigkeiten in der SPD drin bin, es aber bei der nächsten Wahl nicht mehr fertigbringe, meine eigene Partei zu wählen?« Und er fügte dem noch vieles andere hinzu, das ihn verbitterte.

Nach etwas mehr als 50 Minuten war die Sitzung beendet. Er fuhr nach Hause, nicht ohne alle zu mustern, die ihm auf dem U-Bahnhof wie im Zug begegneten. Alle schienen sie ihm glücklich und zufrieden zu sein, gesund und lebensfroh – und er hasste sie dafür.

Zu Hause setzte er sich vor den Fernseher und sah sich Serien an, in denen es den Leuten schlecht ging. Das war ungemein tröstlich. Dann machte er sich daran, Kartoffeln zu schälen und aufzusetzen, den Rotkohl aus dem Kühlschrank zu nehmen und zwei Packungen Bratwürste in die Teflonpfanne zu schütten. Wenn Silvio aus der Schule kam, hatte er immer einen Riesenhunger. Sie setzten sich zusammen an den Küchentisch.

»Was gibt's Neues in der Schule?«

»In allen Fächern schreiben sie jetzt Arbeiten, der Endspurt vor den Zeugnissen.«

Mannhardt suchte seinen Sohn mit einem aktuellen Filmtitel zu ermutigen. »*Das Leben ist nichts für Feiglinge.*«

Silvio zog sich nun, bevor es an die Hausarbeiten ging, ins Wohnzimmer zurück, um fernzusehen, Mannhardt gönnte sich erst einmal ein Mittagsschläfchen, dann setzte er sich an Heikes Schreibtisch, um seine nächste Lehrveranstaltung an der HWR vorzubereiten.

So geschah das, was an der Kreuzberger Emmauskirche groß angeschrieben stand: *HERR, BLEIBE BEI UNS, DENN ES WILL ABEND WERDEN.* Silvio war groß genug, für ein paar Stunden allein zu bleiben, und so zog Mannhardt mit Heike los. Sie wollten sich in einem Restaurant in der Nähe des St. Gertrauden-Krankenhauses mit Orlando und Dr. Scharrach treffen.

»Nehmen wir deinen Wagen oder fahren wir mit der U-Bahn?«

Heike überlegte einen Augenblick, dann entschied sie sich gegen den ÖPNV. Sie verabschiedeten sich von ihrem Sohn und liefen zur Garage hinunter. Ihr Navy brauchte sie nicht einzuschalten, die Route war klar: auf die Stadtautobahn rauf und an der Ausfahrt Detmolder Straße wieder runter. Dann zur Wilhelmsaue, Orlando abholen und weiter zur Ecke Mecklenburgische Straße, Brabanter Platz.

Dort beim Italiener hatte Dr. Scharrach schon vor einiger Zeit Platz genommen. Er stand auf, sie zu begrüßen. Man umarmte sich. Besser ließ sich kein Mitgefühl ausdrücken. Der Arzt schien innerhalb eines Monats um Jahre gealtert zu sein. Schnell kam er auf seine verstorbene Tochter zu sprechen.

»Ich habe jetzt 10.000 Euro zur Ergreifung des Täters ausgesetzt. In der Hoffnung, dass dadurch alles ein wenig beschleunigt wird. Ihr Kollege Schneeganß scheint ja nicht gerade besessen darauf zu sein, einen Fahndungserfolg vorweisen zu können.«

Zwar konnte Mannhardt Gunnar Schneeganß nicht ausstehen, dennoch zögerte er nicht, seine »Innung«, wie er es ausdrückte, gegen solche diffusen Vorwürfe zu verteidigen.

»Pardon, aber der Fall ist ja mehr als kompliziert, und die Mordkommission tut bestimmt alles, was in ihrer Macht steht, so emotional aufgeladen die Witwenverbrennung im Augenblick bei uns abgehandelt wird.«

Heike nahm das Wort. »Lieber Dr. Scharrach, die Belohnung, die Sie ausgesetzt haben, die lässt doch eindeutig darauf schließen, dass Sie nicht an einen Suizid Ihrer Tochter glauben?«

»Nein, das tue ich auch nicht. Sandra war ihrem Moritz weder in einmalig romantischer Liebe verbunden, noch bedeutete ihr alles Indisch-Hinduistische kaum mehr als etwas Folklore – und die hat sie gerne benutzt, um in ihrem Kreativ-Café Geld zu verdienen.«

*

Gegen den Zuzug Fremder nach Deutschland und die Idee des Multikulti hatte Gunnar Schneeganß einiges einzuwenden.

»Wer nach Berlin zieht, um hier zu arbeiten, und nach unseren Gesetzen lebt, der sei willkommen, aber es kommen ja auch viele, die unsere Kriminalitätsstatistik bereichern und so komische Sitten einführen wie diese Witwenverbrennung.«

Jessica Schamp wagte ihm zu widersprechen, wenn auch sehr vorsichtig. »Das ist doch die absolute Ausnahme.«

»Okay, aber die Taten werden sich häufen, wo Menschen hier nicht Wurzeln schlagen und die Deutschen hassen. Das wird so werden wie vor Jahren in den Vorstädten von Paris und aktuell in Stockholm und London. Wir nehmen sie auf – und aus Dank dafür bringen sie uns um.«

»Wir tun nicht genug, dass sie hier Wurzeln schlagen können.«

Schneeganß wurde noch eine Spur emotionaler. »Ach was, viele wollen das doch gar nicht. Die hocken in ihrer inzüchtigen Subkultur herum und schotten sich ab.«

Jessica Schamp lachte. »Ah, Heinz Buschkowsky gelesen?«

Ein Vorgesetzter kam herein, und sie mussten ihren Dialog unterbrechen.

»Gibt es etwas Neues im Fall Sandra Roßwein?«

»Nein, noch nicht. Aber wir werden uns jetzt einmal diesen Mike Saleske vorknöpfen, Moritz Roßweins besten Freund. Der müsste langsam aus Indien zurück sein. Er ist ja nach Mumbai geflogen, um die Urne mit der Asche Roßweins nach Berlin zu holen.«

»Sofort DNA-Proben entnehmen und sehen, ob das wirklich Roßwein ist.«

»Selbstverständlich, ja.«

In aller Ruhe machten sie sich dann auf nach Wilmersdorf. Und zwar mit der U-Bahn, denn Schneeganß hatte keine Lust, sich mit seinem Audi durch den Berliner Verkehr zu quälen und ewig nach einem Parkplatz zu suchen. Bis zum U-Bahnhof Wittenbergplatz waren es, Schneeganß hatte das genau ausgemessen, zu Fuß 650 Meter. Jessica Schamp liebte diesen Bahnhof, er stand wie ein Tempel mitten auf dem Platz. Die U 3 gehörte zum Berliner Kleinprofil, und das hatte etwas von einer Museums- oder Schmalspurbahn an sich, jedenfalls etwas Nostalgisches. Nur zwei Haltestellen weit war es: Augsburger und Spichernstraße. Von dort aus waren es nur ein paar Meter bis zur Pariser Straße.

»Das ist ja eine recht noble Adresse für einen Oberstudienrat«, fand Schneeganß.

Jessica Schamp meinte nur lakonisch: »Eben höherer Dienst.« Sie beide gehörten nur zum gehobenen Dienst.

Es beruhigte sie etwas, dass Saleske nur im Hinterhaus wohnte – und dazu noch in der dritten Etage. Einen Fahrstuhl gab es nicht. Als sie oben angekommen waren und Jessica Schamp auf den Klingelknopf gedrückt hatte, blieb ihnen nach ein paar Sekunden nur die Feststellung: »Nichts!« Als sie noch um einiges stürmischer klingelten, erschien der Nachbar in der Wohnungstür.

»Sie wollen Herrn Saleske sprechen?«

»Ja.«

»Der ist noch nicht aus Indien zurück.«

»Oh.« Das war Jessica Schamp. Schneeganß sah sie tadelnd an.

Der Nachbar musterte sie kritisch von oben bis unten.

»Ich bin zwar nur Buchhändler, aber ich habe so viele Kriminalromane gelesen, dass ich Sie vielleicht richtig einordnen kann. Die Kripo wegen der Witwenverbrennung in der Furtwänglerstraße? Herr Saleske war ja der beste Freund des ertrunkenen Kaufmanns.«

Schneeganß sah keinen Grund, nicht mit offenen Karten zu spielen. »So ist es. War er denn Ihrer Kenntnis nach ebenso besessen von allem Indisch-Hinduistischen wie Herr Roßwein.«

»Nein, nicht mehr. Das war mal, aber ich glaube, inzwischen ist er geheilt und hält es wieder mit Jesus Christus und nicht mehr mit diesem Ganesha und wie die Götter alle heißen.«

Jessica Schamp wollte auch einmal zu Worte kommen. »Aber er und Moritz Roßwein – waren das wirklich die besten Freunde, die man sich vorstellen kann?«

Der Nachbar musste schmunzeln. »Ja, wie Winnetou und Old Shatterhand, Blutsbrüder eben.«

Schneeganß und Jessica Schamp sahen sich an und dachten beide dasselbe: die These vom Erfüllungsgehilfen. Saleske ist dem Wunsche seines Freundes nachgekommen und hat die Villa in Brand gesteckt.

Damit bedankten sie sich bei Saleskes Nachbarn und stiegen wieder auf die Pariser Straße hinunter.

Schneeganß sah seine Anwärterin an. »Was nun, was schlägst du vor?«

»Wir sollten ihm einen Zettel mit unseren Visitenkarten in den Briefkasten stecken, dass er sich umgehend bei uns melden soll, wenn er aus Indien zurück ist. Auch wegen der Urne und der DNA.«

»Prima.«

Jessica Schamp erledigte das, dann kam erneut die Frage nach dem weiteren Procedere. »Ich will ja nicht den legendären Kommissar Zufall bemühen, aber meiner Meinung nach könnte es nichts schaden, wenn wir uns einmal genauer im Umfeld der Toten umhören, vielleicht in diesem Kreativ-Café am Rüdesheimer Platz.«

»Okay, gute Idee.«

Sie liefen zum U-Bahnhof Hohenzollernplatz und stiegen dort in einen Zug der U 3 Richtung Krumme Lanke. Ihr Waggon war voll von Studierenden, die zur FU in Dahlem wollten. Jessica Schamp war fast ein wenig neidisch auf sie. Wie gern hätte sie noch weiter studiert. Vielleicht Psychologie und Psychiatrie, um noch besser zu verstehen, warum Menschen Verbrechen begingen, vielleicht auch Jura, um Richterin zu werden und Strafverfahren zu leiten. Aber gleichzeitig schreckte sie vor allem zurück, denn wahrscheinlich hieß es wieder nur »Gerissen!«

In fünf Minuten waren sie am Rüdesheimer Platz.

Jessica Schamp war begeistert, als sie die letzten Treppenstufen hinauf zum Tageslicht genommen hatte und den weiten Platz mit seiner architektonisch so bezaubernden Randbebauung gemustert hatte.

»Oh, sind wir hier eigentlich noch in Berlin oder hat man uns irgendwohin nach Süddeutschland gebeamt.«

Schneeganß begann zu granteln. »Ich kann das nicht mehr hören: Alle wollen nach Berlin, alle lieben Berlin, nur die Berliner selber fluchen ständig über ihre Stadt. Das ist doch nicht normal. Und komm mir jetzt nicht mit: *Das Glück wohnt immer am anderen Ufer*. Aber wenn du bei der Kripo Karriere machen willst, da ist Berlin immer noch der beste Platz, was Mord und Totschlag betrifft. Da liegen wir mit unseren Fallzahlen meilenweit vor Hamburg, Köln und Frankfurt.«

»Gut, bleibe ich eben hier.«

Nachdem sie den Platz halb umrundet hatten, fanden sie das Kreativ-Café. Allem Anschein nach war es weiterhin geöffnet. Es musste sich jemand gefunden haben, der Sandra Roßweins Aufgaben übernommen hatte. Um draußen zu sitzen, war es leider zu kühl. Sie gingen hinein und fanden einen freien Platz unter einem Gemälde, das den Gott Shiva mit seiner Gemahlin Parvati zeigte.

»Also war sie doch ganz schön indisch angehaucht«, stellte Schneeganß fest.

»Kann aber auch sein, dass ihr Mann ihr das Café hier eingerichtet hat – und ein bisschen indisches Ambiente zur Bedingung gemacht hat«, wandte Jessica Schamp ein.

Schneeganß zeigte zum Tresen. »Der da den Kuchen schneidet und den Tee kocht, der sieht ganz nach einem echten Inder aus.«

Seinen Namen sollten sie alsbald erfahren, denn aus den hinteren Räumen rief ihm eine Frau etwas zu.

»Vijaya, haben wir eigentlich Tee aus Himal Pradesh im Angebot?«

»Ja, den Khangra.«

Schnell hatten beide den Eindruck gewonnen, dass Sandra Roßweins Kreativ-Café von kundigen Leuten weitergeführt wurde. Jessica Schamp fragte sich, ob das ein Mordmotiv sein konnte. Nichts war unmöglich. Sie flüsterte Schneeganß zu, ob man mit dem Inder und der Frau im Hintergrund nicht einmal sprechen sollte.

»Ja sicher.«

Sie bestellten sich je eine Tasse Chai und ein Stück

Käsekuchen und warteten auf eine günstige Gelegenheit, mit den Betreibern zu reden, ohne dass es großes Aufsehen erregte. Als die Frau, die mit Vijaya gesprochen hatte, zwei Gästen, die trotz der Maikühle draußen Platz genommen hatten, etwas zu trinken bringen wollte, standen sie auf und stellten sich vor.

»Ah, das hatte ich mir schon gedacht. Moment, ich bin gleich bei Ihnen.«

Nach wenigen Sekunden war sie zurück und stellte sich vor.

»Ich bin Kathrin Jassen, wohl Sandras beste Freundin. Gewesen. Ihr Vater hat mich gebeten, mich bis auf Weiteres um das Kreativ-Café zu kümmern, da ich die Szene gut kenne. Ich male zwar nicht und singen kann ich auch nicht, ich bin aber Schriftstellerin.«

»Oh, was denn für 'n Genre?«, fragte Jessica Schamp.

»Historische Romane, auch Indisches nach Art von *Palast der Winde*, denn ich habe auch einmal etwas Indologie studiert, vor allem aber Psychologie. Alles ohne Abschluss.«

»Gerissen!«, rief Jessica Schamp. Es war ein Reflex, gegen den sie nicht ankam.

»Bitte …?« Für Kathrin Jassen war es unmöglich, das zu verstehen.

»Ich war mal Stabhochspringerin«, erklärte ihr Jessica Schamp. »Und auch sonst habe ich im Leben nicht jede Hürde genommen.«

Kathrin Jassen zeigte in den hinteren Raum. »Das ist unsere Galerie, da können wir ungestört miteinander reden. Wir haben gerade eine Ausstellung von Friedhelm Dörfler.«

»Ah, der!«, rief Jessica Schamp in Erinnerung an ihre Begegnung in der Furtwänglerstraße.

Schneeganß hatte den Namen noch nie gehört, tat aber so, als wüsste er genau, wer Friedhelm Dörfler war. Er wusste genau, was von einem deutschen Bürger erwartet wurde.

Nach einer kleinen Warm-up-Phase kam Schneeganß zu der Frage, die für sie entscheidend war.

»Hat denn Sandra Roßwein Ihnen gegenüber durchblicken lassen, dass sie aus freien Stücken bereit ist, sich dem Willen ihres Mannes zu fügen und sich mitsamt dem gesamten Haus in Brand zu stecken.«

Kathrin Jassen zögerte lange mit einer Antwort. »Ja, da schwankte sie hin und her, manchmal änderte sie von einer Stunde zur anderen ihre Meinung. Mal ja, mal nein. *Was habe ich denn jetzt noch vom Leben? Ich habe Moritz einmal geschworen, ihm nach indischer Art in den Tod zu folgen.* Dann wieder: *Das ist doch idiotisch von ihm, das zu verlangen! Ich bin doch nicht seine Sklavin! Und was soll der ganze Unsinn?*«

Als sie später dem Inder dieselbe Frage stellten, lächelte Vijaya freundlich und erklärte, Spekulationen darüber anzustellen, würden seiner Geisteshaltung zuwiderlaufen.

»Wie sprach der Erhabene: *Unbekümmert, rein und tüchtig, unparteiisch und unverzagt, / Alle Pläne fahren lassend, – wer so mich ehrt, der ist mir lieb. / Wer nicht frohlocket und nicht hasst, um nichts trauert und nichts begehrt, / Wer Wohl und Übel fahren lässt und mich verehrt, der ist mir lieb.*«

Schneeganß verzog das Gesicht und verabschiedete sich schnell von Vijaya und von Kathrin Jassen, Jessica

Schamp wäre gern noch geblieben, konnte aber nicht anders, als ihm zu folgen.

*

»Achtung, Achtung, der Töter ist wieder unterwegs!« So nannte er sich jetzt. Der Töter. Seine Handgranate lag zwar auf dem Grund der Spree, aber wozu gab es Messer, Beile, Kettensägen und andere Instrumente, mit denen er jemanden töten konnte. Er sah sich als Raubtier, als Tiger, Löwe oder Bär, wie er da durch die Straßen streifte, immer auf der Suche nach Beute. Was ihn mächtig störte, war die Tatsache, dass ihm offensichtlich niemand ansah, wie gefährlich er war. Aber er konnte ja schwerlich als Sandwichman herumlaufen, auf dem Rücken und auf der Brust Plakate, auf denen zu lesen stand: *Ich bin unterwegs, um zu töten. Vorsicht! Der Töter hat es auch auf dich abgesehen!* Wohin er auch schaute: Überall war das Glück zu Hause. Junge Paare waren Hand in Hand unterwegs, genossen ihre Liebe und das Shoppen. Und das Poppen auch, dachte er. Eltern amüsierten sich mit ihren Kindern. Senioren saßen in den Cafés und schaufelten Torte in sich hinein. Alle waren sie gesund, alle hatten sie Geld zum Ausgeben. Und blickte er die Fassaden hinauf, dann potenzierte sich sein Hass: Da gab es wunderbar eingerichtete Wohnungen, da lachten die Menschen, da genossen sie ihr Leben. Und er? Er hatte kein Geld, er hauste in einem armseligen Loch, er musste, wenn er richtig essen wollte, zur Berliner Tafel gehen und sich Gespendetes abholen, manches jenseits des Verfalldatums.

Er steuerte auf die Treppen zu, die auf einen U-Bahnhof führten. Vielleicht sollte er hinuntergehen und jemanden bei Einfahrt eines Zuges auf die Gleise stoßen. Einen von diesen gelackten Managern im dunklen Maßanzug.

*

Sabine Scharrach war dabei, in den Geschäftsräumen am Prager Platz alles durchzusehen, was ihr verstorbener Schwager auf seiner Festplatte und in den unzähligen Leitzordnern hinterlassen hatte. Ihr zur Seite stand Jürgen Käbschütz, ein Unternehmensberater.

»Mein Vater meint, ich könnte doch die Ganesha Indien Im- und Export weiterführen, so tief, wie ich in der Materie drinstecke.«

Käbschütz zögerte, ihr Mut zu machen. »Sie verstehen nicht genug von Indien, Sie sprechen kein Hindi …«

So schnell wollte sie nicht aufgeben. »Ich kann mir doch aber einen Inder als Geschäftsführer in die Firma holen.«

»Das schon, aber …« Dem Unternehmensberater war es gelungen, eine weitere Datei zu öffnen. »Aber mir scheint, dass Ihr Schwager kurz vor der Insolvenz gestanden ist.«

»Davon hat er mir nie etwas gesagt, obwohl wir …« Erschrocken brach sie ab. »Auch meine Schwester hat nie etwas erwähnt.«

Je mehr Statistiken auf dem Bildschirm erschienen, desto sicherer war Käbschütz, dass sich Moritz Roßwein in großen Schwierigkeiten befunden haben musste.

»Vielleicht war seine letzte Reise nach Indien in Wahrheit eine Flucht?«

ZEHN

Gunnar Schneeganß hielt das Ganze zwar für blinden Aktionismus, aber nach all den Versäumnissen bei den Morden des NSU war es unvermeidlich, sich die Männer näher anzusehen, die in Friedenau Stolpersteine beschmiert und dabei Sandra Roßwein angegriffen hatten. Stier-, Ecke Hähnelstraße. Jessica Schamp erhielt den Auftrag, Namen und Anschriften herauszufinden. Das schien denkbar einfach, denn sie brauchte ja nur die Kollegen von der Schutzpolizei anzurufen, die damals angerückt waren und das Protokoll geschrieben hatten. Doch es wurde ein Telefon- und E-Mail-Marathon, denn die einen, die von der Sache wussten, waren im Urlaub oder hatten sich krankgemeldet, bei den anderen war dauernd besetzt, wenn sie sie anrufen wollte, oder sie bekam keine Antwort auf ihre E-Mails. So brauchte sie Stunden, bis sie den Haupttäter genannt bekam: Rico Gruttke, 21, Gerüstbauer, wohnhaft Rudow, Deutschtaler Straße. Sie bekam auch den Namen der Firma heraus, bei der er beschäftigt war. Ein Anruf dort ergab, dass Gruttke sich am Morgen krankgemeldet habe.

Jessica Schamp hatte genau verfolgt, wie sich der Berliner Südosten in den letzten Jahren zur Hochburg ›Autonomer Nationalisten‹ und der NPD entwickelt hatte. Als couragierte Bürger begonnen hatten, rechtsradikale Aufkleber von Laternenmasten und Straßenschildern zu kratzen und auf ihre Briefkästen zu schreiben, dass sie kein Werbematerial der NPD zu erhalten wünschten, hatte es eingeworfene Fensterscheiben und Farbbeutelattacken gegeben, und wiederholt waren Briefkästen gesprengt worden. Zudem waren nächtliche Brandanschläge auf zwei Häuser von Familien mit Migrationshintergrund und auf ein linkes Jugendzentrum verübt worden. Da passte also alles.

Schneeganß' Begeisterung, raus nach Rudow zu fahren hielt sich in Grenzen.

»Laut Google Maps sind das mit dem Wagen 23,3 km gleich 27 Minuten. Mit der U-Bahn würden wir 36 Minuten brauchen, dazu kommen noch 1,2 Kilometer Fußweg. Was machen wir?«

Jessica Schamp trat an die große Berlinkarte, um sich einen Überblick zu verschaffen. Die Deutschtaler Straße nahm ihren Anfang in der Nähe des U-Bahnhofs Rudow und zog sich in südöstlicher Richtung bis zur Stadtgrenze hinunter, wobei sie den Kattenpfuhl mit dem Röthe- und dem Klarpfuhl verband. Rico Gruttke wohnte an der Ecke Ostburger Weg.

»Nehmen wir die U-Bahn«, sagte Jessica Schamp schließlich. »Dann haben wir noch eine kleine Wanderung durch die Mark Brandenburg vor uns.«

»Gut, also die U-Bahn.«

Vom Wittenbergplatz ging es mit der U 1, die hinter der Station Kurfürstenstraße zur Hochbahn wurde, bis Möckernbrücke und von dort elend lange auf der U 7 nach Rudow. 15 Stationen zählte Jessica Schamp.

»Das ist ja zum Wahnsinnigwerden!«, schimpfte Schneeganß. »Und wenn ich für diese ewige Gondelei kein Geld kriegen würde, dann …«

Auch Jessica Schamp hatte sich die Arbeit in einer Mordkommission etwas anders vorgestellt. So viel Routine, ja Stumpfsinn, hatte sie nicht erwartet.

»Der U-Bahn-Fahrer hat es besser als wir«, merkte Schneeganß noch an. »Der sieht alle anderthalb Minuten das Licht am Ende des Tunnels – immer, wenn ein neuer Bahnhof kommt, während wir manchmal Monate dafür brauchen, ehe wir soweit sind. Und im Fall Sandra Roßwein könnte es noch länger dauern.«

Jessica Schamp hätte Schneeganß eine solche essayistische Bemerkung gar nicht zugetraut, und er musste ihre Anerkennung auch bemerkt haben, denn er lächelte leise, doch sie verscherzte sich mögliche Pluspunkte bei ihm sofort wieder, als sie ihn fragte, ob er nicht auch in Rudow wohnte.

»Ja«, brummte er. »Aber die Krokusstraße ist keine rechtsradikale Ecke.«

Am U-Bahnhof Rudow verliefen sie sich ein wenig, dann gelang es ihnen aber doch, den Neudecker Weg zu finden und auf dem zur Deutschtaler Straße zu gelangen.

»Wer war Deutschtaler?«, fragte sich Jessica Schamp und begann zu rätseln. »Wahrscheinlich ein jüdischer Schriftsteller. Leo Deutschtaler.«

Schneeganß wollte das nicht glauben, griff zu seinem iPhone und fand im Internet ganz etwas anderes heraus. »Komorowo, Ort in der früheren Provinz Posen, Regierungsbezirk Bromberg, Kreis Gnesen; 1938 umbenannt in Deutschtal, Provinz Wartheland, Kreis Hohensalza; heute Komorowo, Woiwodschaft Wielkopolskie (Großpolen, Hauptstadt Poznan), Kreis Gniezno, Polen.«

Jessica Schamp grinste. »Das passt ja wieder zu diesem Rico Gruttke.«

»Wieso das?«

»Weil man sagen könnte, dass es ein wenig revanchistisch ist, diese wunderschöne Straße hier ausgerechnet nach einem Ort zu benennen, dessen Namen sich die Nazis ausgedacht haben.«

Schneeganß hielt solche Diskussionen im Jahre 2013 für total überflüssig und schwieg, zumal sie gerade ihr Ziel erreicht hatten. Neben dem Gartentor war ein billiges weißes Plastikschild angeschraubt, auf dem in schwarzen Lettern zu lesen stand: GRUTTKE. Also schien ihre Zielperson noch bei den Eltern zu wohnen. Deren Eigenheim war anzusehen, dass sie es weithin selbst errichtet hatten. Es war im Bungalowstil der 50er Jahre, sah also aus wie ein Pappkarton mit ausgeschnittenen Türen und Fenstern. Irgendwelche Fahnen oder Aufkleber waren nirgends zu entdecken.

Schneeganß atmete noch einmal tief durch, dann drückte er auf den Klingelknopf. Nach ein paar Sekunden erschien in einem der Fenster eine ältere Dame, die sofort zu keifen begann.

»Die Zeujen Jehovas wieda! Mann, haut ab, ick hab mit euch nüscht am Hut!«

Jessica Schamp bemühte sich, besonders gewinnend zu lächeln. »Nein, Frau Gruttke … Entschuldigen Sie bitte die Störung, aber wir hätten gern Ihren Sohn gesprochen.«

»Worum jeht et denn?«

Jessica Schamp hielt ihre Dienstmarke hoch. »Kriminalpolizei.«

»Ooch dit noch! Wieda mit seine Pullitik! Aba da ham Se Pech, Rico ist doch noch uff Arbeit jefahrn.«

»Und wo bitte?«

»Nymphenburger Straße.«

Sie bedankten sich und machten sich auf den Rückweg. Mithilfe von Jessica Schamps iPhone fanden sie heraus, dass die Nymphenburger Straße am Volkspark Wilmersdorf gelegen war.

»Da hat doch der Gauck mal gewohnt«, konnte sich Schneeganß erinnern. »Bevor er ins Schloss Bellevue umgezogen ist. Also mit der U-Bahn bis Neukölln und dann auf dem Südring bis Innsbrucker Platz.«

Gesagt getan. Der Innsbrucker hätte beim Wettbewerb um den hässlichsten Platz Berlins – trotz der unzähligen Mitbewerber – alle Chancen auf einen der vorderen Plätze gehabt. Schön autogerecht war er, und nach Süden hin gab es keine Bebauung, da zogen sich S- und Fernbahngleise und die Stadtautobahn dahin.

»Warum wollen bloß alle in Berlin wohnen?«, fragte sich Jessica Schamp.

Schneeganß sah sie böse an. »Du etwa nicht?«

»Doch«, musste sie zugeben.

»Und warum?«

»Weil Berlin so unheimlich ehrlich ist. Es ist so wie wir: Mal schön, mal hässlich, stets widersprüchlich, Gut und Böse liegen dicht beieinander. Es hat auch etwas Archaisches: Dauernd ist man bedroht und muss sich so bewegen wie ein Hase auf offenem Feld, immer nach allen Seiten sichernd.«

»Hm …« Schneeganß hielt wenig von feuilletonistischem Geschwätz dieser Art und kam ihr mit einer Textzeile von Hildegard Knef. »*Denken schadet der Illusion.*«

Damit waren sie die steile Treppe vom S-Bahnhof hinabgestiegen und fluchten über die Warterei an den Ampeln, die sie hinderten, die Zufahrten zur Stadtautobahn zu überqueren. Endlich waren sie drüben am anderen Ufer angelangt und kamen über die Wex- zur Heylstraße.

Jessica Schamp staunte. »Haben sie schon zu Lebzeiten eine Straße nach Hubertus Heyl benannt?«

»Wer soll'n das sein?«, fragte Schneeganß.

»Der stellvertretende Fraktionsvorsitzende der SPD-Bundestagsfraktion.«

»Gott, wer soll denn die alle kennen!? Und dauernd kommen neue dazu.«

Jessica Schamp merkte, dass sie sich korrigieren musste. »Irrtum! Der, den ich meine, der wird mit i geschrieben.«

Schneeganß grinste. »Das ist ja noch schlimmer.«

»Ich hab den mal kennengelernt, das ist ein netter Mensch.«

Ein Blick auf ein Straßenschild verriet ihnen, dass man hier einen Schöneberger Kommunalpolitiker geehrt hatte, den Tischlermeister Fritz Heyl.

»Na schön«, brummte Schneeganß. »Alle bekommen ihre Straße, nur nach Ernst Gennat ist noch keine benannt worden, und der ist der berühmteste Berliner Kriminalbeamte aller Zeiten.«

Derart plaudernd erreichten sie die Nymphenburger Straße. Dass an einem der Häuser auf der westlichen Straßenseite ein Gerüst hochgezogen wurde, war nicht zu übersehen. Etwa fünf Mann waren dabei, das nötige Material mit einem von einem Elektromotor angetriebenen Seilaufzug nach oben zu befördern und dort zu installieren. Einer bohrte Löcher in die Fassade, um alles zu verankern.

Jessica Schamp bewunderte die Gerüstbauer. Alle waren sie so kraftvoll wie die Kugelstoßer und Diskuswerfer aus ihrem Verein. Und schwindelfrei und mutig dazu. Und was verdienten sie dabei? Mehr als den Mindestlohn von 8,50 Euro bestimmt, aber nur einen Klacks gegenüber dem, was Manager und Abgeordnete nach Hause trugen.

Aus Angst vor herabfallenden Stangen blieben sie auf der Mitte des Fahrdamms stehen und riefen, ob einer der Gerüstbauer zufällig Rico Gruttke sei.

»Ja, der janz ohm«, antwortete der Mann, der die Seilwinde bediente.

Schneeganß formte seine Hände zu einem Megafon und schrie so laut er konnte in die dritte Etage hinauf, ob Gruttke bitte einmal schnell nach unten kommen könne.

»Nee, kann ick nich: Akkord!«

»Dann kommen wir eben zu Ihnen.«

Die Arbeiter grinsten, als sich die beiden Kriminalbeamten an den Aufstieg machten. Sie litten zwar unter keiner ausgeprägten Höhenangst, aber etwas weiche Knie bekamen sie dennoch. Auch Jessica Schamp als ehemalige Stabhochspringerin. Wenn sie hier nach unten stürzte, gab es keine meterdicken Matten, die sie auffingen.

Noch eine Leiter hinauf, noch ein Durchstieg durch eine Klappe hinauf zum nächsten schon fixierten Bodenteil. Noch waren keine Bordbretter zwischen die Stützen geklemmt, sodass man bei einem Sturz schnell durch das Geländer hindurch rutschen konnte.

Als sie direkt unterhalb von Rico Gruttke angekommen waren, zückten sie ihre Marken und begannen den Dialog.

»Kriminalpolizei. Herr Gruttke, Sie ahnen, warum wir Sie hier aufsuchen?«

Gruttke blickte Schneeganß böse an und gab mit seiner Mimik zu verstehen, dass er ihn für ein Riesenarschloch hielt.

»Nee, weeß ick nich.«

Jessica Schamp hatte noch nie einen Menschen gesehen, dessen Arme und dessen Oberkörper derart mit Tattoos bedeckt waren. Irgendwie entsprach er dem Idealtypus eines Hell's Angels.

»Sie streiten aber nicht ab, dass Sie am 26. März, das war ein Mittwoch, in Friedenau an der Beseitigung der dort verlegten Stolpersteine beteiligt waren und dabei eine gewisse Sandra Roßwein tätlich angegriffen haben?«

»Nee, streite ick nich ab. Da bin ich sojar stolz druff«, kam es von oben herab.

Die nächste Frage stellte Jessica Schamp. »Und Sie haben sicherlich gelesen, dass Sandra Roßwein inzwischen beim Brand ihres Hauses ums Leben gekommen ist.«

Rico Gruttke grinste. »Klar, die berühmte Witwenverbrennung. Aba wat hab ick damit zu tun?«

Schneeganß fixierte ihn. »Es könnte ein Racheakt gewesen sein …«

Der Gerüstbauer tippte sich gegen die Stirn. »So varrückt bin ick nu ooch wieda nich.«

»Und wie sieht es mit Ihrem Alibi aus?«, wollte Jessica Schamp nun wissen. »Für die Nacht vom Sonnabend, dem 4. Mai, auf Sonntag, den 5. Mai, 23 Uhr bis ein Uhr nachts.«

»Keene Ahnung, aba ick kieke zu Hause mal nach.«

»Gut, rufen Sie uns an.«

Schneeganß klemmte seine Visitenkarte in die Lücke zwischen zwei Stahlrahmen, dann machten sie sich wieder an den Abstieg.

Bald stand fest, dass Gruttke kein einwandfreies Alibi beibringen konnte, dafür aber ergab die Überprüfung seiner Handytelefonate, dass er sich zur fraglichen Zeit wirklich in der Gegend der Furtwänglerstraße aufgehalten hatte.

»Er bleibt also im Rennen«, stellte Schneeganß fest.

*

Orlando stritt sich mit Freunden und ehemaligen Klassenkameraden, die Medizin studierten, immer wieder darum, wer mehr zu lernen, das heißt, zu pauken hatte: sie oder die Juristen. Wahrscheinlich kam es auf dasselbe hinaus. Einerseits war die Aneignung des Lehrstoffs eine Riesenquälerei, vermieste einem das Leben und schien in Zeiten der ubiquitären Verfügbarkeit von Wissen durch das Internet auch ebenso überflüssig wie reine Schikane der Dozenten zu sein, andererseits war der Preis für all die Mühe verlockend: Man bestand seine Prüfungen, durfte sich Akademiker nennen und damit als Teil der gesellschaftlichen Elite verstehen und bekam Zugang zu den Fleischtöpfen der Nation. Einfacher wäre es gewesen, er hätte überragend gut Fußball spielen, Rennwagen fahren, singen, schauspielern oder malen können – konnte er aber alles nicht. Also lernte er. Meist mit Kommilitonen zusammen, weil das nicht ganz so stumpfsinnig war, wie alleine in seiner Einzimmerwohnung an der Wilhelmsaue zu hocken.

Heute fuhr er zu seinem Freund Philipp Prause nach Reinickendorf, um mit ihm zusammen für die anstehende Klausur in Strafrecht und eine mündliche Prüfung zu üben. Sie nannten ihn gemeinerweise PP, was bei älteren Berlinern das Synonym für öffentliche Bedürfnisanstalten war: *pissoir publique*.

Klar, man ging auch zu einem erprobten Repetitor, anders ging es gar nicht, dennoch war auch zu Hause jeden Tag stundenlang zu büffeln. Zuerst simulierten sie die mündliche Prüfung.

»Was versteht man unter der *aberratio ictus*?«, fragte PP im Stile ihres Professors.

Orlando spulte brav ab, was er mühsam gelernt hatte. »Das ist mit dem Fehlgehen des Schlages zu übersetzen. Eine *aberratio ictus* liegt vor, wenn der Täter ein ganz bestimmtes Opfer anvisiert, dann aber aufgrund einer Abweichung in der Außenwelt eine andere Person trifft. Zum Beispiel: A will B töten und schießt, B bückt sich aber in diesem Moment, sodass die Kugel den dahinter stehenden C trifft.«

»Okay. Und wie grenzen wir das gegen den *error in persona* ab?«

»Dabei handelt es sich um eine Verwechslung des Tatobjekts aufgrund einer Fehlidentifizierung durch den Täter. Beispiel: A hält C für B.«

»Sehr schön. Dann erläutern Sie uns einmal die wesentlichen Theorien zur *aberratio ictus.*«

Orlando holte nun weit aus und skizzierte die Grundzüge der Äquivalenz-, Adäquanz- und Konkretisierungstheorie.

»Und welche entspricht der herrschenden Lehrmeinung?«

»Die Konkretisierungstheorie. Der Täter hatte seine Tat auf ein bestimmtes Ziel konkretisiert, dieses aber nicht getroffen. Demnach kann er nicht wegen eines vollendeten vorsätzlichen Delikts bestraft werden.«

»Und bezüglich des getroffenen Objektes?«

»Da fehlt ihm der Vorsatz.«

»Paragraf?«

»§ 16 Abs.1 StGB. Irrtum über Tatumstände.«

»Gut.«

»Bezüglich des anvisierten Objektes fehlt es am Erfolg. Somit kann der Täter nur wegen Versuchs hinsichtlich des anvisierten und gegebenenfalls wegen Fahrlässigkeit hinsichtlich des getroffenen Objekts bestraft werden.«

Manchmal verfluchte sich Orlando wegen seiner Entscheidung, unbedingt Jura studieren zu wollen, doch nun gab es kein Zurück mehr.

Mittags tranken sie nur eine Tasse heiße Brühe, kurz nach fünf aber war ihr Hunger so groß geworden, dass sie beschlossen, sich eine Pizza aus dem nahe gelegenen Kaufland-Markt an der Residenzstraße zu holen. Das war weitaus billiger, als in ein Restaurant zu gehen.

Auf der Suche nach der Tiefkühltruhe kamen sie auch an der Fleischtheke vorbei, wo ein älterer Mann, knapp über 80 mochte er sein, darauf wartete, dass man ihm seine Blut- und Leberwürste einpackte. Orlando überlegte einen Augenblick, ob er sich auch welche holen sollte, schließlich gehörten die seit Kindheit an zu seinen Lieblingsgerichten, doch dann machte er kehrt, denn die Zubereitung der Würste war mit viel Aufwand und Abwasch verbunden.

Vielleicht rettete ihm diese Entscheidung das Leben, denn kaum hatte er sich vielleicht fünf Meter von der Fleischtheke entfernt, kam ein Mann von etwa 30 Jahren angerannt, riss ein Messer hervor, stürzte sich auf den wartenden Rentner und jagte ihm ohne ein Wort mehrfach von hinten dieses Messer in den Rücken. Und auch noch in die Brust, als das Opfer sich umdrehte. Der Rentner brach zusammen.

Alles schrie auf, alles geriet in Panik. Orlando, Philipp und ein paar andere Kunden warfen sich auf den Messerstecher, rissen ihn zu Boden und hielten ihn fest.

Ein zufällig anwesender Arzt versuchte, Erste Hilfe zu leisten, doch vergeblich, der Rentner verstarb unter seinen Händen.

Eine Streifenwagenbesatzung kam herbei gestürzt.

Orlando wusste, dass er diese Bilder nie im Leben vergessen würde.

*

Mike Saleskes Maschine befand sich im Sinkflug über Marzahn, Pankow und Reinickendorf. Er saß rechts am Fenster und sah auf die S 1 hinunter. Von Frohnau rollte ein gelb-roter Zug Richtung Bornholmer Straße. Er erinnerte sich an das, was sein Vater am Ende ihrer Urlaubsreisen immer gesagt hatte, wenn sie auf der Avus angekommen waren und rechts die Bahngleise im Blickfeld hatten: »Wenn du die S-Bahn siehst, bist du wieder zu Hause.«

Dass er sich auf die nächsten Tage und Wochen sonderlich freute, wäre glatt gelogen gewesen. Nein, feige war er nicht, aber es lagen schwere Stunden vor ihm, siehe die Beisetzung von Moritz und Sandra, und wenn er nicht Lehrer gewesen wäre und morgen früh um acht Uhr wieder vor seiner Klasse hätte stehen müssen, dann wäre er vielleicht in die Toskana entflohen. Nie wieder würde er mit dem einen besten Freund und seiner Frau, die er geradezu angebetet hatte, reden, lachen und feiern können, nie würde er mit Moritz nach Indien fliegen – und was hatten sie da noch alles an Reisen auf dem Plan gehabt. Alles vorbei. Immer wieder dachte er es mit einem Romantitel von Theodor Fontane: *Unwiederbringlich*.

Wenn seine Maschine jetzt beim Landeanflug auf Berlin-Tegel urplötzlich abgestürzt wäre, er hätte nicht panisch geschrien, sondern es gottergeben hingenommen. Natürlich ging alles glatt, nur der Zoll machte Schwierigkeiten. Wegen Roßweins Urne natürlich. Trotz aller Papiere, die Mukherjee ihm für viel Geld beschafft hatte, waren die Beamten misstrauisch. Er erzählte ihnen die Geschichte.

»Und wie können wir sicher sein, dass sich in dieser Urne hier wirklich die Asche ihres Freundes befindet?«, wurde er gefragt.

Da hatte Saleske eine Idee. »Können Sie die Urne nicht gleich einem Ihrer Kollegen von der Polizei übergeben? Dann bin ich die Sorge los, und ich bin mir sicher, dass die Kripo hier sowieso eine DNA-Analyse anordnen wird.«

Ein Mann der Bundespolizei erschien, ließ sich den Sachverhalt erklären und nahm dann Stellung.

»Ich bin zwar kein ausgesprochener Experte, halte es aber für sehr unwahrscheinlich, dass aus der Asche in einer Urne noch intakte DNA gewonnen werden kann, die für eine Identifizierung notwendig wäre. Nur wenn größere Knochenstücke oder Zähne vorhanden sind, kann man die DNA noch bestimmen.«

Saleske war erleichtert. »So lax, wie die Inder die Kremierung wahrscheinlich durchgeführt haben, könnte das durchaus der Fall sein.«

Einige Formulare waren auszufüllen, dann war er die Urne erst einmal los und konnte passieren.

Er wollte eigentlich nur eines: Schnell in eine Taxe steigen, nach Hause fahren und sich mit dem besten Rotwein, den er im Regal liegen hatte, für die nächsten Stunden betäuben. Da entdeckte er in der Schar derer, die gekommen waren, ihre Lieben vom Flugplatz abzuholen, Dr. Scharrach und Sandras Schwester Sabine. Er wusste nicht, was er mehr sein sollte: erfreut oder erschrocken. Letzteres wohl. Er begrüßte beide und umarmte sie.

»Schön, dass Sie wieder da sind«, sagte Dr. Scharrach. »Indien ist zwar ein demokratischer Rechtsstaat, aber …«

Saleske lächelte. »Ich kenne das Aber – und bin ihm mit Mühe und Not entgangen.«

Sabine Scharrach zeigte auf seinen Koffer. »Und da ist wirklich die Urne mit der Asche von Moritz drin?«

»Da war sie drin.« Er berichtete ihnen von seiner Unterredung mit Zoll und Bundespolizei. »Aber das ist in Ordnung so, denn solange nicht geklärt ist, wie Sandra ums Leben gekommen ist, hätten sie da sowie nach DNA-Material gesucht, denn es geistert ja noch immer die These durch die Medien, dass Moritz in Indien gar nicht umgekommen, sondern nur untergetaucht ist.«

Sabine Scharrach blickte zu Boden. »Unmöglich ist das nicht, denn es sieht so aus, als hätte er mit seiner Firma kurz vor der Insolvenz gestanden.«

Saleske blieb stehen und sah sie verwundert an. »Und da hast du nichts gemerkt von, wo ihr doch beide …« Er brach ab.

»Nein, habe ich nicht. Ich war immer der Ansicht, ich würde alles wissen, was in der Firma passiert, aber offenbar hat er doch eine Menge vor mir verheimlicht.«

Dr. Scharrach blieb nichts, als den Kopf zu schütteln. »Da denkt man immer, alles läuft glatt – und dann …«

Sie gingen ins Parkhaus, wo der Arzt seinen Wagen abgestellt hatte, luden Saleskes Koffer ein, fuhren ihn nach Hause und gingen anschließend noch zusammen in ein Restaurant in der Uhlandstraße, um alles Weitere zu besprechen.

»Ich möchte unbedingt, dass die Urnen von Sandra und Moritz auf dem Friedhof an der Stubenrauchstraße nebeneinander in die Erde gesenkt werden«, erklärte Dr. Scharrach mit einer gewissen Feierlichkeit.

Seine Tochter nickte. »Ganz meine Meinung, Papa.«

Saleske gab den Bedenkenträger. »Moritz hat keine Angehörigen mehr, weder Eltern noch Geschwister, die uns da reinreden könnten, aber ich kann mir gut vorstellen, dass die indische Gemeinde in der Hasenheide Wert darauf legt, dass alles nach hinduistischem Ritus abläuft.«

»Einen indischen Friedhof in Berlin scheint es nicht zu geben«, sagte Dr. Scharrach. »Ich habe im Internet jedenfalls keinen gefunden.«

Sabine Scharrach sah Mike Saleske an. »Und warum hast du seine Asche nicht in den Ganges gestreut?«

»Ja, warum nicht? Weil man aufgrund des Kastensystems eigentlich gar nicht zum Hinduismus übertreten kann. Moritz war eben kein echter Hindu. Außerdem bin ich kein naher Angehöriger und kann nicht über das entscheiden, was nach seinem Tod passieren soll. Kommen das Juristische und die Angst vor der Polizei dazu: Beschuldigen die mich noch, bei der Vertuschung eines Verbrechens oder sonst was geholfen zu haben. Nein, ich bin ausschließlich nach Mumbai geflogen, um die Urne mit seiner Asche nach Berlin zu holen, damit hier in allem Klarheit geschaffen werden kann.«

»Und ich möchte nichts anderes, als dass beide, Sandra und Moritz, nebeneinander ihre letzte Ruhe finden werden«, betonte Dr. Scharrach noch einmal.

»Je weniger wir die Behörden oder wen auch immer fragen, desto eher müsste das doch möglich sein«, fand Saleske.

*

Endlich konnten sich Gunnar Schneeganß und Jessica Schamp freuen, wenigstens ein Teilziel erreicht zu haben. Als sie nämlich abermals an seiner Wohnung in der Paris

Straße geklingelt hatte, öffnete ihnen der Oberstudienrat Mike Saleske zwar fürchterlich übermüdet, aber mit durchaus freundlichem Lächeln. Sie stellten sich vor und wurden hereingebeten.

»Ich lese keine Kriminalromane – von Fontanes *Unterm Birnbaum* und *Quitt* einmal abgesehen – und habe auch noch nie einen Tatort gesehen, da freut es mich ungemein, auch einmal mit Ihrer Berufsgruppe zu tun zu haben. Und im Fall Sandra Roßwein werde ich natürlich alles tun, damit Sie weiterkommen. Darf ich Ihnen etwas zu trinken anbieten?«

Sie bedankten sich und bemühten sich, schnell zur Sache zu kommen.

»Von der Sache mit der Urne und der Asche von Moritz Roßwein – oder wem auch immer – haben wir schon auf dem Dienstweg erfahren«, begann Schneeganß. »Es bleibt spannend, was die Kollegen da herausfinden werden.«

Saleske nickte. »Für mich auch. Denn in Indien ist vieles möglich.«

»Erzählen Sie doch mal was von Ihrer Reise«, forderte Jessica Schamp ihn auf. Sie mochte hagere intellektuelle Lehrertypen wie ihn, während Schneeganß alles verabscheute, was Deutsch unterrichtete. Zu oft hatten sie ihm im Aufsatz eine Fünf gegeben.

Nachdem Saleske eine knappe Viertelstunde geplaudert hatte, kam Schneeganß nun direkt auf Sandra Roßwein und die sogenannte Witwenverbrennung zu sprechen.

»Herr Saleske, Sie kennen sicherlich alles an Hypothesen, was in den Medien herumgeistert, auch die, dass Moritz Roßwein jemanden gehabt haben könnte, der seinem Wunsch, seine Frau möge sich nach seinem Tod als Witwe verbrennen, ein wenig nachgeholfen hat.«

Saleske lächelte. »Ja, die These vom Erfüllungsgehilfen. Und da biete ich mich als Moritz' bester Freund natürlich als Erster an.«

Jessica Schamp klappte ihren Notizblock auf. »Hört sich ja fast nach einem Geständnis an?«

»Ich schleiche mich also in die Furtwänglerstraße, habe einen Zweitschlüssel, komme damit ohne Mühe ins Haus, betrete es und zünde es an. Die Witwe oben im Schlafzimmer kommt in den Flammen um. Moritz, ich habe deinen Willen vollstreckt.«

»Klingt alles sehr logisch«, fand Schneeganß.

»Ja«, musste Saleske zugeben. »Aber ich darf dagegen einwenden, dass ich Sandra Roßwein sehr verehrt, vielleicht sogar geliebt habe, und es nie übers Herz gebracht hätte, sie zu ermorden. Kommt hinzu, dass ich die indisch-hinduistische Kultur sehr schätze, aber das, was mein Freund Moritz da im Hinblick auf die *sati* in sein Testament geschrieben hat, für totalen Unsinn halte.«

Schneeganß nickte. »Schön und gut, aber mit einem hieb- und stichfesten Alibi würden Sie besser dastehen. Also, Herr Saleske, wo waren Sie in der Nacht vom Sonnabend, dem 4. Mai, auf Sonntag, den 5. Mai, 23 Uhr bis ein Uhr nachts?«

»Na zu Hause im Bett, weil ich ja am nächsten Tag nach Mumbai fliegen wollte.«

»Allein?«

Saleske seufzte. »Ja, leider.«

»Hm …«

ELF

Robert Pollnow kam aus dem Märkischen Viertel, und so hatte er eine besondere Affinität zu den Reinickendorfer Ortsteilen Heiligensee, Frohnau, Hermsdorf, Waidmannslust und Lübars. Zwar gab es in den dortigen Reihen- und Einfamilienhäusern längst nicht so viel zu holen wie in Dahlem, Grunewald und Schlachtensee, wo er auch schon alles abgegrast hatte, aber hier war er zu Hause, hier kannte er sich aus, und das erhöhte die Wahrscheinlichkeit, nicht erwischt zu werden. In der Zeitung hatte er gelesen, dass in Berlin nur jeder neunte Einbruch aufgeklärt werden konnte. Das ließ ihn noch cooler zu Werke gehen. Er war gelernter Schlosser und hatte eine Weile in einer Firma für Sicherungstechnik gearbeitet, sodass er wusste, wie man Alarmanlagen stillzulegen hatte. Dumm war er nicht, und so spottete er manchmal, Teil der so hochgelobten Berliner Kreativwirtschaft zu sein. Wenn alles gelang, das Auskundschaften, der Einbruch als solcher und das Verkaufen der Ware, was er auf Flohmärkten selbst erledigte, dann konnte man das schon als kleines Kunstwerk bezeichnen.

Nichts ließ seinen Adrenalinspiegel schneller nach oben schnellen und setzte Botenstoffe frei, die glücklich machten, als ein Einbruch. In die Höhle eines anderen einzudringen und dort Herr über alles zu sein, war – mit seinen Worten – megageil. Auch die permanente Angst, trotz aller Kunstfertigkeit doch erwischt zu werden, war lustvoll. Je nach Stimmung und Ausmaß der

Beute konnte er sich ›austoben‹. Wenn er die Gerüche in einem Haus und die Einrichtung mochte, dann schonte er die Leute und ließ alles unbeschädigt, fand er aber alles ätzend, dann setzte er schon einmal eine mächtige Kotsäule auf den teuersten Teppich, setzte alles unter Wasser oder legte ein kleines Feuerchen. Er hatte die Macht zu allem.

Wittenau stieg er in die S-Bahn, um Richtung Norden zu fahren. Tarnung war alles. In der Innenstadt ging er oft in einem dunklen Anzug, ganz seriöser Manager, auf Tour und zog dabei einen Rollkoffer hinter sich her, in dem sich die Beute gut verstauen ließ, in den Vororten aber kleidete er sich lieber als Naturfreund, als Grüner, und zog mit einem größeren Rucksack durch die Straßen. Ein offen getragener Fotoapparat sollte anzeigen, dass er darauf aus war, Blumen, Schmetterlinge und blühende Bäume einzufangen. Manchmal ging er auch als Verteiler von Werbeprospekten und Flyern. Da konnte er eine größere Umhängetasche mitführen, ohne Verdacht zu erregen.

Frohnau stieg er aus, fuhr auf der Rolltreppe zur Brücke über die S-Bahn hinauf und zögerte dann einen Augenblick. Sollte er sich nach links wenden, zum Ludolfinger Platz also, oder nach rechts zum Zeltinger Platz und zur Johanneskirche? Wo war mehr zu erwarten? Er entschied sich schließlich für den Zeltinger Platz. Von dem gingen strahlenförmig fünf Straßen ab, die Willinger, die Zeltinger und die Burgfrauenstraße sowie der Edelhof- und der Fürstendamm, und zwischen diesen Magistralen zogen sich wie ein Spinnennetz mehr als ein Dutzend kleinerer Steige und Straßen entlang. Und auf die hatte er es abgesehen, zum Beispiel auf den Dinkelsbühler Steig.

Wo setzte sich eine Hausfrau und Mutter gerade in ihren Zweitwagen, um zum Einkaufen zu fahren? Geschah das, war zu checken, ob die Leute einen Hund hatten. Manche Köter bekam er in den Griff, manche nicht. Auf alle Fälle war das immer ein gewisses Risiko. Dann war in aller Schnelle herauszufinden, ob sich noch Angehörige im Haus befanden, eine alte Oma beispielsweise, oder ob gerade eine Putzfrau am Werken war. Da musste er ganz professionell vorgehen, denn jeder Irrtum konnte ihm ein paar Jahre Knast einbringen.

*

Der III. Städtische Friedhof im Bezirk Tempelhof-Schöneberg lag im Ortsteil Friedenau an der Stubenrauchstraße 43–45. Er war 1881 angelegt worden und wies durch zwei braunrote Backsteinbauten ein ganz besonderes Flair auf: die Friedhofskapelle und die Urnenhalle mit ihrem Rundturm. Manche nannten ihn auch den ›Künstlerfriedhof‹, denn neben Marlene Dietrich und Helmut Newton hatten hier auch viele Maler, Bildhauer, Schriftsteller, Schauspieler und Musiker aus der ehemaligen Wilmersdorfer Künstlerkolonie am Ludwig-Barnay-Platz ihre letzte Ruhe gefunden.

Mannhardt, Heike und Orlando, die sich die Trauerfeier des Ehepaares Roßwein nicht entgehen lassen wollten, waren viel zu früh an Ort und Stelle und hatten so genügend Zeit, die am Eingang angebrachten Tafeln mit den Namen der hier bestatteten Kreativen zu studieren.

Es waren über 30 Namen, und bei den meisten mussten sie zugeben: »Kenne ich nicht, nie gehört.«

Von Paul Zech hatte Heike einmal gehört. »Muss ein Arbeiterdichter und Dramatiker gewesen sein.«

Mannhardt konnte sich wenigstens an den Regisseur Paul Noelte und den Schauspieler Lutz Moik erinnern, während Orlando bis auf Marlene Dietrich überall passen musste.

»Wer soll sich denn die Namen auch alle merken!«, rief er.

Mannhardt stimmte ihm zu. »Andauernd zaubern ja die Medien ein neues Genie aus dem Hut. Nun machen sie zwar nicht um jeden ein so großes Getöse wie um diesen Ai Weiwei, aber dennoch. Das Feuilleton muss sich andauernd einen abjubeln, sonst fühlt es sich nicht wohl.«

Heike sah ihn warnend an. »Warst du bei deiner Therapeutin?«

»Ja.«

Während sie den Friedhof durchquerten und nach den Grabsteinen der vergessenen Berühmtheiten suchten, kam Orlando noch einmal auf das zu sprechen, was er im Supermarkt erlebt hatte.

»Ich will nicht sagen, dass das schon die berühmte posttraumatische Belastungsstörung ist, aber ich kann machen, was ich will, die Bilder gehen mir nicht mehr aus dem Kopf. Wie der Rentner da als blutiges Bündel auf der Erde liegt …« Er sah seinen Großvater an. »Das hättest du sein können.«

Mannhardt zuckte zusammen. »Danke. Aber wer weiß: *Niemand kennt Tag noch Stunde.*«

»Der Täter sei psychisch krank, heißt es in den Medien«, berichtete Heike.

Orlando lachte. »Wie überraschend! Ein psychisch gesunder Mensch würde ja wohl kaum einen ihm völlig unbekannten Mann ohne ersichtlichen Grund niederstechen.«

»Gibt es auch ersichtliche Gründe, einen unbekannten Menschen niederzustechen?«, fragte Mannhardt. »Du als Jurist solltest da sauberer formulieren.«

Orlando musste nicht lange nachdenken. »Ein ersichtlicher Grund wäre zum Beispiel die Notwehr.« Und dann rasselte er herunter, was er mühsam gelernt hatte: *»1. Wer eine Tat begeht, die durch Notwehr geboten ist, handelt nicht rechtswidrig. 2. Notwehr ist die Verteidigung, die erforderlich ist, um einen gegenwärtigen rechtswidrigen Angriff von sich oder einem anderen abzuwenden.«*

»Bravo!« Mannhardt zollte seinem Enkel den gebotenen Beifall.

In diesem Augenblick kam ihnen Mike Saleske entgegen. Nachdem man sich Guten Tag gesagt hatte, fragten sie, ob es Neues gäbe.

»Ja. In der Asche, die ich aus Indien mitgebracht habe, hat man tatsächlich die DNA von Moritz finden können, also hat der Mukherjee da nicht getrickst. Und da auch die Asche von Sandra echt ist, kann man nur ausrufen: *Asche zu Asche*!«

»Aus Mediensicht eigentlich schade«, fand Orlando. »Hätte man keine DNA von Moritz Roßwein gefunden, dann könnte man doch immer wieder schreiben, er sei noch am Leben und wäre in Indien gesehen worden. Wenn ich das Drehbuch zu diesem Stoff schreiben würde, dann käme das so.«

»Ich bin jedenfalls froh, dass wir wenigstens in dieser Hinsicht Gewissheit haben.«

Vor der Friedhofskapelle hatten sich, so Mannhardts Schätzung, an die 200 Trauergäste versammelt, darunter viele, die sie persönlich kannten, so als engste Angehörige Dr. Scharrach und Sabine, dann Kathrin Jassen, Friedhelm Dörfler und Vijaya, der indische Koch.

Die Zeremonie nahm ihren Lauf. Eine evangelische Pfarrerin ging auf das Leben von Sandra Roßwein ein, ein Hindu-Priester widmete sich ihrem Mann.

»Wir sehen Moritz Roßwein vor der Küste Goas schwimmen … Die Kräfte schwinden ihm … Er denkt an den Erhabenen … *Wer in der Todesstunde mein gedenkend scheidet aus dem Leib, / der gehet in mein Wesen ein, darüber kann kein Zweifel sein.*«

*

Timon Kitzscher war erst 42 Jahre alt, aber noch nicht so ausgebrannt, wie er es als Mitarbeiter eines Einbruchdezernats eigentlich hätte sein müssen. Einer seiner Brüder war Soziologe und meinte des Öfteren, anhand seines Berufs eine umfassende ›Theorie der Vergeblichkeit‹ entwerfen zu können. Aus dem östlichen Schengenraum strömte alles, was sich als Kleinkrimineller durchs Leben schlagen musste, ins Gelobte Land, nach Deutschland also und insbesondere nach Berlin. Dazu kam der einheimische Nachwuchs. Immer wieder wurden dieselben Bilder gebraucht. Was er da mache, sei die reinste

Sisyphusarbeit, die Köpfe der Hydra wuchsen schneller nach, als man sie abschlagen konnte, die Einbrecher seien bei diesem Wettrennen immer die Igel, er nur der Hase. Sein Vater hatte immer gefragt: »Und was lernen wir daraus?« Seine Antwort wäre gewesen: »Nichts.« Solange sich die Schere zwischen oben und unten, das heißt, zwischen den Menschen in Vorzugs- und denen in Mängellagen immer weiter öffnete, desto mehr Fälle von Raub, Einbruch und Diebstahl würde es geben.

Sein Bruder hatte das immer wieder mit ihm diskutiert und die entscheidende Frage gestellt: »Hat eure Arbeit überhaupt einen Einfluss auf das Verhalten von Einbrechern und Dieben? Würde die Zahl der Fälle steigen, wenn ihr vom Einbruchdezernat euren Laden schließen würdet?«

»Ich behaupte: ja!«, legte Kitzscher sich fest.

»Ich würde das eher verneinen«, sagte sein Bruder.

»Ist meine Arbeit also vergeblich?«

»Nicht ganz, aber …«

Derart eingestimmt streifte Kitzscher in dieser Nacht mit zwei Zivilfahndern einer Polizeidirektion durch den Bezirk Charlottenburg-Wilmersdorf. Er liebte diese nächtliche Jagd auf Einbrecher. Archaisches brach sich da Bahn. Sie stand aber auch dafür, dass er nicht bereit war, aufzugeben. Mit jedem Einbrecher, den er in den Knast brachte, stabilisierte er die deutsche Rechtsordnung und sorgte dafür, dass ein paar Dutzend Bürger wieder ruhiger schlafen konnten.

Sie hatten sich als Männer zurechtgemacht, die ›um die Häuser zogen‹. Ihre Klamotten waren absolut hip, ihre Baseballkappen trugen sie teilweise mit den Schirmen nach hinten. Mit Bierbüchsen in der Hand sangen sie alles, was sie von Phil Collins und Rod Stewart kannten. Ihre Performance war beeindruckend.

Niemand hätte in ihnen Kriminalbeamte vermutet. Auch die drei Einbrecher nicht, die nach eigenen Angaben »jeden Bullen in drei Kilometer Entfernung witterten«. Sie waren gegen 4.45 Uhr dabei, in der Breite Straße in Schmargendorf in ein Juweliergeschäft einzusteigen, das in einer Geschäftszeile aus den 50er Jahren untergebracht war und ein Flachdach aufwies. Es selbst hatte kein Oberlicht, das mit einer Plastikhaube abgedeckt war, aber der Süßwarenladen daneben. Kein Problem für die drei. Sie hatten sich schon vor einiger Zeit abgeseilt und waren nun dabei, die vergleichsweise dünne Trennwand zum Juwelierladen zu durchbrechen.

Kitzscher und seine beiden Kollegen kamen die Wiesbadener Straße entlang. Sie grölten und verfluchten die langen Wartezeiten an den Ampeln, die die weit geschwungene Kreuzung mit der Mecklenburgischen und der Breite Straße sicherten. Hier war das Schulbuchimperium des Cornelsen Verlags zu Hause. Sie musterten die Fensterfront im Parterre. Nichts auszumachen, was ihr Eingreifen erforderlich gemacht hätte.

Einer der Zivilfahnder lachte. »Wer klaut schon Schulbücher?«

»Besonders, wenn er Legastheniker ist«, fügte sein Kollege hinzu.

»Gehen wir durch die Kleingartenkolonien?«, wollte Kitzscher wissen.

»Nee, lieber Richtung Wilder Eber. Hier in der Breite Straße gibt es mehr zu holen.«

»Das nenne ich Instinkt!«, sollte sein Vorgesetzter später ausrufen, denn als sie an dem besagten Juwelierladen vorbeikamen, nahmen ihre geübten Ohren natürlich wahr, dass dort jemand am Hämmern war. Was zu dieser Morgenstunde nur heißen konnte, dass hier jemand dabei war, nach § 243 StGB einen besonders schweren Fall des Diebstahls zu begehen. Den Gesetzestext konnten sie alle auswendig herbeten: *Ein besonders schwerer Fall liegt in der Regel vor, wenn der Täter 1. zur Ausführung der Tat in ein Gebäude, einen Dienst- oder Geschäftsraum oder in einen anderen umschlossenen Raum einbricht, einsteigt, mit einem falschen Schlüssel oder einem anderen nicht zur ordnungsmäßigen Öffnung bestimmten Werkzeug eindringt oder sich in dem Raum verborgen hält, 2. eine Sache stiehlt, die durch ein verschlossenes Behältnis oder eine andere Schutzvorrichtung gegen Wegnahme besonders gesichert ist.*

Der Zivilfahnder deutete nach links. »Der Juwelierladen da wird es sein.«

Kitzscher schaute nach oben. Es war nicht schwer, die Zusammenhänge zu begreifen. »Sie sind durch das Dach des Süßwarenladens eingestiegen und versuchen nun, die Wand zum Juweliergeschäft zu durchbrechen.«

»Also sitzen sie in der Falle. Wunderbar.«

Der Rest war reine Routine. Man brauchte kein SEK, die Besatzungen zweier Streifenwagen reichten völlig aus. Alles ging blitzschnell. Man musste nur die Schaufensterscheibe des Süßwarenladens zertrümmern, die Waffen in Anschlag bringen und das Entsprechende zu rufen – und schon war das Trio festgenommen. Der Anführer der Bande befand sich im offenen Vollzug und wurde in die Justizvollzugsanstalt Tegel zurückgebracht, die beiden anderen wurden der erkennungsdienstlichen Behandlung zugeführt.

*

Gunnar Schneeganß war deutlich anzumerken, dass er unter seiner Erfolglosigkeit im Fall Sandra Roßwein immer stärker zu leiden begann. Die Witwenverbrennung hatte hohe Wellen geschlagen und war in den Medien immer noch ein Dauerthema – und alle fragten sich: Ist sie nun umgebracht worden, und wenn ja: von wem, oder hat sie ihre Villa selbst in Brand gesteckt? Und die Mordkommission blieb den Leuten schon seit Tagen die Antwort schuldig.

Jessica Schamp schämte sich zwar dafür, aber sie konnte ihre klammheimliche Schadenfreude über diesen Tatbestand kaum unterdrücken. Schneeganß, der immer so großspurig daherkam, wurde nun ›ganz klein mit Hut‹, wie ältere Berliner das ausdrückten. Schön, sie selbst war vom Misserfolg auch betroffen, aber von ihr als Berufsanfängerin erwartete ja auch niemand Außergewöhnliches. Und wenn sie wirklich in einem Anflug von Genialität auf die richtige Antwort gekommen wäre, so hätte sie den Teufel getan und den Mund aufgemacht, denn das hätte ihr Schneeganß nie verziehen.

So saßen an diesem Morgen beide an ihren Schreibtischen, gingen noch einmal alles durch, was sich im Fall der Witwenverbrennung angesammelt hatte, und besonders Schneeganß hoffte auf die große Eingebung. Vergebens. Da geschah das, was die eingeborenen Berliner gern mit dem Spruch »Den Seinen gibt's der Herr im Schlafe« kommentierten. Das Telefon klingelte, und als Schneeganß abgenommen hatte, meldete sich der Kollege Timon Kitzscher.

»Hallo, ich habe da eventuell was für euch!«

»Wir hören.«

»Heute Nacht«, begann Kitzscher, »haben zwei Zivilfahnder und ich in der Breite Straße in Schmargendorf drei Einbrecher auf frischer Tat erwischt. Bei einem von ihnen habe ich nun vorhin in der Nähe des Ostbahnhofs ein regelrechtes Zwischenlager mit Diebesgut entdeckt und mir das alles mal angesehen. Und wisst ihr, was mir da in die Hände gefallen ist?«

»Nee, woher?«

»Mehrere indische Götter und andere kleine Kunstwerke …«

»Mensch!«, rief Schneeganß. »Ich ahne da was.«

»Treffer! Es sieht ganz so aus, als würde das Zeug aus der Villa Roßwein stammen.«

»Hat der Knabe zugegeben, dass er da eingebrochen ist?«, fragte Schneeganß sofort.

»Nein, er hat sich aber bei der Vernehmung ein wenig verplappert, und mir scheint sicher, dass er alles einem guten Bekannten aus der Szene abgekauft hat, dem Robert Pollnow. Also: Knöpft auch den mal vor.«

»Machen wir. Und herzlichen Dank!«

Schnell hatten sie herausgefunden, dass Robert Pollnow im Wedding, in der Utrechter Straße gemeldet war. Bevor sie sich auf den Weg machten, wollte Schneeganß aber noch herausbekommen, ob sich die DNA-Spuren, die man in der Roßwein-Villa gefunden hatte, Pollnow zuweisen ließen. Obwohl es in diesem Bereich der Berliner Polizei nach Meldungen in der Presse recht chaotisch zugehen sollte, hatte er schon nach zehn Minuten eine Antwort auf seinem Bildschirm – und die bestand aus nur einem Wort: Ja.

»Und warum hat man uns das nicht schon längst mitgeteilt?«, fragte Jessica Schamp.

»Die Leute sind furchtbar überlastet. Zu viele Analysen, zu wenige Stellen.«

Wieder überlegten sie, ob sie mit dem Wagen oder den öffentlichen Verkehrsmitteln in die Utrechter Straße fahren sollten.

»Mit der U-Bahn werden wir eine Viertelstunde reine Fahrzeit haben«, meinte Jessica Schamp und warf einen Blick auf den Stadtplan. »Mit einmal Umsteigen am Zoo. Kommen noch zweimal zehn Minuten Fußweg und zehn Minuten Wartezeit auf den Bahnhöfen dazu. Macht 45 Minuten.«

»Und was sagt Google Maps?« Schneeganß starrte auf seinen Bildschirm. »7,5 Kilometer, bei aktueller Verkehrslage 20 Minuten. Am Tiergarten entlang und durch ihn hindurch nordwärts, dann Heidestraße, Nordhafen und Müllerstraße. Hört sich gut an, also rein in meinen Audi.«

Diese Entscheidung sollten sie wenig später lautstark verfluchen, denn die Potsdamer Straße war verstopft wie immer, im Tunnel Tiergarten hatte es einen Unfall gegeben, am Hauptbahnhof und in der Heidestraße wurde kräftig gebaut, und so gerieten sie von einem Stau in den anderen. Als sie ihr Ziel endlich erreicht hatten, war ihre Laune nicht die beste.

»Was spricht dagegen, einen Verdächtigen wie Pollnow aufzufordern, uns in der Keithstraße aufzusuchen?«, fragte Jessica Schamp ihren Ausbildner.

Schneeganß musste nicht lange überlegen. »Wenn er wirklich der Täter ist, könnte er die Schwierigkeiten wittern und sich aus dem Staube machen, wenigstens aber Beweismaterial gegen ihn beiseiteschaffen. Außerdem sehe ich mir immer gern an, in welcher Umgebung so ein Mensch zu Hause ist, was gegen und was für ihn spricht.«

Jessica Schamp fand das ganz vernünftig und fragte sich, ob sie bisher nicht zu kritisch mit Schneeganß umgegangen war.

Pollnow wohnte im 2. Stock des Hinterhauses. Schneeganß erklärte Jessica Schamp noch einmal, wie Eigensicherung funktionierte, dann drückte er auf den Klingelknopf.

»Nichts«, flüsterte Jessica Schamp.

Schneeganß grinste. »Wer nachts arbeitet, braucht tagsüber seinen Schlaf.« Er wiederholte seine Bemühungen, ließ jetzt aber seinen Zeigefinger dauerhaft auf dem Klingelknopf.

Endlich drangen Geräusche von drinnen zu ihnen ins Treppenhaus. Jemand schlurfte zur Tür.

»Benny?«, fragte Pollnow, und machte damit seinen ersten Fehler, denn Benny gehörte zu den Einbrechern, die der Kollege Kitzscher zusammen mit den beiden Zivilfahndern in Schmargendorf festgenommen hatte.

»Nein, nicht Benny, aber der schickt uns sozusagen zu Ihnen. Bitte aufmachen, Herr Pollnow, Kriminalpolizei.« Schneeganß hielt seine Dienstmarke vor das Guckloch.

Pollnow gab sich so locker, als würden sie einen TV-Krimi drehen. »Ach so! Ick dachte, det is der Herr vom Lotto, der immer die jewonnenen Millionen nach Hause bringt.«

Er öffnete die Tür, und Jessica Schamp war wieder einmal verblüfft, wie normal doch Kriminelle aussahen. Nichts unterschied Pollnow von einem herzensguten Sozialarbeiter in der nahe gelegenen Seniorenfreizeitstätte. Wäre sie an Männern interessiert gewesen, hätte Robert Pollnow ihr schon gefallen können.

»Tritt ein, bring Glück herein!«, rief Pollnow und zeigte auf seine Fußmatte. »Det jilt für alle, ooch für Sie.« Er führte die beiden Kriminalbeamten in sein kombiniertes Wohn-, Schlaf- und Esszimmer. »Nehmen Se Platz. Hat ma ma wieda eena vapfiffen?«

Schneeganß bemühte sich, gewinnend zu lächeln, obwohl er wahrlich kein Herz für Kriminelle hatte, sondern immer wieder forderte, Deutschland möge doch eine entlegene Insel kaufen und es so machen wie früher die Engländer und die Franzosen, die ›ihr ganzes Packzeug‹ nach Australien, down under, oder Französisch-Guayana verfrachtet hatten.

»Nein, mein Lieber, Sie hat keiner verpfiffen, Sie haben bei Ihrem Einbruch in der Furtwänglerstraße, Ortsteil Grunewald, selber ein paar Spuren hinterlassen: Ihre DNA.«

Pollnow wusste, dass er bei dieser Sachlage schlechte Karten hatte, schreckte aber noch vor einem Geständnis zurück, da er natürlich mitbekommen hatte, dass in der Villa, in der er einige indische Kleinodien hatte mitgehen lassen, die sogenannte Witwenverbrennung stattgefunden hatte, von der die Medien pausenlos berichteten. Da saß er also in der Falle.

Schneeganß hatte ein Gespür dafür, dass sein Gegenüber kurz vor einem Geständnis war, und stieß sofort energisch nach.

»Sie wissen, Herr Pollnow, dass wir nicht vom Einbruchsdezernat kommen, sondern von der Mordkommission.«

Natürlich hatte er es geahnt, verneinte aber die Frage und entschloss sich zur Vorwärtsverteidigung.

»Okay, ich hab den Bruch da jemacht, aba een Tach vorja, bevor et da jebrannt hat.«

Jessica Schamp hätte fast anerkennend gepfiffen. Das war wirklich ein cleverer Schachzug.

»Die sogenannte Witwenverbrennung hat stattgefunden am …«, Schneeganß musste einen Augenblick nachdenken, »in der Nacht von Sonnabend, dem 4. Mai, auf Sonntag, den 5. Mai, in der Zeit zwischen 23 Uhr bis ein Uhr nachts. Und Sie wollen schon eine Nacht vorher in der Roßwein-Villa gewesen sein?«

Pollnow versuchte, so treuherzig zu blicken wie eben möglich. »Ja.«

»Haben Sie Zeugen dafür?«

»Nee, wie denn. Wenn ick nachts umherziehe, denn jeh doch allem ausm Wege, wat nach ’m Mensch aussieht.«

Jessica Schamp erkannte, dass Beweise anhand von hinterlassenen DNA-Spuren ja sehr schön und gut waren, nur konnte man an denen kein bestimmtes Datum erkennen. Von daher würde es schwer werden, Pollnow wirklich in die Enge zu treiben. Auch Schneeganß schien das so zu sehen, war aber nicht bereit, schon aufzugeben.

»Gut, Herr Pollnow, wenn Sie uns jetzt das berühmte hieb- und stichfeste Alibi für die Tatzeit Witwenverbrennung beibringen, dann sind Sie aus dem Schneider. Also, ich wiederhole die Daten noch einmal. Wo waren Sie in der Nacht vom Sonnabend, dem 4. Mai, auf Sonntag, den 5. Mai, in der Zeit zwischen 23 Uhr bis ein Uhr nachts, und wer kann bezeugen, Sie zu dieser Zeit wo gesehen zu haben.«

Pollnow überlegte. Wer von seinen Freunden würde ihm aus der Patsche helfen? Keiner. Wahrscheinlich kniffen sie alle. Er überlegte hin, er überlegte her und stieß schließlich hervor, dass er allein in seiner Wohnung gewesen sei.

Schneeganß war zufrieden. »Gut, dann ziehen Sie sich bitte an und folgen uns. Ich möchte Sie gerne dem Untersuchungsrichter vorstellen.«

ZWÖLF

Mannhardt war kein workaholic, es reichte ihm aber bei Weitem nicht, nur den Hausmann zu spielen, das Essen für seinen Sohn aufzuwärmen, wenn der aus der Schule kam, und ihn später immer wieder zu nerven, das heißt, daran zu erinnern, endlich seine Hausaufgaben in Angriff zu nehmen. So war er froh, in jedem Semester noch einen Lehrauftrag an der Hochschule für Wirtschaft und Recht (HWR) zu bekommen. Die innerstädtische Reise von Tegel nach Friedrichsfelde war zwar lästig, musste aber in Kauf genommen werden. Morgens mit dem Auto von West nach Ost quer durch die Innenstadt zu fahren, war Wahnsinn, und mit den Öffentlichen brauchte er, die Fußwege am Anfang und am Ende zu den U- und S-Bahn-Stationen eingerechnet, etwa 75 Minuten, also länger als mit dem ICE von Berlin nach Leipzig.

Da er Punkt halb sieben die Wohnung verlassen musste, und für seine ›Präparationen‹, wie sein Großvater immer gesagt hatte, rund anderthalb Stunden benötigte, hatte er um fünf Uhr aufzustehen. Viel zu früh für Heike, die es als freie Journalistin am Morgen gern langsam angehen ließ, und Silvio, zu dessen Hobbys es gehörte, zu spät zur Schule zu kommen. Also saß er allein in der Küche und frühstückte. Da sich die Berliner Tageszeitungen außerstande sahen, ihre Produkte schon um diese Zeit anzuliefern, blieb ihm nur das Radio. Zumeist hörte er die info-Welle vom rrb.

»Die wiederholen jede Sendung mindestens fünfmal, sodass auch einfach gestrickte Menschen wie ich eine Chance haben, alles mitzukriegen.«

Was er vernahm, war zumeist nicht dazu angetan, ihn mit positiven Gedanken oder gar euphemistischen Gefühlen den Tag beginnen zu lassen. In London zerfleischten muslimische Terroristen einen englischen Soldaten, überall, ob nun in Pakistan oder Syrien, wuchs die Macht der Islamisten, Salafisten, Dschihadisten, Peer Steinbrück fand er von Tag zu Tag widerlicher – und das als alter SPD-Mann-, die Politclowns Rösler und Brüderle ließen ihn ans Auswandern denken, die bekotzten Balltreter von Bayern München, die alles gewannen, vermiesten ihm den Fußball, der Flughafen BER blieb die große Lachnummer – und war gleichzeitig ein Grund, dass man zum Wutbürger wurde. Jeden Tag verschlang das Projekt Millionen, und keiner übernahm die Verantwortung, und alle Versager kassierten Riesenhonorare.

Mannhardt merkte, dass er wieder einmal zu seiner Therapeutin musste.

Pünktlich machte er sich vom Hof, wobei er seinen beiden Lieben noch einen Zettel schrieb, den er mit zwei Herzchen und einer Sonne verzierte. Wie sehr sie ihm fehlten und er sich schon auf den Nachmittag und Abend mit ihnen freute, und dass sie bis dahin einen schönen und erfolgreichen Tag haben mögen.

Der Weg zum U-Bahnhof war nur kurz. Mannhardt staunte, wie viele Menschen um diese frühe Zeit schon unterwegs waren. Was ihn, der in dieser Stadt geboren worden war und über 70 Jahre in ihr gelebt hatte, noch immer irritierte, war der Tatbestand, dass er keines der vielen Gesichter schon einmal gesehen hatte. Alle hasteten quasi autistisch an ihm vorüber. Unten auf dem Bahnhof wartete schon der Sechs-Wagen-Zug der Linie 6. An sich hätte der bis Alt-Mariendorf fahren müssen, doch weil man in der Straße Unter den Linien den Umsteigebahnhof für die neue Linie 5 baute, ging es nur bis zur Französischen Straße. Er bekam einen Sitzplatz und zog seine Lektüre aus der Umhängetasche. Es war eine Anthologie klassischer Kriminalgeschichten mit dem Titel *Nichts ist so fein gesponnen*. Den Fahrplan hatte er im Kopf. U Alt-Tegel 6:38, Friedrichstraße 7:00, umsteigen, zur S-Bahn hinauf hetzen, weiter 7:06, an S Friedrichsfelde Ost 7:26. Das waren 48 Minuten, und in denen würde es in U- und S-Bahn einiges an Entertainment geben. Zu erwarten waren mehrere Obdachlose, die ihre Leidensgeschichte vortrugen und ihre Zeitung, die *Motz*, verkaufen wollten, ein Musikant, der zur Gitarre selbst komponierte Songs vortrug, mindestens zwei Trupps von Rumänen beziehungsweise Sinti und Roma, die etwas sehr Lautes und Schrilles auf ihrer Ziehharmonika spielten, ein bettelndes Roma-Kind, das mit einem Pappbecher durch die Reihen lief und allen einen eng beschriebenen Zettel entgegenstreckte, dazu, insbesondere auf dem Bahnsteig Friedrichstraße oben, psychisch gestörte Männer, die Unzusammenhängendes durch die Halle schrien. War es ein ganz schlimmer Tag, dann fielen auf der S-Bahn wieder stundenlang die Züge aus, und auf der U-Bahn warf sich ein Lebensmüder vor den Zug. Mannhardt hatte wieder die Insulaner von vor 70 Jahren im Ohr: »*Seh'n Se, das ist Berlin, seh'n Se, das ist Berlin … eine Stadt, die sich gewaschen hat, seh'n Se, das ist Berlin!«* Als Junge hatte er immer wieder Jack Londons *Abenteuer des Schienenstrangs* gelesen, jetzt fuhr er mit derselben Spannung – und ein bisschen Angstlust dazu – in Berlin mit U- und S-Bahn.

Das meiste, das er erwartet hatte, trat auch wirklich ein, und so erreichte er sein Ziel ebenso genervt wie gut unterhalten. Und zehn Minuten später als vorausberechnet. Vom S-Bahnhof Friedrichsfelde Ost gab es einen Shuttle zur HWR, doch von dem sah er nur noch die Schlusslichter. Also durchquerte er zu Fuß eine Gegend, für die er die treffende Bezeichnung Berlin-Swerdlowsk gefunden hatte. Durch ein Labyrinth von Plattenbauten kam er zur B 1, der Straße Alt-Friedrichsfelde, die viel von einer Autobahn an sich hatte. Ohne Ampelanlage wäre sie nie zu überqueren gewesen. Mit deren Hilfe schaffte er es aber und hatte einen ansehnlichen Hochhauskomplex vor sich: die ehemalige Bezirksverwaltung der Stasi. Jetzt waren in den Büros verschiedene Verwaltungen untergebracht und dazu die HWR. Für die hatte man nach der Wende inmitten der L-förmigen Anlage einen Hörsaaltrakt gesetzt. Auf den steuerte Mannhardt nun zu, um sich im Dozentenzimmer kurz auszuruhen und seine Unterlagen aus der Umhängetasche zu nehmen und zu ordnen. Auch hier im Campus Lichtenberg hatten sie inzwischen Bachelor-Studiengänge, und Mannhardt war dem Modul 14 zugeordnet: Kriminalität im Lebenslauf.

In diesem Semester hatte er sich für ein Thema entschieden, das ihm als geschichtsbewussten Menschen ganz besonders am Herzen lag. Es lautete:

Die spektakulärsten Morde im Großraum Berlin – Täter und Täterinnen

(In Klammern Zeitraum der Taten)

Johann Christian Peter Horst (1810), Mordbrenner.

Joseph Gönczi (1897), hat zwei reiche Frauen durch bestialische Beilhiebe getötet.

Friedrich Schumann (1919), mindestens sechs Morde und elf Mordversuche, der »Massenmörder vom Falkenhagener See«.

Karl Großmann (1918-21), ist bei einem Mord überrascht worden, hat zwei weitere gestanden. Fachleute schätzen, dass er bei 23 ungeklärten Morden als Täter infrage kommt, die Presse spricht davon, dass er 100 als verschwunden gemeldete Frauen auf dem Gewissen haben könnte.

Albrecht Höhler (1930), hat den SA-Führer Horst Wessel erschossen.

Willi Roloff (1931-36), hat im ländlichen Raum um Berlin vier Morde begangen.

Adolf Seefeldt (1933-36), Uhrmacher, daher »Onkel Tick Tack« genannt, hat zwischen Ostsee und Berlin zwölf Knaben missbraucht und anschließend getötet.

Gebrüder Götze (1934-36), haben in den Berliner Waldgebieten 110 Raubüberfälle begangen und dabei 17 Menschen an- und zwei erschossen.

Hans Hahn (1938), Taxifahrermörder in Berlin.

Paul Ogorzow (1940-41), der »Berliner S-Bahn-Mörder, hat zwischen 1939 und 1941 in Berlin 31 Frauen vergewaltigt und zwischen dem 4. Oktober 1940 und dem 2. Juli 1941 acht von ihnen ermordet. Sechs Mordversuche kommen hinzu.

August Eckert (1943), Fleischer, Reichsbahngehilfe, hat eine Jüdin und ihre Tochter ermordet und die Leichen zerstückelt.

Elisabeth Kusian (1949), Krankenschwester, hat eine Frau und einen Mann ermordet.

Stefanie Burgmann (1956), Apothekerin, soll einen Schüler mit Eclairs vergiftet haben.

Thomas Rung (1983-95), ermordete sechs Frauen und einen Mann. Seine Opfer wurden von ihm vergewaltigt, erwürgt, ertränkt oder erstickt.

Überflog Mannhardt die Liste, so fand er das für eine Weltstadt wie Berlin eher etwas schwach. Außerdem fehlte auf ihr Adolf Hitler, für ihn der größte Massenmörder aller Zeiten, der in Berlin sein Unwesen getrieben hatte, aber seine Aufgabe war es, auf Individualtäter einzugehen und nicht auf Könige, Kaiser, Reichskanzler und Führer, die den Tod Hunderttausender zu verantworten hatten.

Heute wollte er sich zuerst den Götze-Brüdern zuwenden. Vorher aber fragte ihn eine Studentin, die ihn irgendwie an Jessica Schamp erinnerte, warum denn auf einer Liste ein gewisser Bruno Lüdke fehle.

»Der war doch auch aus Berlin und hat über 80 Menschen umgebracht … Ich hab mal den Film mit Mario Adorf gesehen: *Nachts, wenn der Teufel kam.*«

Mannhardt winkte ab. »Nach heutigen Erkenntnissen hat der Mann nicht eine einzige Bluttat begangen. Bruno Lüdke ist sozusagen ein Geschöpf des ermittelnden Kriminalkommissars Heinrich Franz. Der hat es in geradezu genialer Art und Weise geschafft, den ›doofen Bruno‹ durch – heute würden wir sagen – sehr viel menschliche Zuwendung dahin zu bringen, am laufenden Band falsche Geständnisse abzulegen. 84 ungeklärte Morde überall im Reich. Peinlich, peinlich für die Nazis! Nun aber konnte überall verkündet werden, dass ein schwachsinniger Massenmörder aus Berlin-Köpenick am Werk gewesen war.«

Er kam zu den Gebrüdern Götze. Max war 1891 geboren worden und Maurer von Beruf, Walter 1902 auf die Welt gekommen und Arbeiter. Die beiden blockierten Chausseen in den Berliner Waldgebieten mit Steinen oder gefällten Baumstämmen, sodass Pkws, Lieferwagen und sogar Nachtbusse der BVG anhalten mussten, blendeten die Insassen mit starken Taschenlampen, richteten ihre Pistolen auf die Überfallenen und forderten die Herausgabe alles vorhandenen Geldes. Wer dem nicht Folge leistete, musste damit rechnen, erschossen zu werden.

Mannhardt genoss es, dass man ihm zuhörte. 18 junge Menschen waren zwar nicht ganz so viele, wie selbst Pop-Sängerinnen und Sänger und Comedy-Helden der dritten Reihe in die Hallen lockten, aber immerhin etwas. Mehr jedenfalls als zu Hause am Frühstückstisch. Außerdem bekam er Geld für den Spaß, den er im Hörsaal hatte. Am Ende klopfte man nach alter Sitte, und er war mit sich und dem Leben mehr als zufrieden. Die narzisstische Bedürftigkeit halt. So eilte er beschwingt in die Mensa, um sich mit einer Tasse Kaffee und einem Stück Käsekuchen zu belohnen – und lief dabei Jessica Schamp in die Arme.

»Sie hier?«, rief er.

»Ja, ich bin Beisitzerin bei den anliegenden Prüfungen.«

»Haben aber zehn Minuten Zeit für einen kleinen Plausch?«

»Wenn *Sie* mich fragen, dann immer.«

Mannhardt hatte sie hier an der HWR wie auch in der Praxis immer gefördert, und sie hatte allen Grund, ihm dafür dankbar zu sein.

Sie hatten Glück und fanden einen freien Tisch am Fenster. Der Blick ging auf die B 1 hinaus, wo der Verkehr nur so flutete.

»Da fühlt man sich ja wie in einer Autobahnraststätte«, fand Mannhardt.

»Ja, vor 100 Jahren sah es hier noch anders aus.«

Mannhardt nickte. »Richtig. Und auf der anderen Seite, wo jetzt der Tierpark ist, hat 1762 Prinz August Ferdinand von Preußen in seinem Schloss gewohnt.«

Sie plauderten noch über Familiäres und spielten das alte Spiel »Was macht denn der Kollege X jetzt?«, bis

Mannhardt sich endlich ein Herz fasste und sie fragte, an welchem Fall Schneeganß und sie gerade arbeiteten. »Wahrscheinlich ist es die Witwenverbrennung. Wer hat Sandra Roßwein umgebracht, wenn sie nicht Selbstmord begangen haben sollte?«

»Treffer!«

»Wir haben sie ja ganz gut gekannt.« Mannhardt erklärte ihr die Zusammenhänge.

»Und? Auf was tippen Sie mit Ihrer langen Erfahrung?«

Mannhardt brauchte ein paar Sekunden für seine Antwort. »Ich habe sie als kraftvolle und sehr rationale Frau kennengelernt und kann mir nicht vorstellen, dass sie ernsthaft daran gedacht hat, fremden und archaischen Bräuchen zu folgen. Da hat sie sich eher an die Stirn getippt. Meiner Meinung nach kann es ein Unfall gewesen sein, oder jemand hatte ein spezielles Motiv, sie umzubringen, eines, das gar nichts mit dem Wunsch ihres Mannes zu tun gehabt hat.« Mannhardt schaute Jessica Schamp voller Neugierde an. »Wen habt ihr denn so alles als Verdächtige auf dem Bildschirm?«

Jessica Schamp lächelte. »Nur die, die auch in den Medien immer wieder genannt werden: Roßweins Freund Mike Saleske als ›Vollstrecker‹, dann diesen rechten Gewalttäter, Rico Gruttke, und einen, der wirklich in die Roßwein-Villa eingebrochen ist, Robert Pollnow.«

Mannhardt war ziemlich enttäuscht. Das alles hatte er schon gewusst. Von Geheimwissen konnte da keine Rede sein.

»Und was plant ihr noch so?«

»Wir hoffen mehr, als dass wir planen, ich fürchte aber, alles wird in der Abteilung ›Ungelöste Fälle‹ landen.«

Mannhardt hörte das gern, sah er doch darin seine große Chance, im hohen Alter noch einmal ein ganz besonderes Erfolgserlebnis zu haben. Er sah schon die balkengroßen Überschriften vor sich: *Pensionierter Kriminalkommissar bringt Licht ins Dunkel des Falles Sandra Roßwein.*

*

Gunnar Schneeganß und Jessica Schamp litten weiterhin darunter, unter den Fall Sandra Roßwein keinen Schlussstrich ziehen zu können.

»Mein Vater hat immer gesagt: ›Wer warten kann, zu dem kommt alles.‹ Ja, denkste!« Schneeganß blätterte lustlos im Berlinteil seiner Tageszeitung. »Und auf den Zufall zu hoffen …«

»Was sagt denn das Lehrbuch bei einem Fall wie diesem?«

Schneeganß stieß die Luft aus den Lungen. »Nur Blabla. Tapfer weiter mit der Stange im Nebel stochern, nicht aufgeben, die Nadel im Heuhaufen zu suchen. Schlimmstenfalls haben wir einen nassen Fisch mehr in der Sammlung der Berliner Kripo, einen ungelösten Fall.«

Jessica Schamp ließ nicht locker. »Wozu neigst du denn?«

»Tja … Eigentlich dazu, durch die Gegend zu streifen, durch einzelne Szenen, und mit den Leuten zu sprechen. Vielleicht macht einer eine Bemerkung, die wirklich – wie sagt man dazu? – zielführend ist.«

»Da bietet sich doch an, dass wir uns mal in der indischen Gemeinde umhören.«

»Gute Idee.«

So machten sie sich dann am späten Nachmittag auf zum Sri-Ganesha-Hindu-Tempel in der Hasenheide.

»Um 17 Uhr beginnt die Puja«, sagte Jessica Schamp, die sich vorher informiert hatte.

»Was bitte?«, fragte Schneeganß.

»Ein hinduistisches Ritual.«

»Besser Räucheraal als Ritual«, murmelte Schneeganß.

Jessica Schamp verdrehte die Augen. Jetzt versuchte sich ihr Boss auch noch als Comedian, oh Gott!

Die Fahrt durch die Innenstadt zur Hauptverkehrszeit wurde, wie nicht anders zu erwarten war, zu einem argen Test ihrer Fähigkeit, Stress ertragen zu können, ohne einen Herzinfarkt zu erleiden.

Endlich hatten sie den Südstern erreicht und sahen zur Rechten das frische Grün des Volksparks Hasenheide.

»Brauchst du Drogen irgendwelcher Art?«, fragte Schneeganß, denn die Hasenheide war einer der größten Umschlagplätze Berlins.

»Ich kenne nur eine Droge«, bekannte Jessica Schamp. »Die Arbeit.«

»Wow!«, rief Schneeganß. »Wo genau soll denn dieser Tempel nun stehen?«

Jessica Schamp warf einen Blick auf ihre Notizen. »Nummer 106, schräg gegenüber der Jahnstraße.«

Es war ein Reflex, der Schneeganß sofort ausrufen ließ: »Turnvater Jahn, ja! Von dem steht hier ein großes Denkmal. Und warum, Frau Kriminalanwärterin?«

Jessica Schamp hatte keine Ahnung. »Weil er hier umgebracht worden ist?«

»Mensch!«, fasste Schneeganß sich an die Stirn, »weil er hier 1812 den ersten deutschen Turnplatz errichtet hat, um die jungen Männer für die Befreiungskriege gegen Napoleon zu stählen.«

»Dann wird wohl Monsieur Hollande hier nie herkommen und einen Kranz niederlegen«, fand Jessica Schamp.

Derart munter plaudernd rollten sie die Hasenheide hinunter Richtung Hermannplatz. Man hatte Jessica Schamp am Telefon gesagt, dass man den nach langer Bauzeit endlich fertiggestellten richtigen Tempel noch in diesem Sommer einweihen, die heutige Puja aber noch in der alten Halle stattfinden werde.

»Die finden Sie hinter einem großen Schild, auf dem unser Elefantengott Ganesha seine bunten Arme schwingt.«

»Da habe ich aufgehorcht«, sagte Jessica Schamp zu Schneeganß, »denn Roßweins Firma ist doch auch nach diesem Ganesha benannt.«

»Hm …« Es war nur ein kurzer Kommentar, zu dem sich Schneeganß aufraffen konnte.

In der Nähe der Hausnummer 106 fand Schneeganß, welch Wunder, einen Parkplatz. Sie stiegen aus und hielten auf den Tempel zu. Ein Schild, auf dem Ganesha seine bunt verzierten Arme schwang, zeigte ihnen an, dass sie auf dem richtigen Weg waren. Auch die Baustelle war nicht zu übersehen. Hinter dem fast fertigen Turm entdeckten sie die Halle, die man Jessica Schamp beschrieben hatte.

»Das ist ja mehr ein Schuppen«, stellte Schneeganß fest.

»Drinnen soll es aber sehr feierlich aussehen«, sagte Jessica Schamp. »Mehrfarbige Götter soll es geben und Schreine, die wunderschön beleuchtet werden.«

So war es denn auch, und selbst der immer etwas unterkühlte EKHK Gunnar Schneeganß zeigte sich beeindruckt.

»So stellt sich meine Frau unser Wohnzimmer vor …«

Die Schuhe waren auszuziehen, was Schneeganß gar nicht schmeckte.

»Das ist ja wie inner Moschee. Da lobe ich mir doch unsere christlichen Kirchen. Und wenn meine Schuhe nachher weg sind?«

Jessica Schamp lachte. »Dann heißt es: *Barfuß durch den Park*.«

Ein Inder, vielleicht der Geschäftsführer des Tempels, kam auf sie zu, hieß sie herzlich willkommen und setzte zu einigen Erklärungen an.

»6.000 Hindus leben in Berlin. Unsere Gemeindemitglieder kommen aus Indien, klar, aber auch aus Sri Lanka, Singapur, Südafrika und vielen anderen Ländern – natürlich auch aus Berlin. Wir haben uns für Ganesha als Tempelgott entschieden, weil er der liberalste Gott ist und von allen Hindus anerkannt wird. Sie werden aber auch andere Götterstatuen bei uns finden. Vishnu oder Shiva zum Beispiel, weil wir allen philosophischen Richtungen gerecht werden wollen. Ich hoffe, wir sprechen uns später noch.« Der Mann eilte weiter, die nächsten Gäste zu begrüßen.

Vom Gebetsschrein her ertönte eine Glocke. Ein Priester in weißem Gewand erschien. Die Zeremonie begann. Sie hatten erwartet, dass der Mann Englisch sprechen würde, doch Jessica Schamp tippte auf Hindi oder Sanskrit. Jedenfalls verstanden sie kein Wort. Es schien ihnen aber so, als würde der Gott mit einem Mantra gebeten, im Bildnis anwesend zu sein. Symbolisch wurde ihm ein Sitz angeboten, dann stellte man ihm Wasser hin, mit dem er Füße, Gesicht und Hände reinigen konnte. Anschließend wurde die Ganeshastatue in einer Mischung aus Milch, Joghurt und Honig gebadet. Danach wurde sie mit duftender Sandelholzpaste betupft, und man bot ihr Blüten dar, Räucherstäbchen und Betel. Anschließend wurden Ganesha die mitgebrachten Opfergaben überreicht: Verschiedene gekochte wie ungekochte Speisen, die absolut rein sein mussten, also vegetarisch und ohne Ei, Zwiebeln oder Knoblauch, dazu Früchte, Milch, Joghurt, geklärte Butter und Honig. Zum Schluss umschritten die Anwesenden die Gottheit in ehrfürchtigem Schweigen.

Jessica Schamp war tief beeindruckt, vor allem als sich nun die Anwesenden segnen ließen und der Priester jedem einen Segenspunkt aus Asche und einem roten Pulver auf die Stirn drückte.

Es war eine Art professioneller Deformation, die Schneeganß dazu brachte, nun alle Gäste der Puja genau zu mustern. Und schon packte er Jessica Schamp am Arm.

»Mensch, da ist dieser Saleske! Zusammen mit einem Inder.«

»Also steckt er doch tiefer in allem Hinduistischen drin, als er uns weismachen wollte«, war Jessica Schamps spontane Reaktion.

»Ist dir dieser Inder neben ihm schon mal untergekommen?«

»Nicht, dass ich wüsste …« Dann fiel es ihr wieder ein. »Doch, den haben wir getroffen, als wir im Kreativ-Café waren. Der soll Koch in einem indischen Restaurant sein, aber öfter bei Sandra Roßwein im Café und zu Hause ausgeholfen haben.« Fast erschrak sie bei dem, was ihr jetzt durch den Kopf ging. Sie hatte früher viele Kriminalromane gelesen, und da war oft, wenn es mehrere Verdächtige gegeben hatte, der wirkliche Täter ein völlig unauffälliger Mensch gewesen – einer wie dieser Vijaya. Jetzt war ihr auch sein Name wieder präsent. Sollte nicht Saleske der ›Testamentsvollstrecker‹ von Moritz Roßwein sein, sondern dieser Vijaya?

Schneeganß hatte offenbar dasselbe gedacht. »Dann sagen wir doch mal den beiden Guten Tag.«

Es hatte den Anschein, als würde Saleske bei ihrem Anblick zusammenzucken. Aber vielleicht war das auch nur reines Wunschdenken.

»Oh!«, rief Saleske. »Zwei neue Konvertiten!«

Schneeganß gab sich alle Mühe, mürrisch zu wirken. »Nichts als professionelle Neugier treibt uns her.«

DREIZEHN

Sie hatten Vijaya Chandip, so sein vollständiger Name, für den nächsten Morgen in die Keithstraße einbestellt, und er stand auch pünktlich auf der Matte.

Als er Platz genommen hatte, übernahm Jessica Schamp das Warm-up und fragte ihn, was denn sein Lieblingsgericht sei.

Vijaya grinste. »Das darf ich Ihnen gar nicht verraten, weil es irgendwie peinlich ist.«

»Wieso denn das?«

»Weil es Kohlrouladen sind.«

Auch Jessica Schamp musste schmunzeln. »Oh ja! Nein, ich meine etwas Indisches.«

Vijaya überlegte einen Augenblick. »Da bin ich ja ganz Vegetarier und würde mich für Shimla Mirch Ki Chatni entscheiden.«

»Klingt nicht schlecht. Und was würde dafür in Deutsch auf der Speisekarte stehen?«

»Paprikachutney. Sieht auf dem Teller herrlich farbenfroh aus. Zwei Esslöffel Öl in einer Pfanne erhitzen. Darin dann einen Teelöffel Kreuzkümmelpulver und eine kräftige Prise Teufelsdreck eine Minute lang rösten.«

Jetzt war auch Schneeganß erwacht. »Teufelsdreck? Hört sich ja schrecklich an.«

»Ist aber ein uraltes und bewährtes Gewürz«, erklärte Vijaya ihnen. »Eine Staude, die wie Fenchel aussieht und wohl aus Persien kommt. In Tibet hat man damit Dämonen vertrieben. Wir Inder verwenden den Teufelsdreck gern, weil er die Manneskraft fördert und gegen Blähungen, Koliken und Krämpfe hilft, auch gegen Hysterie.«

»Nicht schlecht.«

Vijaya kehrte nun zu seinem Paprikachutney zurück. »So … wir schneiden nun eine rote, eine gelbe und eine grüne Paprikaschote in Stücke, werfen sie in die Pfanne und lassen sie bei leichter Hitze gut zehn Minuten braten. Dann werden noch Tamarindenpaste, Korianderpulver, Pfeffer, Salz und Zucker unter unser Gemüse gerührt. Fertig ist das Shimla Mirch Ki Chatni. Wir lassen es abkühlen und essen es dann auf dunklem Brot.«

»Da läuft einem ja das Wasser im Mund zusammen«, erklärte Jessica Schamp, während Schneeganß eher angewidert das Gesicht verzog. Er kam dann auch bald zur Sache.

»Sie wissen, Herr Chandip, warum wir Sie hergebeten haben?«

Vijaya nickte. »Sicher. Wegen Frau Roßwein. Es geht ja das Gerücht, dass jemand ihr Haus angesteckt haben soll, Stichwort *Witwenverbrennung*.«

»Und da werden Sie sicherlich verstehen, dass wir auch Sie nach Ihrem Alibi fragen müssen.«

»Nur weil ich Inder bin?«

»Auch, vor allem aber, weil sie Moritz Roßwein eng verbunden waren.« Schneeganß, der sich Zahlen und Daten schlecht merken konnte, warf einen Blick zu Jessica Schamp hinüber.

Die reagierte sofort. »Wo waren Sie in der Nacht von Sonnabend, dem 4. Mai, auf Sonntag, den 5. Mai, zwischen 23 Uhr und ein Uhr nachts?«

»Keine Ahnung.« Vijaya griff in sein Jackett und zog

seinen Taschenkalender hervor, um nachzusehen. »Da steht hier nichts … Da muss ich zu Hause gewesen sein.«

»Allein?«

»Ja leider.«

Damit hatten sie neben Saleske, Gruttke und Pollnow einen vierten Tatverdächtigen. Und ein fünfter Name sollte an diesem Vormittag noch dazukommen, denn kurz vor der Mittagspause erschien ein Mann bei ihnen, der, noch im Türrahmen stehend, den Raum beherrschen wollte. Sicher, er ging auf die 80 zu, aber er wirkte noch immer ungemein viril. Jessica Schamp erinnerte er an eine Mischung von Ernest Hemingway, Heinrich George und Emil Jannings. Er ging offenbar davon aus, dass alle Welt ihn kennen müsse, denn er machte keine Anstalten, sich vorzustellen.

»Guten Tag, die Dame, guten Tag, der Herr«, begann er, in dem er seinen Borsalino vom Kopf nahm und sich leicht verneigte. »Ich komme, eine Aussage im Mordfall Sandra Roßwein zu machen.«

Schneeganß stand auf, stellte sich und seine Kollegin vor und rückte dem Mann den Besucherstuhl zurecht. »Bitte sehr, Herr …?«

Der Besucher sah ihn böse an. »*Na, wollen wir uns prügeln oder unterhalten?* James Stewart in *Der Mann aus Laramie*. USA 1955, Regie Anthony Mann.«

Schneeganß, der normalerweise sofort verbal aus allen Rohren geschossen hätte, wich einen Schritt zurück und wurde diplomatisch.

»Entschuldigung, aber warum habe ich Sie mit meiner Frage nach Ihrem Namen irgendwie verletzt?«

»Weil es für mich die größte narzisstische Kränkung

ist, wenn mich jemand nach meinem Namen fragt. Ich bin Schauspieler, ich bin Schriftsteller, ich bin Maler!«

Jessica Schamp rettete die Situation. »Friedhelm Dörfler! Natürlich kennen wir Sie, aber die Vorschriften sind nun mal, dass jeder, der hier eintritt, seinen Namen nennen muss.«

»Nun gut.« Friedhelm Dörfler setzte sich. Dabei atmete er schwer und musste das probieren, was Asthmatiker eine Lippenbremse nennen: das Ausatmen gegen die locker aufeinanderliegenden Lippen. »Ich hätte doch den Fahrstuhl nehmen sollen. Also: Ich bin seit längerer Zeit ein Freund des Hauses Roßwein und kenne die Verhältnisse dort mehr als gut. Überschrift: *Unter jedem Dach wohnt ein Ach*. Nach außen hin alles Friede, Freude, Eierkuchen, aber wie's drinnen aussieht …? Geht keinen was an, wäre keinen was angegangen, wenn nicht Sandra Roßwein in ihrem Haus verbrannt wäre. Ich habe alles in den Zeitungen und Magazinen gelesen, ich weiß, dass es eine Reihe von Verdächtigen gibt, abgesehen davon, dass sie Selbstmord begangen haben könnte, was ich aber nicht glaube. Filmtitel: *Es waren einst zwei Schwestern.* Sandra, die ältere und Sabine, die jüngere. Die Mutter, schon vor einigen Jahren gestorben, liebt Sandra über alles, der Vater, der wackere Dr. Scharrach, nicht minder. Sandra hier, Sandra dort. Bildschön ist sie, intelligent, studiert, hat Einfälle, heiratet einen Mann, der etwas hermacht. Und Sabine? Steht ständig im Schatten ihrer Schwester, glaubt, dass sie ungeliebt ist, hasst Sandra zutiefst, wünscht sie zum Teufel, leidet, verkümmert, studiert Betriebswirtschaftslehre, schafft aber keinen Abschluss, wird drogenabhängig, durchlebt eine schlimme Zeit.

Ihr Schwager, Moritz Roßwein also, gibt ihr schließlich Arbeit in seiner Firma …«

Friedhelm Dörfler musste eine kurze Pause einlegen, um einmal tief durchzuatmen.

Jessica Schamp nutzte das zu einer kleinen Zwischenbemerkung. »Das klingt doch ganz nach einem Happy End.«

Friedhelm Dörfler nickte. »Ja, da liegen Sie womöglich gar nicht so sehr daneben, denn es gibt Gerüchte, dass Sabine die Geliebte ihres Schwagers gewesen sein soll.«

Jetzt glaubte Schneeganß, eingreifen zu müssen. »Was denn: Moritz Roßwein und Sabine Scharrach …?«

»Ja. Und ich halte es nicht für ausgeschlossen, dass sie die Villa ihrer Schwester angesteckt hat. Hass, der aus tiefen und andauernden Verletzungen herrührt, ist eine so wirkmächtige Kraft, wie es keine andere gibt.«

Die beiden Kriminalbeamten brauchten einige Sekunden, bis sie diese Information so einigermaßen verarbeitet hatten. Der erste Einwand kam von Jessica Schamp.

»Aber Moritz Roßwein ist doch vor Goa beim Baden ertrunken, und wenn Sabine Scharrach nun ihre Schwester aus dem Weg räumt, dann … Sie hätte doch sowieso kein Leben an der Seite des Schwagers haben können.«

Friedhelm Dörfler verstand das nicht. »Nein, aber sie hat sich als Vollstrecker ihres Geliebten verstanden. Und außerdem«, er senkte die Stimme, »ich glaube nicht, dass neulich auf dem Friedhof in Friedenau wirklich die Asche von Moritz Roßwein in der Urne war.«

»Wir haben die DNA-Analyse!«, rief Schneeganß.

»Ach, da kann man doch tricksen, da kann man sich irren. Nein, ich bin felsenfest davon überzeugt, dass Moritz noch immer – frisch, fromm, fröhlich, frei –

in Indien lebt und darauf wartet, dass Sabine zu ihm kommt. Wenn hier der ganze Trubel vorbei ist.«

Sie nahmen das alles zu Protokoll, und Jessica Schamp brachte dann Friedhelm Dörfler, sich vielmals für sein Kommen bedankend, zum Fahrstuhl. Wieder im Büro zurück, sah sie Schneeganß fragend an.

»Will sich da einer interessant machen und mal wieder richtig PR haben – oder …?«

Schneeganß war sich auch nicht ganz schlüssig. »Könnte sein, aber nach seinem Besuch bleibt uns wohl gar nichts weiter übrig, als einmal mit Sabine Scharrach zu reden. Die Frage ist bloß, wo wir sie finden können?«

»Wahrscheinlich in Roßweins Firma. Da sind sie doch dabei, alles abzuwickeln.«

»Okay. Auf zum …«

»Prager Platz.«

»Nicht mit meinem Wagen, ich habe keine Lust, meinen eigenen Chauffeur zu spielen. Und solange wir keinen Dienstwagen mit Chauffeur haben, nehmen wir eben die Öffentlichen.«

»Wie es sich für das bettelarme Berlin eben gehört.«

Mit ein paar Klicks hatte Schneeganß das Raster von BVG.de – Fahrplanauskunft auf dem Bildschirm und gab U Wittenbergplatz als Start ein und Berlin, Prager Platz, als Ziel.

»Zwei Möglichkeiten: Erstens, mit der U 1 Kurfürstendamm, dort umsteigen in die U 9 und bis Güntzelstraße fahren. Dauer: 13 Minuten, dazu circa 300 Meter Fußweg. Zweitens, ohne umzusteigen auf der U 3 vom Wittenbergplatz bis Spichernstraße. Dauer: 15 Minuten, dazu circa 550 Meter Fußweg.«

Sie konnten sich nicht entscheiden, sodass Jessica Schamp einen Würfel aus der Schublade zog.

»1, 2, 3 gleich erste Variante, 4, 5, 6 gleich zweite Variante.«

»Bist du verrückt!«, rief Schneeganß. »Wenn das einer mitkriegt, dann versetzen sie uns in die Poststelle.«

»Warum sollen nur unsere Spitzenpolitiker, Banker und Manager irrationale Entscheidungen treffen?«, fragte Jessica Schamp und würfelte wirklich. »Eine Vier. Also über Spichernstraße.«

Schneeganß war beeindruckt. »Vielleicht sollten wir Frau Merkel und Herrn Obama auch einen Würfel schicken.«

Am Prager Platz angekommen, trafen sie Sabine Scharrach wirklich an. Sie war gerade dabei, Umzugskartons zu packen. Man kannte sich ja und brauchte sich nicht groß vorzustellen.

»Haben Sie endlich etwas Konkretes herausgefunden?«, rief Sabine Scharrach.

»Ja … vielleicht …«

Schneeganß wusste nicht so recht, wie er anfangen sollte, und auch Jessica Schamp fühlte sich von der Situation hier ein wenig überfordert.

»Setzen wir uns doch erst einmal.« Sabine Scharrach zeigte auf ein paar Umzugskisten, die vollgepackt waren mit Büchern und stabil genug aussahen, einem nicht gerade übergewichtigen Menschen ohne Weiteres standzuhalten. »Worum geht's denn nun?«

»Um Sie.« Schneeganß wollte schnell zur Sache kommen.

»Um mich?«

»Ja, denn uns liegt eine Zeugenaussage vor, nach der Sie Ihre Schwester mehr als gehasst haben sollen.«

Sabine Scharrach war unschwer anzusehen, dass sie Mühe hatte, die Contenance zu wahren. »Ich glaube, das ist etwas, was nur meine Therapeutin und mich etwas angeht.«

Jessica Schamp hatte wahnsinnige Angst davor, dass die 29-Jährige nun in Tränen ausbrechen, ja kollabieren könnte. »Selbstverständlich, Frau Scharrach, aber bitte verstehen Sie uns, wir handeln im Auftrag der Staatsanwaltschaft, und wenn eine solch schwerwiegende Beschuldigung gegen Sie erhoben wird, dann müssen wir der Sache natürlich nachgehen.«

Sabine Scharrach starrte sie an, dann begriff sie, um was es hier ging, entschied sich für die Vorwärtsverteidigung und wurde unglaublich aggressiv.

»Das heißt im Klartext, ich hätte das Haus meiner Schwester angesteckt! Das ist doch unglaublich, dafür zeige ich Sie an … Wegen Verleumdung, wegen Rufmords!«

Jessica Schamp suchte sie zu besänftigen. »Keine Sorge, von dem, was hier gesprochen wird, dringt nichts nach draußen.«

Alle schwiegen nun und suchten nach einer Möglichkeit, ohne Katastrophe aus dieser Situation herauszukommen. Schneeganß und Jessica Schamp zögerten lange, die alles entscheidende Frage zu stellen, die nach dem Alibi, wagten es dann aber doch. »Frau Scharrach, wo waren Sie in der Nacht von Sonnabend, dem 4. Mai, auf Sonntag, den 5. Mai, zwischen 23 und ein Uhr nachts?«

Noch ein paar Sekunden vergingen, dann senkte Sabine Scharrach den Blick und wurde ganz leise.

»Sie warten auf mein Geständnis …«

»Erst einmal auf eine Antwort auf die Frage nach Ihrem Alibi. Was den Zeitpunkt des Brandes betrifft.« Jessica Schamp präzisierte ihn.

»Das ist es ja. Ich habe keins. Ich war allein zu Hause.«

*

Mannhardt hatte den Fall Sandra Roßwein an sich schon abgehakt, denn seine jahrzehntelange Berufserfahrung sagte ihm, dass da – er drückte es mit einer Wendung seines Vaters aus – nichts mehr zu löten war an der Holzkiste. Er nahm es gottergeben hin. »Wir wissen ja nicht mal, was vor dem Urknall war und warum es ihn gegeben hat, da kommt es wirklich nicht darauf an, herauszufinden, ob Frau Roßwein Selbstmord begangen hat oder ermordet worden ist, von wem auch immer.« Dann aber erwachte sein Jagdinstinkt doch wieder, als er beim Frühstücken in einem der Berliner Stadtmagazine las, dass die 35-jährige Berliner Schriftstellerin Kathrin Jassen dabei sei, einen Roman über das Leben und den Tod ihrer besten Freundin zu schreiben. Der Arbeitstitel laute *Berliner Witwenverbrennung*.

»Heute Abend nun will sie im Kreativ-Café am Rüdesheimer Platz, das sie im Sinne ihrer Freundin Sandra Roßwein weiterführt, einige schon fertige Passagen vorlesen. Beginn 20 Uhr. Eintritt 10 Euro, ermäßigt 8 Euro.«

Heike hörte auf, Butter auf ihre Stulle zu schmieren. »Da willst du also hin?«

»Ja.« Mannhardt grinste. »Schon Orlandos wegen,

denn der hat ja jede Nacht die berühmten feuchten Träume, wenn er an sie denkt.«

»Gott, Hansjürgen, die ist doch mindestens zehn Jahre älter als er.«

»Ich bin ja auch viel älter also du. Und warum soll das nicht auch umgekehrt funktionieren?«

»Gut, sag ihm Bescheid, fahren wir hin. Vielleicht kommen wirklich ein paar neue Aspekte ans Licht.«

Sie fuhren in Heikes Wagen von Tegel nach Wilmersdorf, immer auf der Stadtautobahn, die erstaunlicherweise nicht verstopft war, und holten Orlando in der Wilhelmsaue ab.

Orlando begrüßte alle und setzte sich hinter Mannhardt ins Auto.

»Na, Oppa, was gibt's Neues im Hinblick auf die verbrannte Witwe?«

Mannhardt drehte sich um. »Laut Jessica Schamp gibt es jetzt schon fünf Tatverdächtige, alle ohne hinreichendes Alibi. Neben Saleske, Gruttke und Pollnow nun auch noch einen Inder, Vijaya, der auch mal ab und zu im Kreativ-Café gekocht hat und – Tärä! – Sandras Schwester. Zwischen beiden soll seit Langem ein tödlicher Konflikt geschwelt haben.«

»Eine echte antike griechische Tragödie also, nur auf Indisch«, murmelte Orlando.

*

Kathrin Jassen bemühte sich seit Jahrzehnten vergeblich, wahrgenommen zu werden. Von den Buchhandlungen, den Ketten und den Einzelkämpfern, den Feuilletons und denen, die noch Bücher lasen, sie war und blieb aber eine der vielen No-Name-Autorinnen, die in Berlin über die Runden zu kommen suchten. Als Mitglied des Verbandes deutscher Schriftsteller – kurz: VS in der ver.di – wusste sie, dass der Landesverband Berlin kaum weniger Köpfe zählte als der von NRW. Alles strömte nach Berlin.

Kein Wunder, dass sie bei dieser Ausgangslage den mysteriösen Tod ihrer Freundin Sandra Roßwein als große Chance sah, endlich mit einem Roman über die Startauflage von 2-3.000 Exemplaren hinauszukommen. In letzter Zeit hatte sie nahezu jeden Tag bis tief in die Nacht am Computer gesessen und geschrieben. Möglicherweise hatten die Justiziare ihres Verlages später einmal Bedenken gegen die Verwendung der wirklichen Namen, aber sie setzte voll auf den Doku-Charakter ihres Werkes und hatte auch Schwierigkeiten, die Namen Sandra und Moritz Roßwein durch erfundene zu ersetzen.

Die Veranstaltung im Kreativ-Café sah sie als ersten Paukenschlag. Die Medien waren voll auf ihre erste Lesung aus der *Berliner Witwenverbrennung* angesprungen, und auch für das Café war die Sache eine ausgezeichnete Werbung.

Neukölln sei überall, hatte sein Bezirksbürgermeister Heinz Buschkowsky ebenso selbstverliebt wie medienwirksam verkündet, aber vor allem war Neukölln da, wo Neukölln im Berliner Stadtplan verzeichnet war, besonders in einem Problemviertel wie dem Schillerkiez. Das war die Gegend östlich des alten Flugplatzes Tempelhof um den Herrfurthplatz und die Genezarethkirche herum, beherrscht durch die Schillerpromenade mit ihrer breiten Mittelpromenade. Kathrin Jassen wohnte Ecke Selchower Straße.

Von dort war nun aufzubrechen zum Rüdesheimer Platz. Ein Auto hatte sie nicht, einmal, weil es nicht zu finanzieren war und zum andern aus grün-ökologischen Gründen, und nach der Veranstaltung müde und zerschlagen im Dunkeln nach Hause zu radeln, war nichts für sie. Also nahm sie U- und S-Bahn. Das dauerte zwar nicht viel mehr als eine halbe Stunde, aber sie hatte zweimal umzusteigen und dazu einen halben Kilometer bis zum Bahnhof Boddinstraße zu laufen. Dort stieg sie in die U 8, fuhr bis Hermannstraße, folgte der Aufforderung ›change here‹ und wechselte zur Ringbahn, der Linie 41, um dann Heidelberger Platz noch einmal umzusteigen, und zwar in die U 3 Richtung Krumme Lanke. Als geborene Berlinerin war sie solche innerstädtischen Reisen gewohnt und nutzte die Gelegenheit, interessanten Menschen zu begegnen, die sich einmal in einem Roman ›verwursten‹ ließen.

Zwei Studentinnen hatte sie angeheuert, und die waren schon dabei, die ersten Klappstühle aus dem Keller zu holen, so viele Menschen wollten zu ihrer Veranstaltung. Dieser Tatbestand versetzte sie in eine gewisse euphorische Stimmung, gleichzeitig aber beschimpfte sie sich, weil sie dabei war, den tragischen Tod ihrer besten Freundin so skrupellos für ihre eigenen Zwecke auszunutzen. Mit den Floskeln »That's life« und »sie kriegt das ja eh nicht mehr mit« war die Sache nicht erledigt, aber Kathrin Jassen wollte sich nicht noch mehr von ihrer Performance ablenken und rief sich erst einmal *Gedankenstopp!* zu.

Im Veranstaltungsraum des Kreativ-Cafés war alles sehr professionell hergerichtet. Moritz Roßwein hatte sich die Leidenschaft seiner Frau schon etwas kosten lassen. Es gab ein großes Podium, das man schon fast eine kleine Bühne nennen konnte, einen Tisch mit einer teuren antiken Tischlampe, ein Mikrofon und eine leistungsstarke Beschallungsanlage. Die Stühle waren bequem, und es gab genügend kleine Tische, auf die man seine Getränke stellen konnte. Deren Verkauf brachte immer ein paar Euro in die Kasse, insbesondere wenn die Leute trockenen Rotwein, Bio natürlich, präferierten. An der Wand hingen die exquisiten Gemälde eines Friedhelm Dörfler.

Durch eine Seitentür, die Sandra hatte anbringen lassen, kam man auf die Bühne, ohne vorher den Zuhörerraum durchqueren zu müssen, und als Kathrin Jassen nun einen Blick durch den Vorhang warf, erkannte sie einige Journalistinnen und Journalisten, die potent genug waren, zumindest in Berlin für große Aufmerksamkeitswerte zu sorgen. Wunderbar! Schön war auch, dass sie viele alte Freundinnen und Freunde und gute Bekannte im Publikum ausmachen konnte, so auch diesen liebenswerten pensionierten Kriminalkommissar, Mannhardt oder so, seine Lebensgefährtin und Orlando, seinen Enkel. Den fand sie irgendwie spannend, obwohl er eigentlich viel zu jung für sie war. Sie hatte lange keinen Sex mehr gehabt. *Konzentrier' dich auf deinen Auftritt!* Weniger schön und etwas abtörnend war der Umstand, dass sie in den hinteren Reihen auch diese junge Kriminalbeamtin entdeckte, die den Fall Sandra Roßwein bearbeitete, diese Jessica Schamp. Auch Mike Saleske war gekommen. Damit war zu rechnen gewesen.

Kathrin Jassen ging ins Büro des Kreativ-Cafés zurück, um die letzten Vorbereitungen für ihren Auftritt zu treffen und sich ihre Begrüßungsworte noch einmal durch den Kopf gehen zu lassen. Von einer befreundeten TV-Moderatorin wusste sie, dass man die Kinnmuskulatur vor dem Startschuss ebenso warmzumachen hatte wie ein Sportler Arme und Beine, und so stand sie eine Weile vor dem Spiegel, zog fürchterliche Grimassen und suchte, das sorgfältige Aussprechen der Wortendungen zu üben.

Punkt 20 Uhr atmete sie noch einmal tief durch, dann betrat sie die Bühne, verneigte sich kurz wie eine Schauspielerin und griff zum Mikrofon, um die Leute zu begrüßen und ihnen noch einmal kurz zu sagen, worum es an diesem Abend ging.

»Liebe Gäste, meine sehr verehrten Damen und Herren, liebe Freunde, ich sage allen herzlichen Dank für ihr Erscheinen heute Abend hier im Kreativ-Café, das eine Schöpfung von Sandra Roßwein und in den letzten Jahren ihr Leben war. Um sie geht es heute. Ich war ihre beste Freundin, und ich bin Schriftstellerin. Was liegt da näher, als einen Roman über sie zu schreiben. Und dies in einem Augenblick, da die kriminalpolizeilichen Ermittlungen noch laufen, besser: dabei sind, im Sande zu verlaufen. Warum das nicht anders sein kann, werden Sie verstehen, wenn ich Ihnen eine wichtige schon fertige Passage aus meinem Roman vorgelesen habe. So …«

Damit setzte sie sich, steckte das Mikrofon, das sie bei der Begrüßung in der rechten Hand gehalten hatte, in einen Ständer, und griff zu den ausgedruckten Manuskriptseiten.

»Ich beginne mit einer Episode aus dem Jahre 1999, mit einer Schlüsselszene …«

Sandra Scharrach und Moritz Roßwein saßen eng umschlungen am Ufer der Narmada, die – nach dem Ganges und der Yamuna – als einer der heiligen Flüsse Indiens gilt. Beide waren sie schon in Berlin so tief in die alte Kultur Indiens eingetaucht, dass sie beschlossen hatten, 1999 von der Quelle bis zur Mündung der Narmada und anschließend auf der anderen Flussseite zurück zu pilgern, was als besonders fromme Wallfahrt angesehen wurde. In ihrem Rücken lag das Vindhyagebirge, vor ihnen das Satpuragebirge. Dorthin wollten sie in den nächsten Tagen, um einem der wenigen noch lebenden Tiger live zu begegnen, das heißt, vom Geländewagen aus.

»Ich habe Angst«, bekannte Sandra. »Wenn der Tiger dich nun angreift und tötet?«

»Dann möchte in gern verbrannt werden, und meine Asche soll in den Ganges gestreut werden.«

»Und was wird aus mir?«, fragte Sandra.

»Ich sage nur ein Wort: Sati.«

Beide waren dabei gewesen, als man vor einigen Tagen im Dorf Satpura die 55-jährige Bäuerin Charan Shah auf dem Scheiterhaufen ihres Mannes verbrannt hatte. Anfangs hatten sie das als etwas barbarisch empfunden, waren sich dann aber nach einer längeren Diskussion darüber einig geworden, dass eine Liebe nicht tiefer sein konnte, als wenn der eine ohne den anderen nicht leben konnte und bereit war, ihm in den Tod zu folgen.

»Ohne dich wäre mein Leben sinnlos, also folge ich dir gern und bereitwillig in den Tod«; sagte Sandra.

»Schwörst du es?«

»Bei allem, was mir heilig ist und allen Göttern, die ich kenne!«, rief sie.

»Und ebenso will ich es halten, wenn du vor mir sterben solltest!«

Sie besiegelten ihren Pakt mit heißen Küssen und verbrachten dann am Ufer des heiligen Flusses eine Liebesnacht, wie sie vor ihnen noch kein Mensch erlebt hatte.

Kathrin Jassen war zufrieden mit dieser ersten Sequenz. Sie hatte sich nur einmal versprochen und spürte genau, dass es ihr gelungen war, ihre Zuhörerinnen und Zuhörer mitzunehmen. Sie kam zum zweiten Part, den sie ausgesucht hatte. Um allen klarzumachen, um was es hier ging, war eine kleine Einleitung vonnöten.

»Es kommt der 30. April 2013. Moritz Roßwein hat geschäftlich in Indien zu tun, Sandra und ich gehen ins Berliner Ensemble, um uns die *Dreigroschenoper* anzusehen. Als wir nach Ende der Vorstellung das Theater verlassen, kommt Mike Saleske auf uns zugeeilt, um Sandra mitzuteilen, dass er einen Anruf aus Indien erhalten habe, ihr Mann sei vor Goa im Meer ertrunken. Wir fahren mit Sandra nach Hause und rufen alle Menschen an, die ihr lieb und teuer sind, doch bitte in die Furtwänglerstraße zu kommen und ihr in diesen schweren Stunden beizustehen. Das machen wir mehrere Tage so, dann aber … Hier will ich wieder einsetzen …«

An diesem Abend und in dieser Nacht wollte Sandra allein sein und hatte alle weggeschickt, die in die Furtwänglerstraße gekommen waren, ihr Beistand zu leisten. Sie waren nach Hause gefahren, weil es jeder für völlig unmöglich hielt, dass sie das tun würde, was Moritz in seinem Testament von ihr gefordert hatte, denn im Gegensatz zu ihrem

Mann war sie längst wieder eine ganz normale Berlinerin geworden, was immer das im Einzelnen heißen mochte. Ab und an ließ sie Vijaya bei sich im Kreativ-Café Indisches kochen, weil Multikulti in bestimmten Kreisen ein hoher Wert war und exotisch klingende vegetarische Gerichte wie Narial Dhania Caval die Leute in Scharen anlockten.

Als sie von der ihr abverlangten Witwenverbrennung zum ersten Mal gehört hatte, damals in der Nacht, als man den Tod ihres Mannes aus Indien gemeldet hatte, wäre sie fast in Gelächter ausgebrochen. »Der hat sie ja nicht mehr alle!« Welch ein absurder Gedanke!

Sandra lag oben im Bett und sah fern. Das lenkte besser ab als alles andere. Wenn nur nicht diese Geräusche unten im Keller und im Erdgeschoss gewesen wären! Irgendwelche komischen Laute drangen immer wieder nach oben. Einen Hund hatten sie nicht, die Alarmanlage funktionierte nicht richtig.

Ständig ging ihr durch den Kopf, was um sie herum geflüstert wurde: Hoffentlich gibt es keinen, den Moritz vorher darauf eingeschworen oder aber gut bezahlt hat, die Villa anzuzünden, wenn sie sich im Tiefschlaf befand. Auch in den Zeitungen war von diesem ›Vollstrecker‹ die Rede. Die große Frage war, ob Moritz wirklich so pathologisch von der Sati-Idee besessen gewesen war, um solche Aktionen in die Wege zu leiten. Wie sehr war er geistig verwirrt gewesen, wie sehr hatte seine Psyche einen Knacks bekommen? Konnte er es übers Herz bringen, ihr einen Killer ins Haus zu schicken? Nein, und abermals nein!

Kathrin Jassen spürte sehr wohl, dass ihre literarischen Qualitäten nicht ausreichten, Preise beim Ingeborg-

Bachmann-Wettbewerb zu gewinnen und das Feuilleton zu Begeisterungsstürmen hinzureißen, sie war aber dennoch zufrieden mit dem, was sie geschrieben hatte.

»Jetzt will ich Ihnen schildern, wie ich mir das Ende von Sandra Roßwein vorstelle …«

Sandra Roßwein hatte in ihrem Leben schon einige depressive Phasen durchlitten. Ganz besonders schlimm war es gewesen, als sie ihre Mutter zu Grabe getragen hatte. Da war sie gerade zwölf Jahre alt gewesen. Ihr Vater war ihr immer, so überkommen das scheinen mochte, als der unnahbare Gott in Weiß vorgekommen, und oft genug war ihm das Wohlergehen eines seiner Patienten wichtiger gewesen als ihres. Mit ihrer jüngeren Schwester war sie nie so richtig ausgekommen, bei acht Jahren Unterschied waren sie ja auch eher wie zwei Einzelkinder aufgewachsen. Die Schule hatte sie mehr schlecht als recht mit dem Abitur abschließen können, nicht aber ihr Studium mit Ethnologie im Hauptfach. Ihre Rettung war einzig und allein die Liebe zu Moritz gewesen, das Leben mit ihm. Aber Kinder hatte sie keine bekommen können. Was hatten sie nicht alles versucht, immer war es gescheitert. Er hatte sich in seine indisch-hinduistische Welt geflüchtet, zumal auch seine Firma nicht so richtig florierte, sie sich in ihr Kreativ-Café.

Und nun Moritz' Tod. Den konnte sie nicht überwinden. Ohne ihn war das Leben absolut sinnlos geworden. Immer hatte sie ihre Worte und Schwüre vom Ufer der Narmada im Ohr.

»Ohne dich wäre mein Leben sinnlos, also folge ich dir gern und bereitwillig in den Tod.«

»Schwörst du es?«

»Bei allem, was mir heilig ist und allen Göttern, die ich kenne!«, hatte sie ausgerufen.

Es kommt die schreckliche Nacht vom Sonnabend, dem 4. Mai, auf Sonntag, den 5. Mai. Sie weiß nicht mehr, was sie tut. Sie befindet sich im freien Fall. Als sei sie ohne Fallschirm aus einer Weltraumkapsel abgesprungen. Immer schneller rast sie auf die Erde zu. Wild schießen ihr die Bilder durch den Kopf. Ihr ganzes Leben zieht an ihr vorbei. Die Kindheit in der Triberger Straße, gleich am Rüdesheimer Platz. Die ersten Schritte im Garten hinterm Haus. Die Praxis ihres Vaters. Grundschule, Gymnasium. Die FU. Moritz, Indien. Das Kreativ-Café. Es ist wenig, das registriert sie noch, aber es gibt keine Zukunft für sie, das weiß sie auch. Jetzt ist es Zeit, Schluss zu machen. Moritz soll seinen Willen haben!

Sie zündet eine Kerze an, starrt lange in die Flamme. Es ist ihr, als würde sie damit ihren eigenen Scheiterhaufen entzünden. Ihre Villa ist ihr Scheiterhaufen.

Sie stellt die Kerze auf die unterste Stufe der Treppe, die nach oben in ihr Schlafzimmer führt. Dann wirft sie sie um, sodass der Teppich Feuer fängt. Sie rennt nach oben in ihr Zimmer, steckt alles, was sie an Tabletten sammeln konnte, in den Mund und spült es mit einem Glas Wasser hinunter.

»Moritz, ich komme!«

Sie wirft sich auf ihr Bett und wartet auf den Tod.

VIERZEHN

Schneeganß ließ sich von Jessica Schamp detailliert berichten, was es am gestrigen Abend im Kreativ-Café alles gegeben hatte.

»Mit einem Wort: Kathrin Jassen ist hundertprozentig davon überzeugt, dass Sandra Roßwein Selbstmord begangen, also die Witwenverbrennung selbst in Szene gesetzt hat«, schloss die junge Kriminalbeamtin ihren Bericht.

Schneeganß lachte. »Dieser Überzeugung wäre ich auch, wenn wir ad eins einen Abschiedsbrief gefunden hätten – und ad zwei nach dem letzten Stand der Dinge nicht eine Liste von fünf Tatverdächtigen hätten, alle ohne Alibi: Saleske, Gruttke, Pollnow, diesen Vijaya und last but not least Sandras Schwester Sabine Scharrach. Bei dieser Ausgangslage halte ich es für ausgeschlossen, dass der Staatsanwalt das Verfahren einstellen könnte.«

Jessica Schamp sah nachdenklich aus dem Fenster. Es regnete wieder einmal. In diesem Mai gab es Tage, die waren nicht wärmer als mancher Weihnachtsfeiertag. Das musste ja aufs Gemüt schlagen. Sie richtete ihren Blick auf ihren ›Führungsoffizier‹, wie sie Schneeganß in privatem Kreise gerne nannte.

»Was könnte uns denn jetzt wirklich helfen?«

»Nur eine Wiederauferstehung der verbrannten Witwe und ihr Geständnis: Ja, ich war es, ich habe unsere Villa selbst in Brand gesteckt.«

»Damit dürfte kaum zu rechnen sein …«

»Ebend.« Wie jeder echte Berliner aus den unteren Bevölkerungsschichten hängte Schneeganß immer ein d an das kleine Adverb.

Sie hätten wohl noch eine Weile diskutiert, aber bei Schneeganß klingelte das Telefon. Der Festnetzanschluss. Er nahm ab und meldete sich. Seinen Nachnamen vernuschelte er, denn er fand ihn fürchterlich, aber das mit der Mordkommission schmetterte er geradezu heraus. Es war Dr. Scharrach.

»Ich war zwar gestern Abend nicht im Kreativ-Café, weil ich noch etliche Hausbesuche zu erledigen hatte, aber man hat mir berichtet, dass Kathrin Jassen ganz eindeutig von einem Suizid ausgeht. Was sie wohl nicht richtig beschrieben hat, ist die Tatsache, dass man ja nun eigentlich Moritz Roßwein festnehmen müsste, weil er mit der Aufforderung zur Witwenverbrennung, wie sie in seinem Testament zu finden ist, meine Tochter in den Tod getrieben hat.«

»Nun …« Schneeganß fiel zu diesem komplexen Tatbestand nicht viel ein. »Ich bin kein Jurist, Herr Dr. Scharrach.«

»Das ist doch aber so etwas wie Selbsttötung auf Verlangen!«, rief der Arzt.

Schneeganß suchte sich an einen Paragrafen zu erinnern, der diesen Tatbestand erfasste, kam aber auf keinen. »Ich kenne nur Tötung auf Verlangen, aber das ist es wohl nicht, und Beihilfe zum Selbstmord. Aber das meint auch etwas ganz anderes.«

»Egal. Weshalb ich Sie eigentlich anrufe, Herr Schneeganß, ist dieses …« Er brauchte einige Sekunden, um sich zu sammeln und alles auf den Punkt zu bringen. »Gestern ruft mich ein Freund an und berichtet mir, dass in der Oranienstraße ein neues und vergleichsweise feudales indisches Restaurant eröffnet hat. Das Bawana. Und wissen Sie, wer der Eigentümer ist?«

»Nein. Aber ich tippe einmal auf einen gewissen Vijaya Chandip.«

»Gratuliere. Eben der Vijaya, der des Öfteren bei meiner Tochter etwas Indisches gekocht hat. Ein einfacher Koch, der immer etwas ärmlich dahergekommen ist – wie kann der plötzlich dieses Restaurant eröffnen!?«

Schneeganß blieb gelassen. »Es gibt Kredite.«

»Ich glaube eher, dass er das Geld von Moritz Roßwein erhalten hat – als Lohn dafür, dass er meine Tochter getötet hat.«

»Vijaya Chandip – ein Auftragskiller?«

»Sie sagen es!«

Sie redeten noch ein paar Minuten miteinander, dann legte Dr. Scharrach auf, um sich wieder seinen wartenden Patienten zuzuwenden.

Schneeganß fasste für Jessica Schamp das Gespräch zusammen und fragte sie dann, was sie von allem hielte.

»Nun, Vijaya ist ja auch mein Geheimfavorit, wenn man das so ausdrücken kann, aber bei Dr. Scharrach kann das auch ein Manöver sein, uns von seiner jüngeren Tochter abzulenken. Sollte sie die Villa in Brand gesteckt und ihre Schwester damit getötet haben, dann ist doch sein gesellschaftliches Ansehen dahin, ein für alle Mal.«

Schneeganß nickte. »Das würde ich auch so sehen. Aber das mit diesem Vijaya, wie soll denn das gehen? Moritz Roßwein wird doch wohl kaum, nachdem er gerade ertrunken ist, Vijaya auf dem Handy anrufen und ihm sagen: ›Wenn du die Witwenverbrennung in die Wege leitest, überweise ich dir 50.000 Euro‹.«

»Nein, aber sie können das vorher abgesprochen haben. Im Falle eines Falles.«

Schneeganß winkte ab. »Das ist mir zu hoch! Aber trotzdem sollten wir den Druck auf Vijaya Chandip ein wenig erhöhen, in der Hoffnung, dass er dann, war er es wirklich, irgendwann einmal einen Fehler begeht. Also: auf in Richtung Kreuzberg!«

Vom Wittenbergplatz brauchten sie mit der U 1 bis zur Station Görlitzer Bahnhof genau 14 Minuten, wobei die U-Bahn schon nach der zweiten Station zur Hochbahn wurde und sie noch ein schönes Sightseeing-Erlebnis hatten. Erst konnten sie, wenn sie links aus dem Fenster sahen, einen Blick auf das Klein-Manhattan werfen, das am Potsdamer Platz entstanden war, dann zog sich, nun mit Blick rechts aus dem Fenster, unter ihnen der Landwehrkanal entlang, auf dem es von Ausflugsschiffen wimmelte.

»Da ist ja das HAU 3!«, rief Jessica Schamp, als sie an einem der Häuser am Tempelhofer Ufer ein Schild entdeckt hatte, das man sogar von ganz weit oben entziffern konnte.

»Hau was?«, fragte Schneeganß.

»HAU – in Großbuchstaben – gleich ›Hebbel am Ufer‹, das Kreuzberger Theaterkollektiv.«

»Frag mich, wer neuer Torwarttrainer bei Hertha wird«, brummte Schneeganß.

Görlitzer Bahnhof stiegen sie aus. Die Station sah aus wie eine Brotbüchse aus Blech. Jessica Schamp staunte über soviel Schlichtheit.

»Baujahr 1902«, sagte Schneeganß. »Berlin war schon immer arm.«

Sie nahmen die Treppen, die auf die Straße hinunterführten, mit mehr Schwung, als ihnen an sich dienstlich abverlangt wurde. Die Kreuzung unten war unübersichtlich, und da beide diesen Kiez nicht kannten, brauchten sie einen Augenblick, um sich zu orientieren. Die Hochbahntrasse verlief auf der Mittelpromenade der Skalitzer Straße, unter ihr stießen die Manteuffel-, die Wiener und die Oranienstraße aufeinander.

»Rechts vor uns, das muss die Oranienstraße sein«, stellte Jessica Schamp schließlich fest. »Die müssen wir Richtung Heinrichplatz hoch.«

Schneeganß gab ihr recht. »Hoffentlich verlangen sie keine Sprachprüfung in Türkisch von uns.«

Jessica Schamp lachte. »Öyle düşünmüyorum.«

»Wie?«

»Ich glaube nicht.«

Schneeganß staunte. »Hast du mal angefangen, Türkisch zu lernen?«

»Ein bisschen.«

Er schluckte hinunter, was ihm auf der Zunge lag: dass man sich eben seiner Besatzungsmacht anzupassen habe.

Nach kurzer Suche fanden sie das Bawana, gingen hinein und setzten sich. Der Ober kam. Sie bestellten sich einen Tee.

»Und möchten Sie auch etwas essen?«

»Nein, aber wenn Sie so nett sein würden, Herrn Chandip zu holen. Wir sind alte Freunde von ihm.«

Vijaya kam und begrüßte sie nach indischer Sitte mit gefalteten Händen und einer leichten Verbeugung.

»Herzlich willkommen im Bawana!«

»Was heißt das auf Deutsch?«

»Nichts. Das ist der Ort, aus dem ich komme, ein größeres Dorf nördlich von Neu-Delhi.« Damit setzte sich Vijaya zu ihnen. »Darf ich fragen, was Sie zu mir führt?«

Schneeganß fixierte ihn. »Ich will nicht lange um den heißen Brei herumreden. Sie wissen, dass Sie im Fall Sandra Roßwein einer der Tatverdächtigen sind, und da hätten wir schon gern gewusst, woher Sie das viele Geld haben, das man braucht, um solch ein Restaurant zu betreiben?«

Vijaya lächelte. »Ich habe in den letzten Jahren viel gearbeitet und viel gespart.«

Schneeganß nickte. »Und den Rest hat Ihnen Moritz Roßwein gegeben?«

»Nein, und Sie werden mir auch nicht nachweisen können, dass er es getan hat!«

*

Nadine Leske und Max Kadiner studierten Indologie in Halle/Saale und an der HU Berlin. Ihre Dozenten hielten es für unerlässlich, wenigstens einmal in Indien gewesen zu sein. Und so hatten sie lange gespart für das, was im Internet als Weltwunderroute angepriesen wurde. In Galta hatten sie das heilige Wasser des Ganges aus dem Felsen strömen sehen, danach hatten sie das Taj Mahal besucht und das Rote Fort in Agra besichtigt. In Varanasi waren sie in den Ganges gestiegen und von dort nach Neu-Delhi gefahren, von wo aus es in drei Tagen mit dem Flugzeug wieder nach Hause gehen sollte. Eingestimmt auf ihre Indienreise hatten sie sich mit dem großartigen Roman *Das Gleichgewicht der Welt* von Rohinton Mistry.

»Schade, dass wir eigentlich keine richtige indische Familie kennengelernt haben«, sagte Nadine. »Ishvar, Om, Dina, Maneck … Mit denen hätte ich gerne eine Weile zusammengelebt.«

»Ja, und mit dem Bettelmeister und Shankar, dem Bettler ohne Beine auf seiner Art Skateboard.«

Während sie über Mystrys Protagonisten plauderten, schlenderten sie die Rajpath hinunter, Neu-Delhis königliche Promenade, die sich in Ost-West-Richtung vom palastartigen Rashtrapati Bhavan zum Kriegsdenkmal India Gate hinzog, das an die fast 100.000 indischen Soldaten erinnerte, die im Ersten Weltkrieg für Großbritannien gefallen waren.

»Das Indian Gate sieht ja wirklich aus wie der Arc de Triomphe in Paris«, stellte Max Kadiner fest.

Nadine lachte. »Ich hätte es aus der Ferne eher für das Völkerschlachtdenkmal in Leipzig gehalten.«

Sie kamen zum Rashtrapati Bhavan, der Residenz des indischen Präsidenten.

Nadine blätterte in ihrem Reiseführer und zitierte. »Hier erkennen wir eine starke britische Handschrift, trotz der klassischen Säulen, der indischen Lachsfarben und seiner Chhatris und Kuppeln im Mogul-Stil.«

»Was sind denn Chhatris?«, fragte Max.

»Die kleinen Pavillons oben auf den Dächern mit einer Kuppel drauf, die von mindestens vier Säulen getragen wird.«

»Wahnsinn, was du so alles weißt!«

Ohne festes Ziel und ohne Blick auf den Stadtplan liefen sie nun durch die angrenzenden Straßen und setzten sich, als ihre Beine nun doch zu müde wurden, am

Pandara Park in ein kleines Café. Und das sollte nicht ohne Folgen bleiben …

… denn gerade hatten sie ihre Bestellung aufgegeben, da zeigte Nadine ganz aufgeregt auf einen Mann, der dabei war, zwei Tische weiter Platz zu nehmen.

»Du, das ist doch …!«

»Wer?«

»Na der, bei dem wir mal in den Semesterferien gejobbt haben, der Roßwein.«

Max fasste sich an die Stirn. »Der ist doch vor Goa ertrunken!«

»Nein, das ist er!«, flüsterte sie.

»Dann frag' ihn doch mal«, höhnte er.

Das ging nicht mehr, denn der Mann verließ in diesem Moment das Café, fluchtartig, wie ihnen schien, und sprang in eine nahebei geparktes Auto.

Nadine konnte gerade noch ihr iPhone herausreißen und ihn fotografieren.

*

Schneeganß saß hinter seinem Schreibtisch und dachte darüber nach, wie es ihm am besten gelingen konnte, sich für die nächsten vier Wochen krankschreiben zu lassen. Dass er im Fall Sandra Roßwein immer noch auf der Stelle trat, belastete ihn mehr, als er erwartet hätte. Alles wurde immer komplexer – und er agierte, wie ihm schien, immer dilettantischer. Aber was sollte er denn machen, verdammt noch mal!? Er war hilflos hoch drei und verlor jeden Tag ein paar Punkte auf dem Ranking der zur Beförderung anstehenden Kolleginnen und Kollegen. Vielleicht war die Flucht in die Krankheit wirklich die beste Lösung.

In diesem Augenblick geschah das, was sein Vater immer mit den Worten *den Seinen gibt's der Herr im Schlafe* bezeichnet hatte, denn als man bei ihm angeklopft hatte und sein »Ja, bitte!« erklungen war, stand Rico Gruttke in der Tür.

Jessica Schamp, die gerade von der Toilette kam, sollte später sagen, sie hätte gedacht, Gruttke würde den rechten Arm zum Hitlergruß erheben. Doch der strich sich nur die dunkelbraune Locke aus der Stirn.

»Herr Kommissar, ham Se 'ne Minute Zeit für mich?«

»Vielleicht auch zwei, das kommt drauf an. Kommen Sie, setzen Sie sich.«

Schneeganß wartete, bis Gruttke auf dem Besucherstuhl und Jessica Schamp an ihrem Schreibtisch Platz genommen hatten. »Was treibt Sie zu uns, Herr Gruttke?«

»Mein Jewissen …«

Jessica Schamp konnte ein erstauntes »Oh!« nicht zurückhalten, was ihr einen tadelnden Blick von Schneeganß eintrug.

Gruttke ließ sich nicht beirren. »Einmal bekommt ihr det ja doch allet raus, und vielleicht krieje ick dafür mildernde Umstände, also 'n paar Jahre wenija dafür uffjebrummt.«

»Wofür?«

»Dafür, det ick der Sandra Roßwein ihre Villa anjesteckt habe.«

Schneeganß schnellte von seinem Drehsessel. »Gruttke, soll das ein Geständnis sein?«

»Ja, Herr Kommissar.«

FÜNFZEHN

Für Mike Saleske hatten die vielleicht schwersten Wochen des Jahres begonnen. Die letzten Klausuren mussten geschrieben, durchgesehen und benotet werden, die ersten schriftlichen Stellungnahmen für die Zeugnisse, die es am 19. Juni geben sollte, waren zu entwerfen. Gott, war die Welt noch einfach gewesen, als es genügt hatte, jedem Schüler für seine Leistungen eine Note zu geben: 1 (Sehr gut) – wenn die Leistung den Anforderungen in besonderem Maße entsprach. 2 (Gut) – wenn die Leistung den Anforderungen voll entsprach. 3 (Befriedigend) – wenn die Leistung im Allgemeinen den Anforderungen entsprach. 4 (Ausreichend) – wenn die Leistung zwar Mängel aufwies, aber im Ganzen den Anforderungen noch entsprach. 5 (Mangelhaft) – wenn die Leistung den Anforderungen nicht entsprach, jedoch erkennen ließ, dass die notwendigen Grundkenntnisse vorhanden waren und Aussicht bestand, die Mängel in absehbarer Zeit zu beheben. 6 (Ungenügend) – wenn die Leistung den Anforderungen nicht entsprach und selbst die Grundkenntnisse so lückenhaft waren, dass keine Chance bestand, die Mängel in absehbarer Zeit zu beheben.

Nun aber war das Textzeugnis der letzte Schrei. Für den Schüler sollte es die persönliche individuelle Beschreibung seiner Leistung durch die Person des Lehrers sein. In einer Fortbildungsveranstaltung hatte das so geklungen: »Die wichtigste Leistung des Schülers ist seine Entwicklung. Das Zeugnis beschreibt also Entwicklung als Leistung.« Saleske verdrehte die Augen. Das bei 33 Schülerinnen und Schülern einer Klasse. Was da an Mehrarbeit auf ihn und seine Kolleginnen und Kollegen zukam, sprengte jeden Rahmen und sorgte garantiert für frühzeitige Burn-out-Symptome. Natürlich hatte er Noten in seinem Notizblock stehen – und die waren nun in mühsamer Arbeit in die gängige Bewertungsprosa zu übersetzen. Schön, es gab dafür Programme mit Bausteinen, aber machte er allzu reichlich Gebrauch davon, hatte er die Eltern am Hals, die meinten, das Recht auf eine individuelle und tiefenpsychologisch begründete Beurteilung ihres Sprösslings aus dem Grundgesetz herleiten zu können. Je dümmer ihre Brut war, umso aggressiver gingen sie vor. Kaum jemand nahm es klaglos und ohne Wutanfall hin, wenn man ihm klarmachte, dass seine Tochter oder ihr Sohn höchstens einen IQ von 95 hatte und nicht als Facharzt für Neurologie taugte, sondern nur in der Lage war, erfolgreich Backwaren zu verkaufen.

Heute Abend hatte er auch noch zwei Lehrveranstaltungen vorzubereiten. So war er alles andere als erbaut, als jetzt das Telefon klingelte. Er fluchte schlimmer als ein Neuköllner Hinterhofkind, ging aber an den Apparat, weil es das Heim seiner Mutter sein konnte. Es war aber Ludger Grundey, Redakteur bei einer Berliner Boulevardzeitung und sein gelegentlicher Doppelpartner beim Tennis.

»Hallo und guten Abend, Mike! Ich hab was für dich, halt dich fest.«

Saleske lachte. »Haben sie mich als nächsten Schulsenator ausgeguckt?«

Grundey machte es spannend. »Nein, aber du könntest morgen früh trotzdem in jeder Zeitung stehen und im Rundfunk zu hören und im Fernsehen zu bestaunen sein.«

Jetzt begann Saleske etwas zu ahnen. »Was Neues im Fall Sandra Roßwein?«

»Kann man wohl sagen.«

»Dann lass doch endlich mal die Katze aus dem Sack!«, rief Saleske.

»Gut. Ich habe etwas von zwei Indologiestudenten auf dem Bildschirm, die sich gerade in Neu-Delhi aufhalten. Und die wollen – nun halt dich fest! – Moritz Roßwein gesehen haben.«

»Das darf doch nicht wahr sein! Wir haben die DNA-Analyse, wir haben die Aussage von Mangal Mukherjee!«

»Im Labor können sie sich geirrt haben, und dein Inder kann ganz bestimmte Interessen verfolgt haben. Du, fahr mal deinen Computer hoch, ich schick dir das Foto rüber, das die beiden von dem angeblichen Roßwein gemacht haben.«

Als Saleske es auf seinem Bildschirm hatte, musste er zugeben, dass eine gewisse, ja eine starke Ähnlichkeit nicht abzustreiten war.

*

Mannhardt und sein Enkel hockten beim Italiener am Bundesplatz. Gesprächsthema Nummer Eins war natürlich das Gerücht, Moritz Roßwein sei in Neu-Delhi gesehen worden.

Orlandos Meinung war eindeutig. »Das ist doch nur ein Trick der Medien, die Sache am Köcheln zu halten.«

Mannhardt sah die Sache etwas differenzierter. »Und wenn nun doch? Roßwein ist hier in Berlin gescheitert. Seine Ehe im Eimer, seine Firma pleite. Was ist bei dieser Sachlage logischer, als vor Goa scheinbar zu ertrinken und dann in Indien mit einer neuen Identität ein neues Leben zu beginnen.«

Orlando hatte Mühe, sich nicht an den Kopf zu fassen und seinem Großvater einen Vogel zu zeigen. »Klar, da laufen 1,2 Milliarden Menschen in Indien herum – und diese beiden Studierenden aus Berlin begegnen Moritz Roßwein. Das ist in etwa so wahrscheinlich, als würdest du bei dir auf dem Balkon sitzen und Zeitung lesen – und ein Meteorit kommt angeflogen und durchschlägt die Sportseite.«

»Wenn's den Artikel trifft, wo was über Bayern München drinsteht, würde ich in lauten Jubel ausbrechen. Das wäre dann das Urteil des Kosmos über diese hochmütige Bande.«

»Wir reden über Moritz Roßwein.«

Mannhardt verdrehte die Augen. »Ja, und da kann ich dir nur mit meiner alter Wendung kommen: *Der Zufall macht vor keinem Halt*. Das ist die Prädestinationslehre, von der Heike immer so schwärmt: Gott hat von Anfang an das Schicksal des Universums und aller Menschen vorherbestimmt. Das Drehbuch unseres Lebens ist bei unserer Geburt schon geschrieben. Und wenn Moritz Roßwein wirklich – im wahrsten Sinne des Wortes – untergetaucht ist, um ein neues Leben zu beginnen, dann geschieht nur das, was geschehen muss, und wenn ihn die beiden Indologen in Neu-Delhi entdecken, dann ist auch das sozusagen längst vom Schicksal so geplant.«

»Es bleibt spannend.« Mit dieser Bemerkung wollte Orlando die Diskussion über das mysteriöse Wiederauftauchen des Ertrunkenen beenden, zumal gerade das Essen serviert wurde, eine gegrillte Lachsschnitte auf Spinat, doch nun ließ Mannhardt nicht locker.

»Ich möchte wirklich gerne einmal wissen, was hier gespielt wird. Manchmal habe ich das Gefühl, dass da doch irgendwelche Geheimdienste dahinterstecken.«

Wieder hatte Orlando Mühe, eine Geste zu vermeiden, die seinen Großvater gekränkt hätte. »Es leben die Verschwörungstheorien! Aber ich würde 100 Euro darauf wetten – wenn ich sie denn hätte -, dass die beiden Studierenden sich da einen kleinen Scherz erlaubt haben – oder aber da in Neu-Delhi wirklich ein Mensch herumläuft, der eine gewisse Ähnlichkeit mit Moritz Roßwein hat, von einem Doppelgänger gar nicht zu reden.«

»Ja, alles ist klar«, höhnte Mannhardt. »Sandra Roßwein hat Selbstmord begangen, sprich: die von ihrem Mann eingeforderte Witwenverbrennung selbst vorgenommen, und Schneeganß hat vier bis fünf Menschen auf dem Zettel, die dringend verdächtigt werden, Sandra Roßwein umgebracht zu haben, warum auch immer.«

Orlando nahm einen Schluck von dem edlen Weißwein, den sein Opa ihm spendiert hatte. »Für mich hat das, was Kathrin Jassen herausgebracht hat, die größte Plausibilität.«

Mannhardt war weiter am Lästern. »Ja, und pünktlich zum Erscheinen ihres Doku-Romans über das Leben und Sterben der Sandra Roßwein findet sie dann auch ganz zufällig deren Abschiedsbrief. Den hat die verbrannte Witwe kurz vor ihrem Tod – an die beste Freundin adressiert – noch in den nächstgelegenen gelben Postbriefkasten geworfen, wohl wissend, dass er sonst im Haus verbrennen würde.«

Orlando wäre fast die Gabel aus der Hand gefallen. »Mensch, das isses!«

Mannhardt war etwas verunsichert. »Meinst du das wirklich?«

»Ja.«

Mannhardt grinste. »Na wenn, dann wird die liebe Kathrin den Abschiedsbrief sicherlich unter ihrem Kopfkissen versteckt haben, und du hast nun allen Grund, dort einmal nachzusehen.«

»Geniale Idee!«, rief Orlando.

Und tatsächlich machte er sich am Abend auf den Weg zum Kreativ-Café. Es war ein besserer Spaziergang. Orlando schätzte, dass es nicht einmal zwei Kilometer waren, von ihm im mäßigen Walking-Tempo in 20 Minuten zu schaffen. Aber verschwitzt wollte er auch nicht bei ihr ankommen. Von der verschlafenen Wilhelmsaue kam er auf die Uhlandstraße, auf der immer viel Betrieb war, und erreichte die breite Kreuzung mit der Mecklenburgischen und der Blissestraße. Letztere zog sich auf einer Länge von kaum mehr als einem Kilometer von der Ringbahnbrücke an der Laubacher Straße in Nord-Süd-Richtung hinunter bis zur Berliner Straße und wurde dort mit dem Namen eines U-Bahnhofs gleichsam geadelt. Am schönsten war sie dort, wo sie den Volkspark durchschnitt, also an der Stelle, an der Orlando gerade an den Ampeln stand und wartete.

Rechts von ihm gab es die eiszeitliche Rinne des Fennsees, früher treffender Schwarzer Graben genannt, und auf der anderen den Volkspark mit seinen Sportplätzen, Rasenflächen, Blumen und Bäumen. Als er endlich Grün hatte, eilte er die Blissestraße hinauf. Oben auf dem Hügel hatten bestimmt einmal Windmühlen gestanden. Er kam zum Birger-Forrell-Platz. Rechts ging die Paretzer Straße ab. Ein Rettungswagen mit eingeschaltetem Martinshorn raste vorüber. Orlando, einen Tinnitus befürchtend, hielt sich die Ohren zu. Das St. Gertrauden-Krankenhaus war keine 200 Meter entfernt. Er machte, dass er weiterkam. Nachdem er die Kreuzung mit der Detmolder Straße passiert hatte, lief er unter den Brücken von S- und Stadtautobahn hindurch und bog rechts in die Spessartstraße ein. Hier sah es, zumindest was die rechte Straßenseite betraf, schon recht feudal aus, denn vor den Mietshäusern gab es ansehnliche Vorgärten. Ein paar Minuten später hatte er den Rüdesheimer Platz erreicht, und nun hatte er doch ein wenig Angst vor seiner eigenen Courage. Kathrin Jassen, die nie ganz von der Umgangssprache wegkam, hätte sicherlich geschrieben ›rutschte ihm das Herz in die Hose‹.

Das Leben ist nichts für Feiglinge. Er hatte den Film nicht gesehen und würde es auch nie tun, aber den Titel hatte er auf seiner Festplatte unter *Beliebte Floskeln* abgespeichert. Für die vergleichsweise späte Stunde war das Kreativ-Café noch gut besucht. Kathrin Jassen hatte ja auch erzählt, sie wolle von der Öffnungszeit 9-19 Uhr wegkommen und versuchen, bis 23 Uhr aufzuhaben.

Er ging zum Tresen. Sie war dabei, Tee für neu eingetroffene Gäste zuzubereiten.

»Entschuldigen Sie, gibt es bei Ihnen zum Tee auch eine -rapie?«

Sie fuhr herum und lachte. »Ja, aber nur weil Sie es sind, mein Herr. Hallo, Orlando.«

»Hallo, Kathrin!«

So richtig filmreif war diese Begrüßung nun gewiss nicht, aber beide waren sie keine Drehbuchschreiber und hatten nicht wochenlang Zeit gehabt, sich einen fetzigen Dialog auszudenken, womöglich noch unter Mithilfe professioneller Gagschreiber aus der Comedy-Szene.

Nun, wie auch immer, kurz nach Mitternacht lag Orlando in ihrem Bett, und sie hatte sich zu einem orgiastischen Ritt auf ihm niedergelassen. Orlandos Kopf lag nun auf dem Kissen, unter dem Mannhardt Sandra Roßweins Abschiedsbrief vermutete, doch Orlando hatte den in diesem Augenblick, was Wunder, völlig vergessen.

SECHZEHN

Auch Gunnar Schneeganß und Jessica Schamp redeten immer wieder über das, was in einer Berliner Boulevardzeitung den Aufmacher des Tages ergeben hatte: *Toter Roßwein höchst lebendig in Neu-Delhi.*

»Auf dem Foto sieht er wirklich echt aus«, sagte Jessica Schamp. »Verglichen mit dem Bild, auf dem er mit seiner Frau zusammen im Kreativ-Café zu sehen ist.«

Schneeganß blieb skeptisch. »Fotos konnte man schon immer fälschen, und heute in den Zeiten des Computers glaube ich nun gar nichts mehr.«

»Unsere Spezialisten im LKA sind sich aber sicher, dass alles echt ist, was die beiden Studenten aus Neu-Delhi nach Berlin geschickt haben.«

»Wahrscheinlich sind das zwei Spaßvögel, die wissen, auf was die Medien abfahren. Wie auch immer, für uns ist doch nur eine Frage interessant: Hat es irgendwelche Auswirkungen auf den Mordfall Sandra Roßwein, wenn ihr Mann seinen Tod wirklich nur vorgetäuscht haben sollte?«

»Na sicher!«, rief Jessica Schamp. »Er hat sie aus dem Weg schaffen wollen, um in Indien ein neues Leben zu beginnen.«

Schneeganß rang die Hände. »Ja, aber wir haben doch nun mit Rico Gruttke einen Täter, der absolut nichts mit Moritz Roßwein zu tun gehabt hat.«

Jessica Schamp runzelte die Stirn. »Haben wir da wirklich schon mal nachgehakt?«

»Nein, aber …«

Schneeganß brach ab, weil es an der Tür geklopft hatte. Auf sein »Herein, ja bitte!« erschien Ludger Grundey, der als Polizeireporter immer bemüht war, engen Kontakt zu ihm zu halten. Sie waren in einem Maße befreundet, wie die Dienstvorschriften es zuließen.

Jessica Schamp konnte, immer wenn sie Ludger Grundey sah, ein gewisses Schmunzeln nicht unterdrücken, denn er ahnte nicht, dass sie Lesbe war, und war ständig auf ein *date* mit ihr aus. So kam er auch, kaum dass man sich begrüßt und er auf dem Besucherstuhl Platz genommen hatte, auf ihre große Leidenschaft zu sprechen.

»Als ich gestern in Königs Wusterhausen zu tun hatte, also in KW, wie alle sagen, da musste ich die ganze Zeit an Sie denken.«

Jessica Schamp verstand nicht gleich, auf was er hinaus wollte. »Ich habe nie etwas mit KW zu tun gehabt. Außer, dass ich da mal von der S- in die Regionalbahn umgestiegen bin.«

Ludger Grundey strahlte sie an. »Nein, aber Stichwort Stabhochsprung. Mal springen die im Stadion, mal auf dem Marktplatz. Seit 2008 sind auch die Frauen dabei, und da hat Martina Strutz aus Schwerin mit übersprungenen 4,50 Metern gesiegt.«

»Da war ich schon nicht mehr dabei«, sagte Jessica Schamp.

»Gucken Sie doch nicht so traurig!«, rief Ludger Grundey. »Womit kann ich Sie denn aufheitern? Mit einer Kinokarte, mit einer Theaterkarte, mit einem Besuch im ›Berghain‹?«

Schneeganß hatte Mitleid mit seiner jungen Kollegin, so sehr die ihm manchmal auch contre cœur ging. »Ludger, zur Sache! Weshalb bist du hier eingefallen?«

»Weil ...«, der Polizeireporter hatte Mühe, sich beim Anblick von Jessicas Schamps prallen Oberschenkeln richtig zu konzentrieren, »hilf mir mal auf die Sprünge, Gunnar, wann ist Roßweins Witwe da in der Furtwänglerstraße elendig verbrannt?«

Schneeganß sah auf einen Notizzettel. »In der Nacht vom Sonnabend, dem 4. Mai, auf Sonntag, den 5. Mai, zwischen 23 Uhr und ein Uhr nachts.«

»Danke. Und weißt du, was in dieser Nacht in Berlin noch so alles passiert ist?«

Schneeganß verdrehte die Augen. »Da werden Tausende im Bett gelegen haben und ...«, er brach ab, denn mit bestimmten Bemerkungen konnte man als Mann ganz schnell wegen sexueller Übergriffe belangt werden, »... friedlich geschlafen haben. Da wird es in den Discos und Clubs rappelvoll gewesen sein, da wird ... Ach hör auf, was soll die Frage?!«

»Die soll die Einleitung für das sein, was ich euch jetzt eröffnen muss. Gerade nämlich habe ich beim Recherchieren in einer anderen Sache herausgefunden, dass es in dieser Nacht eine große Grillparty bei den Neonazis in Rudow gegeben hat. Losgegangen ist es wohl bei Einbruch der Dunkelheit. Sie haben den Hitlergruß durch die Nacht geschrien, ausländerfeindliche Sprüche gebrüllt – und so weiter, das Übliche halt. Bis die Nachbarn eine Stunde nach Mitternacht 110 angerufen haben. Eure Kollegen sind dann auch gekommen, haben sich alles angesehen und hinterher brav ihr Protokoll geschrieben. Und wisst ihr, was in diesem Protokoll drinsteht?«

Schneeganß und Jessica Schamp schüttelten in einer synchronen Bewegung den Kopf. »Nein, woher?«

»Da steht drin, dass einer der Beteiligten ein gewisser Rico Gruttke gewesen ist. Und da er nachweislich den ganzen Abend und die Nacht über bei dieser Party gewesen ist, kann er wohl kaum die Roßwein-Villa in Grunewald angezündet haben. – Tusch!«

*

Mannhardt hatte wieder einmal allen Grund, sich fürchterlich aufzuregen, und er tat es so laut und heftig, dass Heike drauf und dran war, die Wohnung zu verlassen, und selbst Orlando, der sich schon in der Rolle des unerschütterlichen vorsitzenden Richters übte, hielt sich die Ohren zu. Was war geschehen? Nichts weiter, als dass ein deutscher Verein einen anderen deutschen Verein im Champions League-Finale in London mit 2:1 besiegt hatte.

»Ich kann diese Bayern nicht mehr sehen!«, tobte Mannhardt los. »Besonders diesen Franck Ribéry.«

»Das ist ein Franzose«, wagte Orlando einzuwenden.

»Egal. Seit 70 Jahren bin ich süchtig nach Fußball – und jetzt kotzt mich Fußball nur noch an. Und schuld daran ist Bayern München mit diesem … diesem Uli Hoeneß!«

Um ihn etwas zu beruhigen, hielt ihm Heike eine Postkarte hin, die Klaus Staeck schon 2003 gestaltet hatte, und die jetzt wieder kursierte. *Alle reden von Steu-*

ern. Wir zahlen keine. Bund der Steuerhinterzieher und Steuerflüchtlinge e. V.

»Ja, sehr schön.« Mannhardt ließ sich nicht ablenken. »Das ist ja nicht zu ertragen: Die Guten verlieren, die Bösen siegen!« Mit den Guten meinte er Borussia Dortmund.

»Komisch, dass du an denen so hängst«, spottete Orlando. »Wie die gekleidet sind: schwarz-gelb. Und das steht für die Koalition, die auf deiner Abschussliste steht.«

»Borussia ist mir deswegen sympathisch, weil das eigentlich Preußen heißt. Das ist nur die latinisierte Form. Und ich bin ein alter Preuße!«

»Es gibt leider Staaten, die gehen unter, die lösen sich auf – nicht nur die DDR«, merkte Heike an.

»Keiner versteht mich!«, klagte Mannhardt.

»Vergiss nicht, zur Therapie zu gehen«, mahnte ihn Heike, bevor sie sich in Richtung Deutschlandradio Kultur verabschiedete.

»Hör mir auf mit Kultur!«, brummte Mannhardt. »Dieses inzüchtige Zeug. Die Einzigen, die da was hören, sind die, die es produziert haben. Kultur ist Scheiße!«

Orlando suchte die Hände seines Großvaters festzuhalten. »Oppa, bleib bitte ganz ruhig.«

»Na ist doch wahr! Überall muss ich mich aufregen. Guck dir diesen de Maizière an, den Thomas, nicht den Lothar, mit dieser Kampfdrohne. Hat sein Haus nicht im Griff, keiner informiert ihn – und er sagt, was kann ich dafür, und das ist doch noch lange kein Grund zurückzutreten. Mann, da soll man nicht vor Wut an der Decke hängen. Millionen kostet das! Und genauso werden die bei unserem neuen Flughafen verschleudert.«

»Du hast ja recht«, sagte Orlando. »Aber wenn du jetzt deinen Blutdruck so hoch treibst, dass du kurz vor einem Schlaganfall stehst, dann ändern sich die Dinge auch nicht. Machen wir es wie die DDR-Opposition früher: Ziehen wir uns in unsere Nischen zurück. Und ich habe da eine gefunden, die sehr aufregend ist.« Dabei grinste er so anzüglich, dass sein Großvater auf der Stelle seinen tiefsitzenden Frust vergaß.

»Du meinst Kathrin …?«

»Wen sonst. Es war eine wundervolle Nacht.«

Mannhardt konnte sich das – trotz seines Alters – lebhaft vorstellen. »Aber, das Eigentliche … Hat sie nun den Abschiedsbrief von Sandra Roßwein bei sich unterm Kopfkissen liegen gehabt oder nicht?«

»Unterm Kopfkissen nicht, und ansonsten streitet sie ab, etwas von solch einem Abschiedsbrief zu wissen … Moment mal!« Orlando brach ab, denn im Hintergrund war das Radio an, und er hatte das Stichwort Indien gehört. Er sprang hin, um den Ton ein paar Stufen lauter zu stellen.

»Wir alle kennen inzwischen die Geschichte des Berliner Kaufmanns Moritz Roßwein, der vor Goa ertrunken ist und in seinem Testament seine Frau aufgefordert hat, sich als Witwe selbst zu verbrennen und ihm so in den Tod zu folgen. Nun wollten ihn zwei Berliner Indologiestudenten in einem Restaurant in Neu-Delhi höchst lebendig gesehen haben, auferstanden von den Toten. Inzwischen aber scheint festzustehen, dass Roßwein in Indien einen Doppelgänger zu haben scheint – einen gewissen Dr. Jürgen Grützner, der Mitarbeiter des Goethe-Instituts ist, das ja in Indien unter dem Namen

Max Mueller Bhavan firmiert. Wir sind nun per Handy mit Dr. Grützner verbunden. Hallo nach Indien!«

»Ich grüße die Hauptstadt aller Deutschen!«

»Herr Dr. Grützner, wenn Sie gerade einmal in einen Spiegel schauen: Weisen Sie wirklich eine starke Ähnlichkeit mit Moritz Roßwein auf?«

»Eine gewisse schon. Und ich kann das ganz gut beurteilen, denn ich kenne Herrn Roßwein von einigen Begegnungen her persönlich.«

»Und was ist Ihre Meinung zum Fall Roßwein mitsamt der Witwenverbrennung?«

Dr. Grützner lachte. »Das ist Bollywood pur!«

*

Auf dem riesigen Areal zwischen der Wilsnacker, der Turm- und der Rathenower Straße sowie der Straße Alt-Moabit war neben dem Amtsgericht Tiergarten und dem Kriminalgericht auch der sternförmige gelbe Backsteinbau der Untersuchungs- und Aufnahmeanstalt Moabit zu finden. Von allen Berliner Anstalten, in denen Justiz vollzogen wurde, mochte Schneeganß die JVA Moabit am wenigsten, denn hier wurde an der Pforte selbst ein so gesetzestreuer Beamter wie er manchmal behandelt wie ein Gangster, der Handys, Drogen und anderes in die Anstalt schmuggeln wollte. Gleichviel, er musste nach Moabit, um mit Rico Gruttke zu sprechen.

Jessica Schamp sah das ein bisschen anders. Für sie war ein Besuch in Moabit immer ein gewisses Abenteuer, und sie hoffte jedes Mal, einem halbwegs prominenten Untersuchungshäftling zu begegnen.

Bei der Einlasskontrolle wurden sie ziemlich barsch gefragt, ob sie Anwälte seien.

»Wären wir schon gerne«; antwortete Schneeganß. »Zumindest Staranwälte. Nein, wir sind beide nur Beamte des gehobenen Dienstes.« Damit zückte er seinen Dienstausweis. »Wir möchten mit einem Häftling namens Rico Gruttke sprechen.«

»Die Gefangenenbuch-Nummer bitte.«

»Kenne ich nicht.«

»Alle Gefangenen werden bei uns unter einer Gefangenenbuch-Nummer geführt.«

Schneeganß bedankte sich für die Belehrung. »Ja, schön und gut, aber würden Sie bitte so freundlich sein und zum Telefon greifen. Ich wiederhole: Rico Gruttke heißt der Mann, den wir sprechen möchten.«

Dieses »ich wiederhole« wertete der Justizvollzugsbeamte als schwere Kränkung und Grund, alles zu erschweren und zu verkomplizieren. Und bevor sie schließlich zu Gruttke durchgeschlossen wurden, hatten sie tatsächlich ihre Handys abzugeben.

»Warum nicht auch mein Geld?«, fragte Schneeganß.

»Ich muss Ihnen nicht antworten, kommen Sie.«

Sie wurden in ein Besprechungszimmer geführt und durften eine halbe Stunde auf Rico Gruttke warten. Als er endlich vor ihnen auftauchte, grinste er so frech, dass Schneeganß an sich halten musste, ihm nicht »eine aufs Maul zu geben«, wie er das später formulieren sollte. Er blickte Jessica Schamp an, und die legte die Fakten dar, die ihnen der Journalist Ludger Grundey geliefert hatte.

»Da es nun unmöglich ist, Herr Gruttke, dass sich ein Mensch zur selben Zeit an zwei verschiedenen Orten aufhalten kann, möchten wir nun gern von Ihnen wissen, wo Sie nun wirklich gewesen sind: Bei der Party Ihrer … Gesinnungsgenossen – oder in der Furtwänglerstraße, um die Villa Roßwein in Brand zu stecken?«

Gruttke grinste. »Sie wissen det doch janz jenau, wat frajen Sie mich da noch?«

»Sie haben ein Geständnis abgelegt – nun müssen Sie es auch widerrufen, wenn es falsch war.«

Zu ihrem Erstaunen zögerte Gruttke, dies zu Protokoll zu geben. Wahrscheinlich hatte ihn sein Anwalt, von denen es ja in der rechten Szene einige gab, mit dem § 145d StGB vertraut gemacht, wo es um das Vortäuschen einer Straftat ging. »*Wer wider besseres Wissen einer Behörde oder einer zur Entgegennahme von Anzeigen zuständigen Stelle vortäuscht, dass eine rechtswidrige Tat begangen worden sei … wird mit Freiheitsstrafe bis zu drei Jahren oder mit Geldstrafe bestraft …*«

Jessica Schamp versuchte, sich in Gruttke hineinzuversetzen. Mit dem falschen Geständnis hatte er zwei Ziele erreicht: Er war stadtbekannt geworden und er hatte sich bei seinen braunen Gesinnungsgenossen als Führungsfigur ins Gespräch gebracht. Das war viel, wenn er aber dafür nun drei Jahre in den Knast gehen sollte.

Schneeganß hoffte inständig, dass Gruttke nicht widerrufen würde, denn damit war der Fall Sandra Roßwein endlich vom Tisch gewesen und er hätte weitere Pluspunkte auf seinem Konto verbuchen können.

Jessica Schamp erhoffte sich das genaue Gegenteil. Warum, wusste sie nicht so genau. Wahrscheinlich, weil sie daran glaubte, dass es immer nur die eine Wahrheit gab, die es herauszufinden galt. Nein, es war wohl nur die Hoffnung, dass der Fall Sandra Roßwein ein Ende nahm, das etwas spektakulärer war.

»Ja, dann …« Endlich hatte sich Rico Gruttke zu einer Entscheidung durchgerungen. »Kurz und jut: Ick war et nich!«

SIEBZEHN

Hansjürgen Mannhardt gehörte zu einer Generation, bei der Psychologen und Psychiater im Allgemeinen nicht gerade hoch im Kurs standen und mit der Bezeichnung Seelenklempner deutlich diskriminiert wurden. Im Grunde erhoffte er sich von seinen Therapiestunden nicht das Geringste, aber Heike hatte ultimativ verlangt, endlich etwas zu unternehmen, um von seinen Verbitterungsstörungen wegzukommen.

Anfangs hatte er sich gegen alles gewehrt. »Gott, das liegt doch nicht an mir, dass ich mich über alle Ungerechtigkeit und allen Schwachsinn in der Welt aufrege, das Problem ist doch, dass sie da sind!«

»Du kannst aber gelassener, humorvoller und weiser darauf reagieren und musst nicht dauernd so grantig und vergnatzt sein, so aggressiv. Wenn sich das nicht ändert, dann …«

Das hatte gewirkt. Er wollte sie nicht verlieren, um keinen Preis. Also war er zu einer Seelenklempnerin gegangen, die ihre Praxis, fußläufig für ihn, in einer der kleinen Tegeler Seitenstraßen hatte, die zwischen dem U-Bahnhof Alt-Tegel und dem Borsigturm von der Berliner Straße abgingen.

Gott sei Dank litt er weder an Alzheimer oder seniler Demenz – und hatte sie nach Lage der Dinge auch nicht zu befürchten –, dennoch kam es immer wieder vor, dass er einiges verwechselte, zumeist Tag und Stunde. Seit er keine feste Arbeitswoche mehr hatte, musste er mitunter einen Augenblick nachdenken, ob nun gerade Dienstag oder schon Mittwoch war. Besonders gern brachte er die Zeiten am Nachmittag durcheinander, erschien also zu einem Treffen mit einem alten Kollegen schon um 17 Uhr, obwohl sie erst eine Stunde später verabredet waren.

So war es also alles andere als außergewöhnlich, dass er an diesem Tage eine Stunde zu früh die Treppen zur Praxis hinauf lief. Eigentlich teilten sich drei Therapeutinnen die Räume, aber die eine bekam er selten zu Gesicht, weil sie noch als Dozentin an einer Hochschule im Einsatz war, und die andere hatte gerade ein Kind bekommen. Bei den Dreien ging immer alles ein wenig chaotisch zu, und so wunderte sich Mannhardt auch nicht im Geringsten, dass heute die Tür zu den Praxisräumen offenstand. Um niemanden zu stören, verzichtete er auf ein »Hallo, guten Tag!«, vermied auch jedes andere Geräusch und setzte sich still und leise in den Warteraum. Da nur Zeitungen und Zeitschriften auflagen, die er schon gelesen hatte, schloss er ganz einfach die Augen, um ein wenig zu relaxen, bis dann das lästige Therapeuten-Spielchen begann. »Herr Mannhardt, erzählen Sie mal …«

Vom Wartezimmer führte eine Tür in den Raum hinüber, in dem die Therapeutin alle Gespräche mit ihren Klienten führte, und die war absolut schalldicht. So wusste Mannhardt nicht, ob vor ihm schon jemand anders behandelt wurde. Plötzlich, er schreckte hoch, wurde diese Tür geöffnet, ohne dass er aber jemanden zu Gesicht bekam. Dann hörte er die Stimme seiner Therapeutin.

»Sorry, ich habe die Liste mit den Medikamenten der Wahl doch nicht bei uns in der gemeinsamen Bibliothek, sondern hier bei mir im Regal.«

Damit wollte sie die Tür wieder schließen, übersah dabei aber, dass ihr beim Öffnen eine große Büroklammer aus der Hand gefallen war – und die geriet zwischen Türblatt und Rahmen, wirkte dort wie eine Feder und sorgte dafür, dass ein Spalt entstand, der groß genug war, ihn jedes Wort verstehen zu lassen, das drinnen gesprochen wurde. Der Therapeutin in ihrem Eifer war das nicht aufgefallen, und Mannhardt hätte nun eigentlich hingehen müssen, um die Tür richtig zu schließen. Er war auch schon dabei, vom Stuhl aufzustehen, setzte sich dann aber wieder. Teils, um die Therapeutin und ihren Klienten nicht zu stören, teils aus Neugierde. Das war nicht nur eine professionelle Deformation bei ihm, sondern irgendwie angeboren. Schon als Junge hatte er sich im Zimmer versteckt, um die Erwachsenen bei ihren Gesprächen zu belauschen. In diesem Fall war das nun ganz besonders spannend. Was hatten andere Leute für Probleme, wie redeten sie darüber, was tat die Therapeutin, um sie zu einem normaleren Verhalten zu bringen? So hörte Mannhardt also gebannt zu, was nebenan gesprochen wurde, Datenschutz hin, Datenschutz her. Er nahm es als Hörspiel. Der Klient war offenbar ein Mann.

THERAPEUTIN: Jetzt, wo Sie über keine Handgranate mehr verfügen, da haben Sie ein Messer bei sich?
KLIENT: Nein, etwas anderes, etwas ganz Kleines, etwas, das mir niemand als Waffe nachweisen kann.

THERAPEUTIN: Wollen Sie's mir verraten, worum es sich dabei handelt?
KLIENT (lacht):Ja: eine Schachtel Streichhölzer.

Mannhardt verdrehte die Augen: noch ein Pyromane! Immer wieder kam es ja vor, etwa in den Ostberliner Plattenbaubezirken, aber auch in Moabit und Neukölln, dass Menschen wie dieser Armleuchter in schlecht gesicherte Mietshäuser eindrangen und Kinderwagen ansteckten, die im Hausflur standen, oder unten im Keller herumliegendes Gerümpel. In den letzten Jahren waren dabei einige Tote zu beklagen gewesen, als sich das Feuer blitzschnell im Treppenhaus ausgebreitet hatte.

THERAPEUTIN: Sind Sie schon immer von Feuer angezogen worden?
KLIENT:Nein, erst als ich einmal im Auftrag meiner Firma in Indien war und dort die Feuertempel besucht habe. Deren heiligster Raum beherbergt das Heilige Feuer. Im Zoroastrismus gilt Feuer als reinigende Kraft.

Mannhardt fuhr hoch. Die Assoziationskette, die diese Reaktion bewirkt hatte, war klar: Indien – Feuertempel – Sandra Roßwein – die Witwenverbrennung. *Du bist ja bekloppt! Soviel Zufall kann es doch gar nicht geben!* Schon, aber ... Nichts ist Zufall, alles ist Vorherbestimmung. Und vollkommen logisch: Heike schickt ihn wegen seiner Aggressionen und seiner Verbitterung zur Therapie, und hier trifft er auf einen Menschen, bei dem alle seine eigenen Symptome noch um ein x-Faches erhöht sind – bis zu einem Maß, wo er seine Gedanken wirklich in die Tat umsetzt.

Jetzt handelte Mannhardt wie im Rausch. Er schlich sich aus der Praxis und wartete unten auf der anderen Straßenseite auf den Mann mit den Zündhölzern in der Tasche. Endlich wieder eine Observation wie in alten Zeiten! Aber bloß gut, dass er nicht im Dienst war, denn in diesem Fall hätte ihn sein Vorgesetzter ganz schön zusammengestaucht. Es kamen nämlich in kurzer Zeit zwei Männer aus der Haustür, und beide hätten vom Körpervolumen her die Stimme haben können, die er oben in der Praxis gehört hatte. Was nun? Allen beiden zu folgen, das ging nicht – und wer nun wirklich der potenzielle Feuerteufel war, ließ sich aus einer Entfernung von vielleicht 15 Metern nicht entscheiden.

In diesem Augenblick bemerkte Mannhardt, dass er dabei gewesen war, völlig durchzudrehen, und so beschimpfte er sich heftig. *Du hast sie ja nicht mehr alle! Je älter du wirst, um so dümmer wirst du! Alter schützt vor Torheit nicht – das ist der Beweis! Krieg' dich bloß wieder ein!*

Nachdem er das getan hatte, stieg er wieder brav zu seiner Therapeutin hinauf und erzählte der von seiner Verbitterung über den Zustand der Welt und seine Aggression. Den Mann mit den Zündhölzern hatte er völlig vergessen.

Da aber klingelte es, und seine Therapeutin sprang auf. »Der Paketbote! Eine Sekunde bitte!« Damit lief sie aus dem Zimmer.

Nun wäre Mannhardt nicht Mannhardt gewesen, wenn er nicht aufgestanden wäre, um sich ein wenig in der Therapeutenpraxis umzusehen. Er trat ans Regal. Was las die Dame denn so? Das DSM-5 mit der zehnten Ausgabe der ›International Classification of Diseases‹ (ICD-10) natürlich. Dazu war alles aufgereiht, was in ihrer Profession Rang und Namen hatte – von Sigmund Freud bis Oliver Sacks. Damit war Mannhardts Neugierde nicht gestillt. Er schnellte zum Schreibtisch, um zu sehen, was die Therapeutin in seiner Krankenakte notiert hatte. Da war aber nur ein leeres Blatt. Er fluchte leise, denn zugleich hörte er, wie sie draußen im Flur den Paketboten verabschiedete. Was ihm blieb, war ein Blick auf ihren Terminkalender, der aufgeschlagen am oberen Rand des Schreibtisches lag. Da stand er: Hansjürgen Mannhardt. Und vor ihm war ein gewisser Uwe Jurok an der Reihe gewesen, ein Name, den Mannhardt nie gehört hatte. Kein Sportler, kein Sänger, kein Schauspieler, ein ganz normaler Niemand also, den man auf der Stelle vergessen konnte. Nein, nicht ganz, denn wenn es bei ihm zu Hause in Tegel einmal im Hausflur brennen sollte, dann hatte er gleich eine Spur.

Die Therapeutin kam zurück, und Mannhardt musste sich weitere 25 Minuten damit herumquälen, der Psychologin zu erklären, warum er nicht pausenlos lachen konnte. Langsam wurde er aufsässig.

»Soll ich vielleicht zum Lachyoga gehen?«

Eine Freundin von Heike tat das – und hatte sich inzwischen zur Lachnummer entwickelt.

Nach der Sitzung trottete Mannhardt wieder nach Hause, füllte Waschmaschine und Geschirrspüler, brachte den Müll nach unten und kaufte im Supermarkt alles ein, was Heike ihm aufgeschrieben hatte. Danach setzte er sich auf den Balkon und fiel in einen Standby-Modus.

Und man hätte den Mörder der Sandra Roßwein nie ausfindig gemacht, wenn nicht Heike wieder einmal das bekommen hätte, was er einen Rappel nannte.

»Du, Orlando hat was im Kreativ-Café aufgeschnappt …«

»Was soll er aufgeschnappt haben?«, brummte Mannhardt und nahm sofort seine übliche Abwehrhaltung ein.

»Sabine Scharrach ist doch dabei, Roßweins Firma am Prager Platz aufzulösen, und da können wir aus der Konkursmasse für ein paar Euro einen Schreibtisch und einen Drehsessel haben, alles noch prima in Ordnung.«

»Warum denn das?«

»Weil Silvio beides braucht!«

Damit war die Sache entschieden, und Mannhardt machte sich am späten Nachmittag mit Orlando zusammen auf den Weg nach Schöneberg. Da die Sachen nicht in Heikes Wagen passten, mussten sie sich bei Robben & Wientjes einen kleinen Lkw mieten.

Heike hatte mit Sabine Scharrach telefoniert, und die für sie bestimmten Sachen standen schon im Treppenhaus. Man begrüßte sich kurz.

»Tut's Ihnen leid, dass der Firmenname Ganesha nun im Handelsregister gelöscht wird?«, fragte Mannhardt mit der Höflichkeit der älteren Generation.

»Ja und nein«, war die Antwort, die alles sagte – oder auch nichts.

»Und was werden Sie jetzt machen?« Auch Orlando hatte das Gefühl gehabt, etwas fragen zu müssen.

»Ich habe ja mal BWL studiert, ich werde schon was finden. Möglichst weit weg von Berlin und dem ganzen Elend hier.«

»Na dann viel Glück! Und hier das Geld für Drehsessel und Schreibtisch.« Mannhardt drückte ihr den Briefumschlag in die Hand, den Heike ihm gegeben hatte.

»Vielleicht sehen wir uns noch mal im Kreativ-Café«, fügte Orlando hinzu.

Sabine Scharrachs Gesicht verdüsterte sich. »Eher nicht.«

In diesem Moment hallte ein Schrei durch das Geschäftshaus am Prager Platz. Ausgestoßen hatte ihn Mannhardt, denn beim Hochheben des für seinen Sohn bestimmten Drehsessel hatte er einen Blick unter dessen Sitzfläche geworfen und dabei den mit einer glühenden Nadel eingravierten Namen des Vorbesitzers entdeckt.

»Uwe Jurok! Das darf doch nicht wahr sein!?«

»Warum darf das nicht wahr sein?«, wollte Orlando wissen.

»Weil …« Mannhardt sah Sabine Scharrach an. »Hat der wirklich bei Ihnen hier gearbeitet?«

»Ja, einige Jahre, aber Moritz hat ihn gefeuert. Als ihn seine Frau verlassen hat, ging das mit dem Trinken los. Dann der Entzug, immer wieder in die Klinik. Danach das Übliche: Hartz IV, keiner wollte ihn mehr einstellen.«

»Haben Sie in den Personalakten noch ein Foto von ihm?«

»Ja sicher.«

Nachdem sie alle für Silvio bestimmten Möbelstücke in ihren Lkw geladen hatten, bat Mannhardt seinen Enkel auf dem Rückweg nach Tegel schnell in der Keithstraße anzuhalten.

»Das mit diesem Uwe Jurok möchte ich doch dem lieben Kollegen Schneeganß so schnell wie möglich mitteilen.«

ACHTZEHN

Gunnar Schneeganß war von Mannhardts Aktionismus wenig erbaut. Gott, konnte der Mann nicht, wie es Hunderttausende von Senioren taten, ganz einfach Kreuzworträtsel lösen, durch die Mark Brandenburg wandern oder seinen Rollator nehmen und einkaufen gehen! Was musste der ihm andauernd ins Handwerk pfuschen! Das war die eine Seite, andererseits aber blieb ihm nichts anderes übrig, als der Spur Uwe Jurok nachzugehen, denn irgendwie klang es ja alles ganz plausibel, was sich sein Vorgänger im Amt da zusammengereimt hatte.

Jessica Schamp kam ins Zimmer zurück. Sie hatte die nötigen Informationen über Jurok eingeholt.

»Seit langer Zeit arbeitslos, Hartz IV, Alkoholprobleme, schon ein paar Mal im Entzug, soll sehr aggressiv sein. Und dass er in der Firma von Moritz Roßwein gearbeitet hat und dort entlassen worden ist, konnte ich auch verifizieren.«

»Sehr schön.« Schneeganß bedankte sich, obwohl ihn das hochnäsige Verifizieren etwas gestört hatte. »Und wo können wir den Guten finden – außer in der Kneipe?«

»Gemeldet ist er in Moabit, Pritzwalker Straße, Hinterhaus, zwei Treppen.«

Schneeganß lachte. »Direkt am Kriminalgericht – wenn das kein Wink des Schicksals ist. Da wären zwei Fragen: Wie können wir wissen, wie der Kerl aussieht?«

»Mannhardt hat uns doch ein Passfoto von ihm mitgebracht.«

»Aber das ist mehr als zehn Jahre alt«, gab Schneeganß zu bedenken. »Doch wie auch immer: Ihm von Angesicht zu Angesicht zu begegnen, wäre mir schon wichtig.«

Jessica Schamp musste schmunzeln. Schneeganß hatte sich wieder einmal an seine Devise *Deutscher sprich Deutsch* gehalten und das übliche face-to-face vermieden. »Okay, ich werde nachher sehen, dass ich ihn in der Pritzwalker Straße irgendwie zu Gesicht bekomme.«

»Gut, ja. Ich werde dich dann irgendwann ablösen. Aber trotzdem sollten wir einen Teil der Arbeit abwälzen auf die lieben Kolleginnen und Kollegen, die für Brandstiftungen zuständig sind.«

»Die haben doch auch zu wenig Leute«, kam Jessica Schamps Einwand.

»Na im Augenblick werden doch keine Autos mehr angezündet, da müssen sie noch freie Kapazitäten haben. Außerdem haben wir noch keine Ferien.«

Jessica Schamp packte die Sache mit einer Cleverness an, die ihr Schneeganß gar nicht zugetraut hätte. Sie ärgerte sich gar nicht erst mit den Kollegen herum, die für Brandstiftung zuständig waren, sondern rief gleich beim Staatsschutz des Landeskriminalamts an und bat die Kollegen dort, die Ermittlungen zu übernehmen.

»Da hat es ja schon einen Angriff aus der rechtsradikalen Szene auf Sandra Roßwein gegeben – durch diesen Rico Gruttke an den Friedenauer Stolpersteinen -, und auch Uwe Jurok könnte diesen Kreisen nahegestanden haben.«

Das war zwar hoch gepokert, aber man versprach der Mordkommission die nötige Amtshilfe.

»Geben Sie uns Ihre Handynummer, wir werden Kontakt mit Ihnen aufnehmen.«

»Sehr schön, danke.«

Dennoch blieb Jessica Schamp nichts weiter übrig, als in die Pritzwalker Straße zu fahren und sich dort umzuhören und -zusehen. Sie nahm den Metrobus M 19, fuhr mit ihm eine Station bis zur Urania und wartete dort auf den 107er Bus, der sie in zehn Minuten zur Turmstraße brachte.

Während der Fahrt versuchte sie, sich an eine Klausur zu erinnern, die sie in ihrer Zeit an der HWR geschrieben hatte und bei der es um die Frage gegangen war, wie man unter Hunderten von Menschen seine Zielperson entdecken konnte, ohne dass der zu Observierende merkte, dass man es auf ihn abgesehen hatte. Einige Möglichkeiten hatte sie im Gedächtnis behalten. 1. Ist man im Besitz eines aussagekräftigen Fotos, dann gut getarnt in der unmittelbaren Nähe des Aufenthaltsortes warten oder sich unauffällig in umliegenden Läden, Supermärkten, Kneipen und Restaurants nach ihm umsehen. 2. Sich als Handwerker, Postbote, Spendensammler oder Angehöriger einer religiösen Gemeinschaft tarnen und an der Wohnungstür des Verdächtigen klingeln. 3. Bei dem Betreffenden an der Gegensprechanlage auf den Knopf drücken und ihn unter einem Vorwand (z. B. »Ihr Auto ist soeben von einem Lkw gerammt worden!«) aus dem Haus locken.

Zuerst aber war Jessica Schamp ein wenig abgelenkt, denn an der Ecke Turm- und Pritzwalker Straße befand sich die renommierte Dorotheenstädtische Buchhandlung, und sie blieb vor jedem der großen Schaufenster eine Weile stehen, um sich anzuschauen, was es alles zu lesen gab. So viel, dass sie in ihren wenigen freien Stunden Jahre dafür brauchen würde …

Endlich stand sie vor dem Haus, das ihr vom Einwohnermeldeamt als Juroks feste Adresse mitgeteilt worden war. Sie schaute auf das Klingelklavier, wie ältere Berliner das Brett mit Namensschildern, Klingelknöpfen, Mikrofon und Lautsprecher nannten. In der Tat, da gab es einen Uwe Jurok.

Okay. Was nun? Vielleicht wäre es doch sinnvoller gewesen, mit dem Auto nach Moabit zu kommen. Aber hockte man ewig in einem parkenden Auto, machte man sich schnell verdächtig. Sie versuchte sich an frühere Observationen zu erinnern, aber auch an Filme, in denen das ein Thema war. Da saßen die Detektive oder Kollegen oft in einem Lieferwagen oder in einem Zelt, das sie vor einer Baugrube aufgebaut hatten. Nun, beides kam für sie nicht infrage. Also wartete sie eine angemessene Zeit auf der anderen Straßenseite, dann schaute sie in die umliegenden Läden hinein. Doch nirgendwo war jemand zu erkennen, der Uwe Jurok auch nur im Entferntesten ähnelte. Nach zwei Stunden überkam sie der Frust. Sie aß einen Döner und trank eine Cola, dann drückte sie auf Uwe Juroks Klingelknopf. Vielleicht wohnte der schon lange nicht mehr in Berlin. Bei der letzten Volkszählung hatten sie ja gerade herausgefunden, dass fast 200 000 Menschen weniger hier anzutreffen waren, als man angenommen hatte.

Da quäkte er aber. »Ja, wat is!?«

Jessica Schamp kam nun auf die Idee, sich in einer fremden Sprache zu melden. Englisch oder Türkisch? Sie entschied sich, da viele türkische Namen auf dem

Klingelklavier zu finden waren, für Letztere. In Fortbildungskursen hatte sie ein paar der üblichen Redewendungen gelernt.

»Küçük bir hata bağışlayın, ben kuzenim, Bay Kücikoglu arıyorum … Entschuldigen Sie bitte die kleine Störung, ich suche meinen Cousin, Herrn Kücikoglu.«

»Keene Ahnung, kenn ick nicht!« Und Ende.

Er war also zu Hause, das hatte sie verlässlich gecheckt. Ein bisschen Zufriedenheit stieg in ihr auf. Na bitte! Sie holte ihr Handy heraus und rief die Kollegen an, die sie nachher bei der Oberservation ablösen sollten.

»Der Vogel sitzt im Nest.« Wenn Obamas Leute das mithörten, würden sie sich freuen und ihr bei ihrer nächsten USA-Reise einige Schwierigkeiten bereiten.

Um 18 Uhr sollte sie abgelöst werden. Es gab noch viel Zeit totzuschlagen. Der einzige Trost war, dass sie gut dafür bezahlt wurde, sich zu Tode zu langweilen. Ihre einzige Hoffnung war, dass dieser Uwe Jurok doch noch aus dem Haus kam und sie das Vergnügen haben würde, ihm durch ganz Berlin zu folgen.

*

Schneeganß fing an diesem Morgen an, seinen Schreibtisch aufzuräumen, denn der Urlaub nahte. Er liebte die Ostsee, und diesmal hatten sie sich für Kühlungsborn entschieden. Da konnte er nicht nur baden und in der Sonne liegen, sondern auch stundenlang durch den Stadtwald gehen, ohne jemanden zu treffen, mit dem er sich »austauschen« musste. Er hasste dieses Wort aus der linken Sozialarbeiterszene, weil es einfach blöd war. Man konnte Gedanken austauschen, aber nicht sich. Ein weiterer Grund, Kühlungsborn zu wählen, war die Bäderbahn, der Molli. Der konnte er stundenlang beim Rangieren zusehen oder mehrmals mit ihr nach Bad Doberan fahren.

»In Bad Doberan musst du das Ehm-Welk-Museum besuchen«, riet ihm Jessica Schamp.

Schneeganß sah sie verständnislos an und verfiel ins Berlinische. »Wer is'n dit?«

»Der Schriftsteller, der *Die Heiden von Kummerow* geschrieben hat. Ist mal ein Bestseller gewesen und zweimal verfilmt worden. In Bad Doberan hat Ehm Welk zuletzt gewohnt, und da ist er auch gestorben.«

»Okay.« Schneeganß interessierte es wesentlich mehr, ob die TSG Hoffenheim von 1899 oder der 1. FC Kaiserslautern in die Bundesliga kam. »Und du fliegst nach Irland?«

»Ja, mit ein paar Freunden und Freundinnen. Auf den Spuren von Heinrich Böll.« Sie fürchtete, dass er sich nun verarscht fühlen würde, weil sie noch einen Schriftsteller ins Spiel brachte, doch ihr Chef und Praxisanleiter war gerade auf Protokollnotizen gestoßen, die mit dem Fall Sandra Roßwein zusammenhingen.

»Was machen wir nun mit dem ganzen Mist? Nach dem Urlaub noch mal ran – oder gleich alles in die Kiste mit der Aufschrift ›Ungelöste Fälle‹?«

»Meinetwegen, wenn alle die zustimmen, die dem zustimmen müssen.« Jessica Schamp dachte nach. »Ich würde mal eine These wagen: Je mehr Tatverdächtige es in einem Mordfall gibt, desto unwahrscheinlicher ist es, dass der Täter ermittelt werden kann.«

Schneeganß seufzte. »Da magste recht ham. Wir haben – obwohl ja dieser Rechtsradikale inzwischen ausgeschieden ist, dieser Rico Gruttke – noch immer zu viele auf dem Bildschirm: Mike Saleske, Roßweins besten Freund, Vijaya Chandip, diesen etwas undurchsichtigen Inder, und Robert Pollnow, unseren Einbrecher.«

»Nicht zu vergessen Sandra Roßweins Schwester.«

»Sabine Scharrach, ja. Kommt noch dieser mutmaßliche Pyromane hinzu, auf den uns Mannhardt gestoßen hat.«

Jessica Schamp winkte ab. »Da tut sich ja seit Wochen nichts. Es observiert ihn ja auch keiner mehr.«

Sie entschlossen sich, erst einmal zum zweiten Frühstück in die Kantine zu gehen. Als sie ins Büro zurückkamen und Schneeganß seinen Computer wieder hochfuhr, fand er eine E-Mail vor, die ihn fast aufschreien ließ.

»Mensch, det is ja ’n Ding!«

»Was ist denn passiert?«

»Mieter in der Weichselstraße in Neukölln haben in der Nacht einen Mann dabei erwischt, wie er Gerümpel anstecken wollte, das bei ihnen im Hausflur herumlag, und solange festgehalten, bis die Kollegen zur Stelle waren. Nun hat man seine Identität herausgefunden und weiß, dass es sich um einen gewissen Uwe Jurok handelt. Tusch!«

Jessica Schamp freute sich sehr. »Na wunderbar!«

Schneeganß freute sich weniger. »Das heißt ja noch einmal Schwerstarbeit. Und ich wollte bis zum Urlaubsbeginn alles so schön ruhig ausklingen lassen.« Dass er dieses Verb benutzte, ärgerte ihn, das kam aus dieser Gutmenschenecke, mit der er partout nichts anfangen konnte.

»Dann mal auf nach Moabit in den Knast!«, rief Jessica Schamp.

Im selben Raum, in dem sie vor Wochen mit Rico Gruttke gesprochen hatten, saßen sie nun Uwe Jurok gegenüber. Schneeganß eröffnete die Party mit einem Zug, der den Verdächtigen in Panik versetzen und damit zu unkontrollierten Äußerungen bringen sollte.

»Sie wundern sich gar nicht, dass nicht die Brandermittlung mit Ihnen reden will, sondern die Mordkommission?«

Jurok war anzusehen, dass er um die richtige Antwort rang. »Doch …«

Jessica Schamp bedauerte, dass noch kein psychiatrisches Gutachten vorlag, was vieles leichter gemacht hätte. Darum versuchte sie sich, während Schneeganß Jurok in die Enge zu treiben suchte, als Profilerin beziehungsweise Gutachterin. Sie musterte Jurok. Die Mundwinkel herabgezogen: Das sieht nach Verbitterung aus. Der Blick: irgendwie finster. Ist eigentlich kein echter Pyromane, der Freude am Feuer hat, sondern einer, der Treppenflure und Häuser anzündet, um anderen zu schaden. *Euch geht es gut, mir geht es schlecht, nun soll es euch genauso schlecht gehen wie mir.* Ist unfähig, sich zu lieben, würde sie in ihr Gutachten schreiben, und daher nicht in der Lage sein, andere Menschen zu lieben. Weil er sich hasst, hasst er auch andere. Er ist darauf aus, sich zu vernichten, will aber dabei andere mitnehmen. Er ist Single. Wer sollte ihn auch lieben? Er hat seine Arbeit verloren. Wer sollte ihn als Kollegen auch ertragen können? Er weiß nichts mit seinem Leben anzufangen, nur in einem findet er noch Sinn:

nachts durch Berlin zu ziehen und nach einer Möglichkeit zu suchen, dort Feuer zu legen, wo glückliche Menschen zu vermuten sind.

An diesem Tage kamen sie keinen Zentimeter voran, und Schneeganß entschloss sich zur Taktik ›auf kleiner Flamme gar kochen‹.

Die Genehmigung, Juroks Wohnung durchsuchen zu dürfen, bekamen sie schnell, und da es von der Haftanstalt bis zur Pritzwalker Straße nur ein Katzensprung war, standen sie in Kürze in seiner 1 ½ – Zimmerwohnung und konnten in seinen Sachen wühlen. So sehr sie auch hofften – viel fanden sie nicht. Jurok hatte fast alles gesammelt, was in der Presse über die Witwenverbrennung im OT Grunewald veröffentlicht worden war. Außerdem fanden sie einen Stadtplan, auf dem die Furtwänglerstraße mit einem Kugelschreiber dick unterstrichen worden war.

Schneeganß war enttäuscht. »Das ist nicht schlecht, reicht aber ganz sicher nicht für eine Anklageerhebung.«

»Man müsste mal sehen, was er auf seinem Handy alles gespeichert hat beziehungsweise auf seinem Smartphone, falls er eines haben sollte.«

»Gute Idee.«

Doch solange sie auch nach beiden Geräten suchten, sie fanden nichts.

»Mensch!« Schneeganß schlug sich mit der flachen Hand gegen die Stirn. »Das Handy werden sie ihm doch bei seiner Festnahme abgenommen haben!«

»Na klar.«

Sie telefonierten herum – und eine Stunde später brachte ihnen ein Kollege Juroks Handy in die Pritzwalker Straße. Es war ein älteres und recht schlichtes Modell. Da es noch eingeschaltet war, brauchten sie auch keinen Spezialisten, um den Code zu knacken. Der Akku war schon ziemlich leer, und so mussten sie sich bei einer ersten Durchsicht all dessen, was Jurok abgespeichert hatte, sehr beeilen.

»Nichts!«, rief Schneeganß, als sie sich das Telefonbuch, die Anrufliste und die eingegangenen Nachrichten angesehen hatten.

Jessica Schamp dachte nach. »Guck doch mal nach, was er alles fotografiert hat – vielleicht auch das, was er alles angesteckt hat.«

»Glaube ich nicht, aber …«

Zwei Minuten vergingen, dann jubelten beide, denn Uwe Jurok hatte die brennende Roßwein-Villa in der Furtwänglerstraße mehrfach fotografiert.

Schneeganß freute sich. »Es gibt nun mal Spiele, die gewinnt man dadurch, dass die anderen ein Eigentor schießen. Sieg ist Sieg.«

»Noch hat er nicht gestanden«, wandte Jessica Schamp und biss sich auf die Zunge, um nicht damit herauszuplatzen, dass ja eigentlich der alte Mannhardt der Vater ihres Sieges sei.

»Auf zu Jurok! Aber diesmal besuchen wir ihn in seiner Zelle – das erhöht den Druck.«

An Ort und Stelle kam ihm Schneeganß erst einmal mit seiner Standardfrage nach dem Alibi.

»Wo waren Sie in der Nacht vom Sonnabend, dem 4. Mai, auf Sonntag, den 5. Mai, zwischen 23 Uhr und ein Uhr nachts?«

Jurok gab sich gelangweilt. »Bei mir zu Hause im Bett natürlich.«

»Allein?«

»Ja.«

Schneeganß zog das Handy hervor. »Und wie kommt es, dass Sie kurz vor Mitternacht die brennende Roßwein-Villa fotografiert haben?«

Jurok war nun doch für einen Augenblick perplex und zeigte auf das Handy. »Das soll da drauf sein? Das wird mir einer geklaut haben.«

Jessica Schamp lachte. »Erstaunlich aber, dass man es gestern bei Ihnen gefunden hat, als Sie verhaftet worden sind.«

Jurok machte nun dicht. »Ohne meinen Anwalt sage ich gar nichts mehr.«

Den hatte er natürlich nicht, und so dauerte es eine Weile, bis man einen Juristen gefunden hatte, der sich seiner annehmen konnte.

Am frühen Abend war dann alles gelaufen, und Uwe Jurok hatte ein volles Geständnis abgelegt.

»Ja, ich war es, der die Villa Roßwein angesteckt hat. Aus Rache, denn Sandra Roßwein war es, die ihren Mann dazu gedrängt hatte, mich zu feuern. Und mit diesem Rausschmiss hat ja mein ganzes Elend begonnen. Den Zeitpunkt habe ich mit voller Absicht gewählt, weil ich nach dem, was in den Zeitungen gestanden hat, geglaubt habe, dass sie sich wirklich selbst verbrennen würde, um dem Willen ihres Mannes zu entsprechen. Damit dachte ich, wäre ich aus dem Schneider, denn bei einem Selbstmord sucht man ja nach keinem Mörder. Zu meiner Entlastung möchte ich anführen, dass ich mich seit einiger Zeit in Therapie befinde.«

*

Vijaya Chandip war, als er in der Zeitung gelesen hatte, dass man einen gewissen Uwe Jurok als den mutmaßlichen Mörder von Sandra Roßwein festgenommen habe und auch schon ein Geständnis vorläge, vor Freude an die Decke gesprungen und hatte alle nunmehr Entlasteten und persönlich Betroffenen aus dem Umfeld von Sandra und Moritz Roßwein zum Essen in sein neues Restaurant eingeladen: Mike Saleske, Sabine Scharrach, Dr. Scharrach, Kathrin Jassen und dazu Mannhardt mit seinem Enkel und der Gefährtin seines Lebens.

Gleich zu Beginn wurde von Dr. Scharrach ein Toast auf Mannhardt ausgebracht.

»Lieber und verehrter Herr Erster Kriminalhauptkommissar im Ruhestand, Ihrem unfehlbaren Instinkt haben wir es zu verdanken, dass der Mord an meiner Tochter nun endlich aufgeklärt werden konnte und der Täter lebenslang weggeschlossen werden wird.«

»Und wem haben Sie das letztendlich zu verdanken?«, murmelte Heike. »Orlando und mir, weil wir ihn zur Therapie geschickt haben.«

Alles lachte, und Mannhardt mit ihnen. Was blieb ihm weiter übrig.

Den Schlusspunkt setzte Mike Saleske.

»Arjuna, eine der wichtigsten indischen Heldengestalten und Krishnas Dialogpartner in der Bhagavadgita sprach: *Mit Recht erfreut sich an deinem Ruhme, / Die Welt und ist dir ehrfurchtsvoll ergeben.*«

ENDE

Weitere Krimis finden Sie auf den folgenden Seiten und im Internet:

WWW.GMEINER-SPANNUNG.DE